ESPETÁCULO DE DESONRA

KELLY BOWEN

ESPETÁCULO DE DESONRA

Tradução
Daniela Rigon

HARLEQUIN
Rio de Janeiro, 2024

Copyright © 2016 by Kelly Bowen. Todos os direitos reservados.
Copyright da tradução © 2023 by Daniela Rigon por Editora HR LTDA. Todos os direitos reservados.

Título original: A DUKE TO REMEMBER

Todos os direitos desta publicação são reservados à Casa dos Livros Editora LTDA. Nenhuma parte desta obra pode ser apropriada e estocada em sistema de banco de dados ou processo similar, em qualquer forma ou meio, seja eletrônico, de fotocópia, gravação etc., sem a permissão dos detentores do copyright.

Produção editorial	*Cristhiane Ruiz*
Copidesque	*Thaís Carvas*
Revisão	*Rachel Rimas e Thais Entriel*
Design e ilustração de capa	*Mary Cagnin*
Diagramação	*Abreu's System*

CIP-BRASIL. CATALOGAÇÃO NA PUBLICAÇÃO
SINDICATO NACIONAL DOS EDITORES DE LIVROS, RJ

B782e

Bowen, Kelly
 Espetáculo de desonra / Kelly Bowen ; tradução Daniela Rigon. - 1. ed. - Rio de Janeiro : Harlequin, 2024.

 272 p. ; 23 cm. (Temporada de escândalos ; 2)

 Tradução de: A duke to remember
 ISBN 9786559703999

 1. Romance canadense. I. Rigon, Daniela. II. Título. III. Série.

24-89123   CDD: 819.13
                                           CDU: 82-31(71)

Meri Gleice Rodrigues de Souza - Bibliotecária - CRB-7/6439

Harlequin é uma marca licenciada à Editora HR Ltda. Todos os direitos reservados à Editora HR LTDA.

Rua da Quitanda, 86, sala 601A - Centro,
Rio de Janeiro/RJ - CEP 20091-005
Tel.: (21) 3175-1030
www.harpercollins.com.br

Para meu marido, Dave, que sempre acreditou que eu poderia fazer qualquer coisa.

Capítulo 1

Agosto de 1819, Londres

Os tornozelos de Miriam Ellery, duquesa viúva de Ashland, estavam acorrentados à cama.

O funcionário de Bedlam explicou que faziam aquilo para a proteção dela. As correntes a impediriam de ir muito longe e possivelmente cometer suicídio ou matar outro paciente. De fato ela não parecia muito perigosa, mas, como o homem alertou, nunca se sabe quando uma pessoa louca pode sucumbir aos impulsos violentos.

Elise DeVries observava pela porta estreita, mas sem dizer nada. Sua cabeça coçava muito por causa da peruca marrom que usava, assim como seu rosto, por conta do bigode e da barba falsos. As hastes dos óculos também causavam incômodo, apertando atrás de suas orelhas. No entanto, enquanto contemplava a figura patética da duquesa acorrentada, Elise era incapaz de dar atenção aos próprios desconfortos.

— O que acha, doutor? — perguntou o funcionário, limpando o nariz com a manga da camisa.

Acho que você é um completo idiota, quis dizer Elise.

A ideia de que a frágil idosa amarrada à cama pudesse ferir outro paciente era absurda. Já seria um milagre se a duquesa conseguisse erguer uma das pernas sob o peso das pesadas algemas, imagine então correr loucamente pelo hospital, colocando os demais pacientes em perigo?

— Casos como esse podem ser bem complicados — afirmou Elise, mantendo a voz mais grave da mesma maneira que às vezes fazia em peças de teatro. — Há quanto tempo Vossa Graça é paciente daqui?

Ela ordenou a si mesma que se concentrasse.

— Fui forçado a trazer minha tia para este lugar há cerca de um mês — respondeu Francis Ellery, sobrinho da duquesa de Ashland.

Ele colocou as mãos nos quadris, pairando sobre Elise e o funcionário magricelo.

— Forçado? — perguntou Elise, tentando descobrir os motivos que levaram Ellery a deixar a tia em Bedlam.

— O estado de minha tia piorou a ponto de ela não conseguir mais cuidar de si mesma, nem com a ajuda de criados. Alguém precisava fazer alguma coisa — explicou ele.

Ora, que conveniente, pensou Elise.

— Ela não tem marido? — questionou, fingindo ignorância.

Assim como quase todos aqueles que leem jornal, ela sabia muito bem que o décimo primeiro duque de Ashland havia falecido recentemente. Dois anos antes, uma espécie de convulsão deixou os músculos do velho duque flácidos e o privou de sua capacidade de falar e andar. Depois disso, ele e a esposa se retiraram da sociedade. Pelo que Elise sabia, Ashland nunca conseguiu recuperar sua capacidade mental.

— O duque faleceu — Ellery a informou em um tom pesaroso. — Fiquei bastante arrasado com a perda, assim como todos os amigos próximos.

Elise duvidava muito que Francis Ellery, atualmente na fila para herdar o ducado de Ashland, estivesse devastado pela morte do tio.

— Que pena — comentou ela. — Eles não tinham filhos? Ninguém para cuidar dela? — Elise continuou o interrogatório.

— Apenas uma filha que está afastada dos pais há mais de uma década. — Ele balançou a cabeça com tristeza. — Receio que a tarefa de cuidar da duquesa tenha ficado para mim.

— Hummm.

Elise fingiu observar a idosa, balançando a cabeça, mas na verdade estudava Ellery discretamente. E, quanto mais ela o analisava, mais desconfiada ficava. A princípio, não sabia dizer por que aquele homem a incomodava. Ellery era um exemplar perfeito da alta sociedade, sem nenhum fio de cabelo loiro fora do lugar. Nada em sua aparência indicava que era insensível ou cruel, ou sugeria que ele era o vilão que Elise suspeitava que fosse. Na verdade, tinha uma expressão de mártir benevolente, como se realmente acreditasse ser um anjo da misericórdia quando se tratava do bem-estar da tia.

Ainda assim, os olhos de Ellery faziam Elise hesitar. Ele até podia ter um rosto angelical e demonstrar compaixão, mas era impossível não notar a ambição visceral que fervilhava em seus olhos. Elise conhecera muitos homens com o mesmo olhar e, quando se tratava desse tipo de gente, sempre confiava em seu instinto.

— Já tentou localizar a filha? Certamente ela gostaria...

— Não. Não adianta — interrompeu Ellery. — A filha da duquesa foi cortada de sua vida. Da vida de todos nós, na verdade. Não a vi nem espero vê-la.

Você está mentindo, sr. Ellery. Elise o encarou com olhos impassíveis. *Mas por quê?*

Afinal, fora a própria filha da duquesa, lady Abigail, quem aparecera no escritório de Elise no início da semana, desesperada por ajuda. Abigail recebera uma carta da leal governanta de longa data da família informando-a do falecimento do duque e da internação da duquesa em Bedlam. Assim que soube das notícias, lady Abigail voltou às pressas para Londres, apenas para descobrir que o mundo que havia abandonado tornara-se inacessível. Ela fora impedida pelo sr. Ellery de entrar na casa onde crescera e, pelos médicos de Bedlam, de ver a mãe. Após vários dias sem conseguir fazer progresso algum e sem poder contar com a ajuda de suas antigas amigas, ela estava aflita. Perdida e sem ninguém a quem recorrer, buscou os serviços de Elise.

E era por isso que Elise estava em Bedlam, perguntando-se por que uma mulher idosa, aparentemente lúcida e saudável, de acordo com a filha, estava acorrentada à cama em um hospital para lunáticos. E imaginando o quão difícil seria tirar a duquesa de lá.

Elise precisou pedir um favor a um proeminente médico londrino, que lhe fornecera credenciais falsas e uma brilhante carta de recomendação para garantir sua entrada no hospital. Apresentando-se como dr. Emmett Rowley, membro da Academia Real de Médicos, ela conseguiu permissão para examinar Miriam Ellery. Para evitar suspeitas, selecionou três outras pacientes aleatórias da nobreza para examinar, com a autorização dos familiares de cada uma.

Elise examinara primeiro as outras pacientes, e nenhuma das famílias tinha interferido ou feito objeções. Nem sequer haviam se dado ao trabalho de responder ao pedido que os diretores de Bedlam enviaram. O fato de o sobrinho da duquesa ter recusado a visita do dr. Rowley a menos que ele também estivesse presente, e com um funcionário de sua escolha, não era um bom sinal. Elise podia apostar que Francis Ellery tinha um motivo específico e egoísta para ter aprisionado a tia naquele lugar. Só não sabia o que era ainda.

Elise olhou para o quarto.

— A internação dela deve custar uma fortuna — comentou ela casualmente.

— Quero apenas proporcionar o melhor para minha amada tia — disse Ellery, cruzando as mãos às costas.

— O sr. Ellery é um generoso benfeitor do hospital — acrescentou o funcionário de Bedlam.

Elise voltou sua atenção para o homem. *Do hospital ou seu?* Quanto da generosidade de Ellery ia para os bolsos dos carcereiros da duquesa?

— A duquesa recebe muitas visitas? Tem amigos?

O funcionário negou com a cabeça.

— Não, ela está doente demais para qualquer tipo de visita, dr. Rowley. Não se pode arriscar com esse tipo de condição, não é mesmo? E as visitas também poderiam afetar o tratamento da duquesa.

— Sim, claro — concordou Elise, dando continuidade à farsa.

Não era apenas a filha, então, que estava proibida de ver a mãe. Parecia que a duquesa estava mesmo isolada de todos. *Por quê?*

Elise fingiu fazer uma anotação no caderno que carregava. Dirigindo-se de novo ao funcionário, perguntou:

— E quais são os sintomas e as implicações do estado da duquesa?

— Ela não consegue se lembrar de eventos recentes, mesmo os que aconteceram poucos minutos atrás. Muitas vezes confunde indivíduos com pessoas do passado. Balbucia muito sobre coisas que aconteceram há vinte anos como se tivessem acontecido ontem. A pobrezinha ainda insiste que o filho está vivo.

Com o canto do olho, Elise viu o sr. Ellery ficar tenso. *Hum, que interessante.*

Lady Abigail mencionou que tivera apenas um irmão, mas que ele havia morrido. Fora fácil verificar os registros paroquiais para confirmar o nascimento de Noah Ellery, o único filho homem do falecido duque de Ashland. No entanto, os detalhes da morte de Noah eram vagos. Em algum momento, alguém escrevera as palavras "morte presumida" ao lado do nome dele no registro da igreja, mas não havia data, nenhuma referência a um acidente de cavalo ou de caça, a uma doença ou qualquer outra causa da morte. Parecia que Noah Ellery tinha simplesmente… desaparecido.

— Mas ela está errada, imagino? O filho está, de fato, morto? — questionou Elise, simulando ignorância mais uma vez.

— Sim — respondeu o funcionário. E continuou, baixinho: — O que provavelmente foi melhor para ele. Aquele jovem também nunca bateu bem da cabeça.

— O que quer dizer?

Dessa vez, Elise não precisou fingir confusão.

O funcionário pareceu perceber que tinha falado mais do que deveria e olhou com nervosismo para Ellery, mas o homem parecia satisfeito.

— É verdade — suspirou Francis, e baixou a voz. — Meu primo nasceu doente. Suponho que não seja uma surpresa que sua pobre mãe agora sofra do mesmo problema mental.

Elise fez o possível para esconder o choque e manter uma expressão de leve interesse.

— Histórico de histeria na família? Interessante. — Ela fingiu fazer outra anotação, apenas para esconder a irritação por lady Abigail não ter mencionado nada daquilo. O fato também não tinha surgido em sua investigação. O que seria vergonhoso, se fosse verdade. — Posso perguntar quais eram os sintomas do seu primo?

— Ele não conseguia falar. Imagine só! O filho de um duque que só conseguia se comunicar por meio de gestos, igual a um macaco do zoológico. Suponho que a morte tenha sido o melhor destino. —

Ellery balançou a cabeça com pesar. — Certamente não havia cura para a doença de Noah.

Elise ponderou a nova informação. A suposta loucura de Noah Ellery explicava a falta de precisão no registro da igreja. Se o herdeiro de um ducado sofria de uma óbvia deficiência, ele poderia muito bem "desaparecer" com a ajuda dos familiares. Além disso, não seria difícil para a família encontrar uma maneira de apagar o nome da criança dos registros. O dinheiro podia reescrever a história. Elise sabia disso melhor que ninguém.

— A loucura é algo que corre nas veias desse lado da família — interrompeu o funcionário. — Do lado materno, no caso. Filho de peixe peixinho é.

— Uma tristeza — afirmou o sr. Ellery. — Devo confessar que sinto alívio por estar ligado à família pelo lado paterno.

— De fato — comentou Elise. — Mas e a filha da duquesa? Ela deu sinais da mesma loucura?

— Bem, ela largou tudo para fugir com um ferreiro para Derby. E isso depois de ela ter brigado com as patronas do Almack quando disseram que ela se mancomunava com as classes mais baixas da sociedade. Lady Abigail cometeu suicídio social e não tem mais nenhum amigo em Londres. A menos, é claro, que você conte os ferreiros da cidade.

O sr. Ellery deu uma risadinha, como se achasse sua piada muito engraçada.

— Ah... Talvez um lapso de loucura? — sugeriu Elise.

Ellery pareceu encantado com a ideia, exatamente como Elise previra.

— Acredito que sim.

O funcionário esfregou as mãos.

— Bem, o que posso dizer é que a duquesa ficará cada vez mais distante da realidade, a menos que receba um tratamento vigoroso e contínuo. Purificações, tratamentos com água fria e dieta restritiva. É necessário aplicar tudo em um sistema rotativo para termos alguma esperança de recuperação.

Elise reprimiu um tremor.

— De fato.

O funcionário balançou a cabeça.

— É preciso livrá-la da loucura, e às vezes é necessário utilizar métodos extremos para alcançar tal objetivo. Ela representa um perigo para os outros até que seja tratada e, por causa disso, deve permanecer aqui.

Elise assentiu.

— Eu gostaria de falar com ela.

Ellery franziu o cenho.

— Como pode ver, dr. Rowley, ela não está em condições de falar.

— Eu gostaria de verificar isso por conta própria — afirmou Elise com uma nota de desconfiança. — Nenhuma outra família se opôs. Por acaso o senhor está escondendo alguma coisa?

— Mas é claro que não! — garantiu Ellery com a testa franzida.

— Excelente. Só preciso de alguns minutos.

Elise o empurrou para o lado antes que ele tivesse chance de protestar.

— Não chegue muito perto — alertou Ellery. — Não me responsabilizo por sua segurança. Ela é muito imprevisível.

— Agradeço a preocupação — resmungou Elise, resistindo ao impulso de se virar e chutar a canela do homem.

Elise acompanhou os homens até a porta e então se aproximou da duquesa, agachando-se na frente dela e a encarando bem de perto. Naquela posição, nem o funcionário nem Ellery conseguiriam ouvir qualquer coisa que fosse dita entre as duas.

— Sua Graça? — chamou Elise baixinho, tentando não olhar para as correntes que prendiam a duquesa. Sabia o que era ser uma prisioneira. Conhecia a sensação de total impotência que acompanhava as amarras, e isso a deixava ainda mais determinada a libertar aquela mulher. — Sua Graça? — chamou mais uma vez, um pouco mais alto.

A duquesa continuou a olhar para a parede, com o cabelo grisalho desgrenhando e movendo os lábios como se recitasse uma oração silenciosa. Elise percebeu que a mulher tinha sido drogada. Ela já vira viciados em ópio o suficiente para reconhecer os sinais.

Elise deixou o caderno de lado e estendeu a mão, segurando as mãos da mulher entre as suas.

— Abigail pediu que eu viesse até aqui — sussurrou Elise. — Será que poderia conversar um pouco comigo?

A duquesa se afastou da parede. Seus olhos vermelhos encontraram os de Elise sem hesitação.

— Abigail mandou você? — perguntou ela com a voz rouca. — Onde ela está? Por que não está aqui?

— Ela queria estar aqui — respondeu Elise, procurando sinais de deficiência mental, mas não encontrando nenhum. Tudo que conseguia identificar era o cansaço e a confusão de alguém entorpecido. — Ela não tem permissão para visitá-la, mas me mandou para se certificar de que a senhora está bem.

— Você é um médico?

Elise sorriu sob o bigode.

— Hoje, sim.

O olhar da duquesa ficou um pouco mais aguçado.

— Francis quer que eu morra aqui — afirmou ela, endireitando a postura. — Mas Abigail não vai deixar isso acontecer. Não há nada de errado comigo, e todos sabem disso. Abigail vai buscar Noah.

Elise ficou imóvel.

— Seu filho?

A duquesa inclinou a cabeça, os olhos perdendo o foco, a breve lucidez se esvaindo. Elise praguejou em silêncio.

— Mas seu filho está morto.

— Morto... morto... morto — repetiu a duquesa em voz arrastada. — Ele não morreu. Só se foi.

Elise queria sacudi-la, mas se controlou.

— Foi para onde, Sua Graça?

— Nunca o recuperei — respondeu ela, com lágrimas escorrendo pelo rosto.

Elise a encarou. O que aquilo significava?

A duquesa ficou quieta por alguns segundos, e Elise não tinha certeza de que a mulher continuava ciente de sua presença.

— Ele me deu rosas no meu aniversário quando tinha 7 anos — falou a idosa de repente, com uma expressão melancólica. As palavras não saíam mais arrastadas, mas a mente dela parecia estar distante. —

Não um simples buquê, mas um jardim inteiro de rosas damascenas. Elas são temperamentais, mas Noah as cultivou. Ele conseguia fazer qualquer coisa crescer. Um menino tão doce.

— Onde ele está agora, Sua Graça? — insistiu Elise.

Seria possível que a duquesa estivesse dizendo a verdade? Que o legítimo herdeiro do ducado de Ashland ainda estava vivo? Ou aquele era apenas um desejo desesperado de uma pessoa entorpecida, algo forjado pela dor e tristeza de uma mãe que perdera um filho?

— Onde está Noah? — repetiu Elise.

A duquesa ficou em silêncio por quase um minuto inteiro antes de deixar os ombros caírem para a frente de novo.

— Quem é você? — perguntou ela a Elise. — Você é outro médico?

Elise fechou os olhos brevemente.

— Sim.

— Não quero mais entrar na água fria — implorou a duquesa, com a voz trêmula. — Cadê a Abigail?

— Ela está vindo — respondeu Elise. — Ela vem assim que puder para levá-la para casa.

— Não quero mais ficar aqui.

A mulher segurou as mãos de Elise com seus dedos enrugados.

— Você não vai ficar. Eu prometo — garantiu Elise, mesmo sabendo que promessas eram coisas perigosas. Especialmente quando tinha certeza de que mais um mês naquele lugar mataria a duquesa.

— Estou muito cansada — sussurrou a senhora.

— Eu sei.

Elise se levantou, e a mulher deixou as mãos caírem ao lado do corpo.

Elise avaliou os arredores: as paredes de pedra e as grossas barras da porta. O cômodo era uma masmorra protegida, e seria muito difícil libertar sua prisioneira. Não impossível, é claro, pois Elise tinha certeza de que havia muitos funcionários que poderiam ser subornados e manipulados se necessário. Mas esse tipo de plano era demorado, ainda mais quando não se tinha nenhum contato estabelecido. E o tempo não era um aliado da duquesa.

Ellery pigarreou ruidosamente atrás de Elise.

— Acho que é o suficiente — disse ele. — Minha tia está cansada.

— De fato.

Elise pegou seu caderno do chão, tomando cuidado para que seu semblante não a denunciasse.

— O que descobriu sobre a paciente? — perguntou o funcionário quando Elise se aproximou deles, enquanto Ellery a observava com muita atenção.

Que ela foi medicada com narcóticos, provavelmente por você. Que ela sabe de algo que pode impedir o sr. Francis Ellery de conseguir o que deseja.

— A duquesa está delirando — afirmou Elise, escolhendo as palavras com cautela e dizendo aos homens tudo que queriam ouvir. — Confunde o presente com o passado, tem poucos momentos de lucidez e não consegue se lembrar nem das conversas mais recentes.

Como esperado, os dois relaxaram.

— Então você entende por que a duquesa precisa permanecer aqui, não é? — incitou Ellery.

Elise não confiava em si mesma para responder. Em vez disso, abriu o caderno e rabiscou "onde está Noah Ellery?" para evitar dizer algo de que fosse se arrepender mais tarde.

— Gostaria de ver outros pacientes enquanto está aqui hoje, dr. Rowley? — perguntou o funcionário. — Temos um que pensa que é cachorro. Late até altas horas da madrugada e come apenas no chão. — O homem riu. — É muito divertido. Uma pena que o público não possa mais pagar para assistir.

— Não, é o suficiente por hoje. Minha área de interesse se limita a senhoras da nobreza.

— Ah, que pena.

— Muito obrigado pelo tempo de vocês, senhores. Já vou embora.

— Fique à vontade. — Ele franziu a testa. — Em que hospital você disse que trabalha mesmo, doutor? Os diretores não disseram.

Elise deu uma última olhada na mulher derrotada e confusa ainda na cama.

— Nem eu — disse ela, e então se apressou para o labirinto de corredores que a tirariam de Bedlam.

Francis Ellery observou o detestável médico ir embora com um sorrisinho.

Ficou ao mesmo tempo satisfeito e aliviado pelo médico ter visto a situação da duquesa exatamente como ele havia planejado, mas a arrogância insuportável e o desrespeito com que se dirigira a Francis foram suficientes para deixá-lo nervoso. Entretanto, tudo mudaria logo, logo.

Seu pai sempre dizia a Francis que ficara aliviado pelo fardo do ducado de Ashland ter caído sobre os ombros de seu irmão mais velho. Ser o filho mais novo era uma bênção. Ele se livrara de uma enxurrada de responsabilidades e pudera ter a liberdade de escolher como viveria e até com quem se casaria. Ser um duque não era tudo isso que achavam.

O pai tinha sido um idiota.

O título de Ashland não acompanhava apenas uma riqueza extraordinária, mas também trazia um poder superado apenas pela monarquia. Que tipo de homem não gostaria de ter as duas coisas? E, agora, tudo aquilo poderia ser dele. Francis queria — não, precisava — de tudo aquilo. Estava tão perto que quase podia sentir o gosto da vitória. O velho duque havia morrido. O pai de Francis estava morto. Só havia uma coisa impedindo os tribunais de entregar o que Francis sempre quisera: seu primo lunático. Um primo que estava inconvenientemente desaparecido.

"Desaparecido" não era bom o suficiente para os tribunais transferirem o título de nobreza de Noah Ellery para Francis Ellery. "Desaparecido" não era bom o suficiente para transferir qualquer uma das propriedades e riquezas do ducado, principalmente com a duquesa gritando aos quatro ventos que o precioso filho ainda estava vivo.

O problema da tia estava resolvido, então Francis podia voltar sua atenção para o primo e procurar o tipo de ajuda que uma situação como aquela exigia. Esse tipo de ajuda era caro, mas valeria cada centavo. Se Noah Ellery estivesse vivo, ele seria encontrado.

E, se os tribunais quisessem um corpo, eles teriam um.

Capítulo 2

O escritório da D'Aqueus & Associados ficava escondido no meio da confusão de Covent Square, à sombra da igreja de Saint Paul. Como de costume, as longas praças que margeavam o mercado barulhento estavam lotadas. E, como o bairro era habitado em grande parte por aqueles que ganhavam a vida oferecendo entretenimentos, tanto artísticos quanto íntimos, o tráfego de pessoas era constante a qualquer hora do dia. Ninguém tinha interesse ou tempo para notar as idas e vindas de Elise DeVries. Exatamente como ela queria.

Não havia qualquer placa do lado de fora do edifício de fachada simples que abrigava a D'Aqueus & Associados, e a empresa também não anunciava seus serviços nos jornais. Mesmo assim, todos na alta sociedade — e muitas pessoas fora dela — sabiam sobre a D'Aqueus e os milagres secretos que ela operava para seus clientes.

A D'Aqueus & Associados era um negócio dedicado a resolver os problemas privados e pessoais de figuras públicas ricas o suficiente para pagar os honorários astronômicos. Diante da ameaça de humilhação, escândalo ou desonra, nada melhor que recorrer à equipe de especialistas em busca de uma solução. Elise era sócia da firma havia pouco mais de cinco anos e já não se surpreendia com quase nada. Seu trabalho envolvera acobertar mortes inoportunas, separar amantes escandalosos, encerrar casos ilícitos, fechar negócios ilegais, frustrar sequestros e planos de extorsão e ajudar a acabar com dívidas e vícios. A empresa era magistral em fazer escândalos desaparecerem.

Mas isso não significava que resolver o caso de Ashland seria fácil.

Elise subiu os degraus de pedra desgastados e entrou na residência, fechando a pesada porta de madeira atrás de si. O barulho da praça desapareceu, sendo substituído por um silêncio abençoado. Enquanto o exterior da casa, que em outros tempos havia sido uma luxuosa propriedade, ainda ostentava a mesma fachada deteriorada dos edifícios vizinhos, o interior fora restaurado à sua antiga glória. A grandeza do passado era evidente nos detalhes da madeira polida nas paredes e no chão, no brilho do cristal dos candelabros e das arandelas no teto e no mármore reluzente que emoldurava lareiras acolhedoras. Elise escorou-se na porta e fechou os olhos, subitamente exausta.

Ela tirou os óculos e pressionou os dedos nos olhos, fazendo com que manchas pretas dançassem por trás das pálpebras fechadas. Ver uma mulher acorrentada havia evocado memórias desagradáveis. E agora, na quietude e privacidade do escritório, ela se sentia desconfortável com a lembrança de que certas pessoas não tinham limites para alcançar seus objetivos. O que era ridículo. A ganância e a ambição eram o tipo de coisa que criava as oportunidades de negócios da D'Aqueus, e a prevalência de ambas deixava a vida de seus funcionários bem mais confortáveis. No entanto, pela primeira vez desde que fora contratada pelo escritório, Elise se perguntou se precisaria se distanciar um pouco do lado sombrio da natureza humana. Talvez fosse bom sair de Londres por um tempo.

Ou talvez ela só precisasse de uma bebida bem forte.

— Olá, srta. Elise.

— Boa tarde, Roderick — cumprimentou ela.

O menino parado à sua frente tinha cerca de 8 anos e estava vestido de maneira formal, como convinha a um mordomo em miniatura, embora o efeito fosse um tanto arruinado pelo indomável cabelo, penteado em uma tentativa de topete.

— Não a reconheci da janela, ou teria aberto a porta — disse ele, coçando a cabeça.

— Esse era o objetivo — respondeu Elise, afastando-se da porta e caminhando para o corredor.

Entre seu trabalho para a D'Aqueus e seu trabalho de meio período como atriz no Teatro Royal, nem ela conseguia se reconhecer na maior parte do tempo. Cada dia trazia um novo papel, uma nova mentira a ser encenada.

— Eu gosto dessa fantasia — afirmou Roddy. — É muito boa. Você parece um médico de verdade.

Mas ela não era uma médica, pensou Elise com tristeza. Não era nada, na verdade. Era apenas uma camaleoa, paga para se transformar naquilo que a situação exigisse. E credenciais falsas só a levavam até certo ponto.

— O sr. Alex está na sala esperando por você — informou o menino.

— Ótimo! — Elise ficou feliz com a notícia.

Além de seu irmão, Alexander Lavoie também era um dos sócios da D'Aqueus & Associados. Dono de um dos clubes de jogos mais exclusivos de Londres, ele conhecia muito bem os membros mais influentes e infames da alta sociedade e tinha um talento especial para descobrir os segredos desses jogadores da elite e depositá-los em seu cofre junto ao dinheiro deles. Esse talento era o suficiente para transformar um sujeito inteligente em um homem muito, muito bem-sucedido.

E Alexander Lavoie era a inteligência em pessoa.

— Lady Abigail está na cozinha — continuou Roddy. — Cozinhando de novo. Disse que não aguentava ficar aqui esperando sem fazer nada. Devo buscá-la?

— Ainda não.

Lady Abigail estava hospedada em um dos quartos de visita do andar de cima enquanto seu caso estava sendo avaliado, e a despensa da casa nunca estivera tão cheia de pães e biscoitos.

— Está triste, srta. Elise? — perguntou Roddy de repente, enquanto se dirigiam à sala de estar.

— Por que a pergunta? — Ela franziu a testa.

— Parecia meio triste quando entrou.

Elise parou no corredor.

— Talvez um pouco. O ser humano pode ser horrível de vez em quando, e às vezes fico triste quando penso nisso.

Roderick assentiu.

— Quando estou triste ou com raiva, gosto de descer até o rio e jogar pedras na água. Fico me sentindo melhor.

Elise não conseguiu evitar o sorriso.

— Está sugerindo que eu jogue pedras no Tâmisa?

— Claro que não, srta. Elise. A não ser que queira. Mas com certeza tem algo que goste de fazer e que faça *você* se sentir melhor, né?

— Vacas — respondeu ela.

— Como assim, vacas?

— Eu costumava ordenhar vacas sempre que precisava pensar, relaxar a mente e colocar a cabeça em ordem.

Roderick torceu o nariz, como se duvidasse.

— Quer que eu busque uma vaca para você? Tem umas na…

Elise riu.

— Não, obrigada, Roderick. Acho que por enquanto você já curou qualquer tristeza que eu estava sentindo. Não vou precisar ordenhar nada hoje.

— Fico feliz em ajudar, srta. Elise — falou Roddy com um sorriso antes de desaparecer no corredor, presumivelmente na direção da cozinha e do cheiro delicioso que exalava de lá.

— As coisas devem ter corrido mal se você está pensando na velha fazenda e querendo ordenhar vacas de novo, irmãzinha — disse uma voz arrastada da direção da sala, e Elise se virou para encontrar o irmão encostado no batente, as pernas cruzadas e meio copo de uísque na mão.

Seus olhos eram cor de avelã como os de Elise, embora os dele fossem mais intensos, como âmbar escuro, enquanto os dela eram de um tom mais esverdeado. Os dois também compartilhavam o mesmo tom escuro de cabelo, cor de café, embora o dele não fosse ondulado como o dela. Alex era alto e esguio, e a cicatriz que começava em uma de suas orelhas e percorria sua bochecha até chegar ao lábio lhe dava uma aparência intimidadora.

Ele deu um passo à frente para beijar o rosto da irmã, mas olhou a barba e o bigode falsos e pareceu pensar melhor. Elise arrancou o copo da mão dele e tomou um gole revigorante, sentindo a bebida deixar um rastro de fogo em sua garganta.

— Foi tão ruim assim? — perguntou Alex em um tom de empatia.

— Pior. — Ela terminou o uísque. — Eles acorrentaram a duquesa à cama e a drogaram, e tenho certeza de que Francis Ellery está pagando para mantê-la assim. — Ela pressionou o copo frio na testa. — A mulher está totalmente desamparada.

— Ela está louca?

— Acredito que não. Mas, mesmo se estivesse, eu não desejaria o tratamento que estão dando a ela nem para o meu pior inimigo. — Ela estremeceu. — Não posso deixá-la daquele jeito, Alex. Farei o que for preciso.

— Eu sei — disse Alex. — Nós vamos resolver isso, mas um passo de cada vez.

— Sim, claro.

Ela estava deixando as emoções turvarem seus pensamentos, e seu trabalho não podia ser governado por emoções. Se queria ajudar a duquesa, precisava se concentrar.

— O que conseguiu descobrir sobre Francis Ellery? — perguntou Elise.

— Venha — chamou Alex, conduzindo-a para dentro da sala de estar. — Se vamos falar sobre Francis Ellery, vou precisar de mais uísque.

Elise o seguiu até o cômodo decorado com suaves tons de azul. Um grande relógio de Edward East marcava o tempo na parede oposta, enquanto móveis esculpidos e estofados em brocados suntuosos sobre o luxuoso tapete Aubusson ocupavam o espaço. Era uma sala feita para impressionar e deixar até os clientes mais ricos à vontade.

Alex pegou o copo de volta e o encheu com o líquido de um dos decantadores de cristal de uma mesinha. Ele entregou o copo para a irmã antes de servir outro para si e sentou-se no sofá, acomodando-se nas almofadas macias.

— Quer se sentar? — sugeriu à irmã.

— Vou ficar de pé.

Na verdade, o desejo dela era andar de um lado para o outro.

— Fique à vontade.

Elise tomou um gole mais comedido do uísque.

— Me conte sobre Francis Ellery — retomou ela.

— Francis Ellery... — o lábio superior de Alex se ergueu, movendo a cicatriz — não joga nem faz apostas no meu estabelecimento.

— Ele não gosta de fazer apostas?

Alex girou o líquido em seu copo.

— Eu não disse isso. Ele joga e aposta muito, mas não sob o meu teto. Não mais. O sujeito é mentiroso e trapaceiro, duas coisas que não admito no meu clube, até porque, juntas, elas levam à violência. O que leva à destruição de uma bela propriedade, no caso a minha. Você não tem ideia de como é difícil tirar manchas de sangue do estofado. Aquelas mesas de carteado foram caríssimas.

— Você já falou isso. Muitas vezes, inclusive — comentou Elise secamente. — E o que mais descobriu sobre ele?

— O sr. Ellery tem várias dívidas de jogo. Dívidas muito grandes. E dizem que os cobradores estão ficando impacientes.

— Ah... Então imagino que o sr. Ellery esteja bastante ansioso para colocar as mãos no título de Ashland.

Alex olhou para a irmã.

— Você sabe quanta riqueza está envolvida no ducado? Só a propriedade real já é impressionante. O último duque foi um dos proprietários de terras mais ricos de todo o sul da Inglaterra.

— Sei, sim. — Ela fez uma pausa. — E o filho do falecido duque? Conseguiu descobrir algo sobre ele com a clientela do seu clube?

— De fato, consegui. O marquês de Heatherton, depois de meia dúzia de copos do meu melhor conhaque francês, confidenciou que havia, e ainda há, especulações sobre o menino. Ainda mais depois da morte do velho duque. Heatherton viu o menino apenas uma vez, quando a criança tinha cerca de 9 ou 10 anos. Disse que era a cara do pai, mas que depois disso nunca mais o viu. Não há evidência alguma de que o rapaz tenha frequentado Eton ou outra escola digna de um filho de duque. Ele não fez nenhuma aparição em caçadas, mesmo quando tinha idade suficiente para participar. O velho duque se recusava a dizer o nome do filho, e todos chegaram à conclusão de que o menino havia morrido, embora ninguém jamais tenha tido uma confirmação.

— Hum... — Elise coçou a barba postiça.

— Heatherton contou que a duquesa fez uma cena terrível quando ele visitou a família para oferecer condolências após a morte de Ashland. Disse que ela estava bastante agitada e que implorou a ele para ajudá-la a encontrar o filho. Quando o sr. Ellery a lembrou de que Noah Ellery estava morto havia muito tempo, a mulher começou a delirar, insistindo que o filho estava vivo, e por fim o sr. Ellery precisou levá-la para seus aposentos. Depois, ele se desculpou com o marquês dizendo que a tia não estava bem da cabeça por conta da dor da perda do marido.

— "Bem da cabeça"?

— Palavras de Ellery, não minhas. Mas é bem conveniente que a única pessoa que acredita que Noah Ellery está vivo esteja presa em Bedlam, não? — pontuou Alex.

A Abigail vai buscar o Noah. As palavras de Miriam ecoaram na mente de Elise.

— Ela não é a única que acredita que o herdeiro de Ashland está vivo. Acho que a irmã dele pensa o mesmo.

Alex arqueou as sobrancelhas.

— Então por que ela não falou sobre isso?

— Talvez eu possa responder a essa pergunta.

Elise congelou, sentindo um mal-estar repentino, e virou-se na direção da voz.

O homem estava parado na porta do escritório com uma das mãos dentro do bolso do casaco e a outra descansando no topo de uma bengala de ponta prateada. Ele era fisicamente impressionante, com um cabelo loiro-avermelhado e olhos azul-claros em um rosto aquilino que lembrava os primeiros retratos dos Tudor, antes de serem vítimas do vício e das marcas da idade. Usava um traje luxuoso, feito sob medida e com os mais caros tecidos para seu corpo esguio, finalizado por uma gravata branquíssima amarrada ao pescoço. Um anel de ouro reluziu em um dedo quando ele ajustou a ponta da bengala.

— Olá, King — cumprimentou Elise com cautela.

Era o único nome que o homem tinha. Ou pelo menos o único que ela conhecia. Mas isso era esperado de um homem misterioso que havia escalado de forma impiedosa e violenta as fileiras do submundo de Londres até chegar ao topo. Ele negociava antiguidades, artes e joias raras — na verdade, qualquer coisa em que ele conseguisse colocar as mãos e vender por um preço exorbitante para compradores exigentes com bolsos cheios e poucos princípios. Elise duvidava que existisse algo no mundo que King não pudesse encontrar. Contanto que pagassem o devido valor, é claro.

— Eu entrei sozinho na casa — comentou o homem. — Ninguém se opôs. Sugiro que verifiquem isso.

— Veio roubar a prataria, King? — perguntou Alex casualmente do sofá, cruzando as pernas.

Parecia relaxado, mas o ar de hostilidade era quase palpável.

King o encarou.

— Hoje não, sr. Lavoie. — Ele entrou na sala e caminhou devagar até Elise. — Minha nossa! Compreendo por que a duquesa adora você. — Então parou na frente de Elise, examinando sua aparência. — Aposto que nem sua mãe a reconheceria.

— A srta. Moore não está aqui no momento — disse Elise.

Ivory Moore era a fundadora da D'Aqueus & Associados, além de ex-duquesa de Knightley. Era ela quem negociava com King quando a necessidade surgia.

— Eu sei. A duquesa está em Chelmsford.

Elise estreitou os olhos. Ivory estava mesmo em Chelmsford, cuidando de uma situação por lá, mas essa informação era confidencial. King deu de ombros.

— Um passarinho me contou.

E esse é o problema, pensou Elise. O homem era tão perigoso e imprevisível quanto uma víbora, mas tinha conexões tanto nos escalões superiores da alta sociedade quanto nas partes mais baixas do submundo. E justamente por isso a D'Aqueus & Associados precisou da sua ajuda algumas vezes.

King estendeu a mão e tocou a lapela do casaco de Elise, esfregando a lã áspera entre os dedos, como se estivesse testando a qualidade do material. Ela ficou paralisada.

— Gostaria de alertá-lo para se afastar da minha irmã — falou Alex, tomando um gole de uísque. Ele permaneceu relaxado no sofá, mas a ameaça em seu tom de voz era inegável.

King sorriu e afastou a mão.

— Não precisa ficar tão irritado, Lavoie. Sou um grande admirador da srta. DeVries, se quer saber. Tenho muito respeito por quem é bom no que faz.

Alex fez um barulho rude.

— Respeito? Uma palavra estranha saindo da boca de um homem que considerou leiloar uma mulher.

— O que aconteceu entre mim e a duquesa foi apenas um acordo de negócios — afirmou o sujeito, olhando com frieza para Alex.

— Já basta — interrompeu Elise, colocando as mãos na cintura e usando as habilidades de atuação tão elogiadas por King para vestir uma máscara de tédio. — Estamos perdendo tempo e eu tenho clientes esperando. Por que está aqui, King?

O homem examinou o anel em seu dedo.

— Fiquei sabendo que você está fazendo perguntas sobre Francis Ellery e o filho do falecido duque de Ashland em nome de um cliente.

Meu Deus, será que aquele homem sabia de tudo sobre todos? Ela olhou para Alex e viu o irmão colocar o copo de lado.

— Talvez — respondeu ela.

— Por causa do respeito que tenho por esta excelente empresa, pensei em alertá-los de que Francis Ellery recentemente contratou dois assassinos.

Elise ficou boquiaberta.

— Oi?

— Não são bons assassinos, veja bem, pois Ellery não tem condições de bancar os melhores. O idiota gastou todo o dinheiro que tinha e tudo que pediu emprestado depois disso. E os bons, os que fazem um assassinato parecer com o mais inocente dos acidentes, são muito caros. Os meus favoritos são, pelo menos. Ele contratou meros salteadores, se quer saber minha opinião, mas é o que pode pagar.

Elise estava tentando entender tudo aquilo.

— E por que está compartilhando essa informação conosco?

— Porque o alvo deles é Noah Ellery.

Um silêncio ensurdecedor caiu sobre a sala.

— Ele está vivo, então... — concluiu Elise.

— Sim. Ou pelo menos estava na última vez que o vi. E eu gostaria muito de localizá-lo antes que esses assassinos medíocres o façam.

A mente de Elise era um turbilhão de pensamentos.

— Quando você o viu pela última vez?

— Doze anos atrás.

— Onde?

— Bem aqui. Em Londres.

— Ellery estava em *Londres*?

— Estava. Até lady Abigail largar a alta sociedade para se casar com um ferreiro de Derby. Ele é um irmão muito dedicado e protetor, sabe? — comentou King, deslizando os olhos para Alex.

Elise franziu a testa.

— Lady Abigail não mencionou nada sobre isso.

— Porque lady Abigail nunca soube que ele estava em Londres. Provavelmente pensa que o irmão está morto. Posso dizer com certeza que ela nunca fez ou disse nada nos últimos doze anos que indicasse uma crença de que ele ainda está vivo.

— Você andou espionando ela.

King alisou o topo da bengala.

— Só verificando seu bem-estar de vez em quando.

— E como você sabe que o filho do duque estava em Londres?

— Isso não é da sua conta.

Elise analisou King, sabendo que havia muito mais em jogo que o respeito à D'Aqueus & Associados.

— Qual é o seu interesse em Noah Ellery?

Algo no rosto de King mudou.

— Isso também não é da sua conta.

— Na verdade, isso é muito da minha conta. Não tenho o hábito de localizar indivíduos se sei que encontrá-los colocará sua vida em perigo.

As narinas de King se dilataram um pouco.

— Acha que quero o mal dele?

Elise deu de ombros.

— Você quer?

O homem estreitou os olhos pálidos.

— Se eu tivesse desconfiado que Francis Ellery contrataria esses assassinos, eu mesmo teria localizado esses homens e teria pago o dobro para esquecerem que Noah Ellery existiu. E dobraria mais uma vez o pagamento para que fizessem Francis Ellery sumir. Ainda poderia fazer isso — ameaçou King, com uma expressão tensa. — Mas eles já desapareceram, e não dá para mandar matar Francis. Ainda não. Ele pode ser útil para ajudar na localização do herdeiro de Ashland.

— E por que deseja encontrá-lo? — instigou Elise, ignorando deliberadamente a ameaça casual de execução de Francis Ellery.

— Porque tenho uma grande dívida com Noah e não desejo vê-lo ferido — afirmou King, e, por uma fração de segundo, foi possível notar certa vulnerabilidade em seu rosto.

Elise piscou. Nossa, será que existia um ser humano de verdade sob o exterior frio e perturbado de King?

— Se você sabe tanto sobre esse homem, por que precisa que eu o encontre?

— Porque eu não consegui. E acredite, eu tentei. Mas Noah Ellery se escondeu muito bem.

— Sei.

— Ouvi dizer que você foi uma rastreadora do Exército britânico em alguma das colônias do Império.

Elise congelou. Ela não compartilhava essa informação com frequência, mas seria uma perda de tempo tentar entender como King descobrira aquilo.

— Sim, é verdade.

— Além disso, também ouvi dizer que você é a melhor.

— Em quê?

— Em encontrar pessoas que não querem ser encontradas.

— Sim, eu sou — confirmou Elise, sabendo que King não tolerava falsa modéstia.

— Também sei que lady Abigail está aqui — afirmou ele. — E tenho esperanças de que ela possa oferecer alguma pista sobre o paradeiro do irmão que ainda não descobri. Além disso, sei que ela não tem dinheiro para pagar todas as despesas necessárias para essa investigação, e por isso peço que a D'Aqueus me procure para obter o pagamento. Entretanto, solicito que não divulguem a ninguém, sob nenhuma circunstância, meu envolvimento nesse assunto. Esta conversa nunca aconteceu, certo?

— Certo. — Elise fez uma pausa e franziu a testa. Havia questões mais importantes que detalhes sobre quem iria pagar a conta. — Como Francis Ellery sabe que o primo está vivo?

— Alguns boatos estão surgindo — explicou King, traçando o padrão no tapete com a ponta da bengala. — Entre os que sabiam que o falecido duque de Ashland tinha um filho. Entre os que se lembram da criança. Entre os que descobriram que não há registros confiáveis sobre a morte dessa criança, que, pelo que se sabe, não é vista há mais de vinte anos. Rumores suficientes para impedir que Francis coloque as mãos no ducado de Ashland. Pelo menos por enquanto. Pelo menos até que a morte de Noah Ellery seja confirmada.

King a encarou, e Elise nunca vira tanta frieza naqueles olhos pálidos.

Ela sentiu um calafrio.

A bengala de King parou no tapete, e ele apertou o cabo.

— Sou contra homens que tentam reivindicar algo a que não têm direito. — Ele parou de falar, e Elise se perguntou o que diabos Noah Ellery tinha feito para ganhar tal devoção de alguém tão aterrorizante quanto aquele sujeito. — Pode me avisar do seu progresso? — King relaxou a pressão na bengala e se aprumou.

— Mas é claro — garantiu Elise.

— Ótimo. Senhor Lavoie, srta. DeVries, é sempre um prazer conversar com vocês — falou ele com um sorriso frio. — Podem deixar que encontro a saída sozinho.

O silêncio tomou conta da sala enquanto Elise e Alex encaravam a porta pela qual King havia acabado de desaparecer.

— Será que ele está falando a verdade? — perguntou Alex, pondo-se de pé.

— Acho que King foi honesto como de costume.

— O que é mais do que podemos dizer sobre lady Abigail.

— Pois é. — Elise colocou o copo no aparador e tirou a barba falsa, estremecendo quando a cola grudou na pele. — Não será a última vez que um cliente tenta esconder algo importante de nós. Embora não consiga entender por que raios lady Abigail não entrou em contato com o irmão se sabe que ele está vivo. Ele poderia libertar a mãe de Bedlam num piscar de olhos.

Elise esfregou a pele avermelhada do queixo, pensando na duquesa acorrentada. A mesma sensação de cansaço e tristeza que sentira antes apertou seu peito novamente.

— Você está bem? — perguntou Alex, aproximando-se dela.

— Estou.

— Não, não está. Você estava falando sobre ordenhar vacas para o Roddy.

— Você nunca sente falta de casa? — indagou Elise, pensando nos pomares, nos pastos e nas florestas onde haviam crescido. Onde a vida era simples.

Alex ficou em silêncio por um momento.

— Não sinto falta da guerra — respondeu ele.

— Não estou falando da guerra, nem do que ela nos custou. Estou falando da fazenda, de quando ainda éramos uma família.

— Você ainda é minha família, irmãzinha — lembrou Alex. — E não importa se estamos em York ou Londres.

— Eu sei.

— Eu tento não pensar no passado. Fica mais difícil de enxergar o futuro.

Elise olhou para baixo. O irmão estava certo. Mas também era difícil enxergar o futuro sem saber quem você realmente é.

— Quer que eu cuide desse caso, Elise? Posso fechar o clube por uma semana.

— Não seja ridículo — respondeu ela, levantando a cabeça. — Não tenho nada me prendendo aqui. O teatro está fechado. A tinta ainda nem secou no contrato de aluguel e Elliston já está pensando em repintar todo o interior. Vai demorar meses para reinaugurar.

Ela não fazia ideia de onde vinha a melancolia que estava sentindo, mas precisava se concentrar na tarefa que tinha pela frente. Se queria ajudar a duquesa de Ashland, precisava estar em sua melhor forma.

— Eu cuido disso, Alex. Se Noah Ellery estiver vivo, eu o encontrarei. Afinal, é o que eu faço.

— Está bem. — Alex ainda a encarava. — Bom, você pelo menos quer ajuda para falar com lady Abigail?

— Não, obrigada. Acho que será melhor se conversarmos a sós. Não quero que ela se sinta numa emboscada.

— É, faz sentido. — Alex olhou para o corredor. — Mas insisto que me mande notícias sobre a investigação. Especialmente se encontrar vivo o tal herdeiro morto.

Roddy foi buscar lady Abigail na cozinha a pedido de Elise, e a mulher logo chegou na sala um pouco ofegante, encarando a investigadora com expectativa.

— Conseguiu ver minha mãe, srta. DeVries? — perguntou Abigail.

— Sim — respondeu Elise, tirando a peruca e passando os dedos pelo cabelo parar massagear o couro cabeludo.

— Ela estava bem? Deve ter conseguido ver que não havia nada de errado com ela, não?

Elise deixou as mãos caírem enquanto olhava para a mulher parada a sua frente. Abigail estava com as mãos nos quadris fortes, e seu cabelo loiro escapava da coroa de tranças presas na parte de trás da cabeça. Os segundos passaram, e Elise continuou calada. A esperança nos olhos de lady Abigail foi substituída por apreensão.

— Onde está Noah? — perguntou Elise finalmente.

Ela não tinha interesse em perder mais tempo.

A mulher empalideceu, então ficou com as bochechas coradas e desviou o olhar.

— Meu irmão está morto.

Lady Abigail estava mentindo. Ela, como King, sabia que Noah Ellery estava vivo.

— Você está certa sobre uma coisa, milady — disse Elise. — Não acho que haja nada de errado com sua mãe ou com a mente dela. No entanto, seu primo está pagando caro para mantê-la trancada, submetida a tratamentos torturantes que não têm nenhum benefício curativo, mas que provavelmente a matarão em um mês. Talvez dois, no máximo.

Lady Abigail desabou no sofá.

— Meu Deus.

— Deixe-me dizer o que penso, milady, e você pode concordar ou discordar. Acho que não é possível herdar um ducado se a atual e sã duquesa insiste que o filho dela, o legítimo herdeiro, ainda está vivo. — Elise sentou-se ao lado de Abigail. — Tal afirmação pode bloquear o espólio por tempo indeterminado.

Lady Abigail afundou o rosto nas mãos.

— Que confusão — murmurou ela por entre os dedos. A mulher parecia à beira das lágrimas. — Maldito Francis e sua ganância!

— Você nunca pensou no que aconteceria quando seu pai morresse?

— Claro que sim! Mas jamais imaginei que Francis faria isso — respondeu Abigail, baixinho.

— Não há ninguém a quem você possa pedir ajuda? — indagou Elise. — Algum velho conhecido? Alguém com influência política e social suficiente poderia investigar isso em seu nome, não? Afinal, você é filha de um duque.

Abigail balançou a cabeça.

— Não tenho mais amigos em Londres. Receio ter cortado todas as relações, embora não possa dizer que me arrependo disso. Até agora. Os membros da alta sociedade estão mais propensos a se alinhar com o próximo duque de Ashland do que com a filha de uma louca. — Ela bufou. — E as pessoas ainda se perguntam por que saí de Londres e nunca olhei para trás.

Elise suspirou. Nada do que Abigail disse era surpreendente, mas elas ainda estavam andando em círculos.

— Seu irmão é mesmo louco como Francis diz? — Elise tentou uma abordagem diferente, embora não gostasse de como suas palavras soavam cruéis. — É por isso que ele não quer ser encontrado?

Abigail estava mexendo em um fio solto na manga do vestido e apertou os lábios.

— Ele podia até não falar quando criança, mas Noah não é louco.

— E nem está morto — incitou Elise.

A mulher assentiu.

Elise sentiu uma pequena onda de satisfação. Agora, sim, elas estavam chegando a algum lugar.

— Onde ele está, então? Temo que ele seja a única pessoa com o poder de salvar sua mãe a tempo. Noah precisa voltar para Londres.

— Não sei para onde meus pais o mandaram. Um dia, cheguei em casa e ele havia simplesmente desaparecido. Eu tinha apenas 14 anos na época e meus pais se recusaram a me contar qualquer coisa. O nome dele nunca mais foi mencionado em nossa casa até cinco anos depois, quando meu pai nos disse que Noah estava morto. Ele não deu nenhum detalhe sobre como meu irmão morreu, mas exigiu que aceitássemos a morte dele como um fato e seguíssemos em frente com a nossa vida.

Bom, isso não ajudava em nada. Abigail não tinha ideia de onde Noah estava. Ele poderia ter sido mandado para a Escócia. Ou para a França. Quem sabe até para a Lua. Mas se a irmã não sabia para onde ele tinha ido...

— Então como sabe que ele está vivo?

Abigail tirou com cuidado um broche da frente do vestido e o entregou a Elise. Era pesado, devia ter sido feito por um ferreiro. Uma peça de beleza simples e crua, com minúsculos fios de aço entrelaçados na forma de uma rosa.

— Ele me enviou isso seis meses depois do dia do meu casamento, junto com uma carta.

— Uma carta? Seu irmão revelou que estava vivo em uma *carta*? Meu Deus.

— Sim — fungou Abigail, parecendo um pouco na defensiva. — Depois que superei o choque, foi o melhor presente de casamento que eu poderia ter desejado.

— E a carta dizia onde ele estava?

— Não. A carta dizia apenas que ele me amava e que tinha orgulho de mim por ter encontrado coragem para escolher a minha própria felicidade. Noah me pediu para não ir atrás dele, mas para confiar que ele havia encontrado a própria felicidade também.

— E ele contou para onde foi mandado quando criança?

— Não. — Ela torceu as mãos no colo. — Mas...

— Mas o quê?

— Mesmo que você encontre Noah, não sei se ele voltará para Londres.

— Como assim? — Será que ela tinha ouvido direito? — Sua mãe... a mãe *dele*, no caso... pode morrer presa em Bedlam, enquanto seu primo pretende roubar o ducado. E, mesmo diante dessa situação, ele não voltaria para Londres?

Abigail tinha afirmado que Noah Ellery não era louco, mas Elise estava começando a duvidar.

Abigail a olhou com tristeza.

— A única outra coisa que ele disse na carta foi que nossos pais estavam mortos para ele e que ele nunca voltaria ao mundo no qual nascemos.

Elise abafou um xingamento. O caso estava ficando cada vez mais complicado.

— Mas havia um carimbo postal de Nottingham na carta — Abigail apressou-se a dizer. — E meu marido reconheceu a execução do broche. Ele foi aprendiz de um ferreiro que gostava de fazer peças como esta, com restos de metal. E, de fato, encontramos as iniciais do homem na parte inferior da peça.

Elise virou o broche e apertou os olhos para ler as minúsculas letras gravadas discretamente ao longo da borda inferior da haste de aço: "JB".

— É um ferreiro chamado John Barr. Ele vive e trabalha em Nottingham.

E agora ele era o único elo com um duque desaparecido. Um tiro no escuro, sem dúvidas, mas um ponto de partida. Elise duvidava que Noah Ellery ainda estivesse em Nottingham. Entretanto, por mais que alguém tentasse cobrir os próprios rastros, sempre deixava pequenas pistas. E Elise era muito boa em encontrá-las.

Infelizmente, outros também já estavam procurando.

— Mais alguém sabe do broche ou que seu irmão ainda está vivo? — perguntou Elise com urgência.

— Só meu marido. E minha mãe.

Aquilo era óbvio.

— Foi você quem contou a ela?

Abigail assentiu.

— Quando me casei, meu pai me deserdou, mas ela o desafiou e foi me visitar em segredo quando meu primeiro filho nasceu. Ela ainda estava arrasada por conta do Noah e, com meu bebê nos braços, fiquei triste ao pensar em como seria perder um filho. Talvez tenha sido um erro, mas eu contei a ela sobre o presente que meu irmão me mandou e mostrei a carta.

— Entendo. E você tem certeza de que nunca mostrou a carta para mais ninguém?

— Meu Deus! — Abigail ficou branca como um lençol. — A carta! Ela estava em uma caixinha de joias com um par de brincos de safira que guardei desde a juventude. E ela foi roubada!

— Quando? — exigiu Elise.

King não mencionara carta alguma, ou que Abigail havia sido roubada. Por mais impossível que parecesse, o onisciente King desconhecia duas informações críticas.

— Um dia antes de eu vir para Londres. Achei que os ladrões só queriam as joias, mas me enganei, não?

Frustrada, Elise passou as mãos pelo rosto e balançou a cabeça.

— Sim.

Se Abigail estava certa ao dizer que ela e a mãe eram as únicas pessoas que sabiam da carta de Noah, era evidente que Ellery, ou os homens que ele contratou, tiraram a sorte grande. Eles certamente foram até a casa de lady Abigail sem muita esperança de encontrar algo útil e acabaram achando uma mina de ouro.

— Francis contratou pessoas para irem atrás do Noah, não foi? — indagou Abigail num sussurro.

Elise refletiu se deveria contar a verdade para Abigail, mas acabou apenas dizendo:

— Sim. E é muito importante que eu o encontre primeiro.

Lady Abigail levou a mão à boca.

— Eles vão matá-lo se o encontrarem!

Elise assentiu com relutância, embora estivesse aliviada por Abigail ter entendido a gravidade da situação.

— Sim. Mas isso se conseguirem encontrá-lo. Parece que seu irmão se escondeu muito bem.

Os olhos de Abigail se encheram de lágrimas.

— O que eu faço, meu Deus?

— Você não vai fazer nada — afirmou Elise. — Vai ficar aqui como nossa hóspede e evitará Francis Ellery. E nunca mencione seu irmão, ou o fato de que ele está vivo, para ninguém fora desta casa. A última coisa que quero é voltar e descobrir que seu primo conseguiu, de alguma forma, prendê-la em Bedlam também.

— Mas...

— Eu posso encontrar o seu irmão — garantiu Elise, tentando passar uma segurança que ela própria não estava sentindo no momento. Se Noah Ellery tinha conseguido ficar invisível por tantos anos, não seria nada fácil encontrá-lo. — Sou muito boa em localizar pessoas que não desejam ser encontradas.

Essa última parte era verdade, pelo menos.

— Não posso perdê-lo de novo — sussurrou lady Abigail. — Por favor, srta. DeVries. Encontre meu irmão e traga-o de volta.

Capítulo 3

Elise havia esquecido da liberdade que vinha com uma vida mais simples.

Longe da multidão de Londres, livre das limitações de saias e sem o peso das expectativas exigidas de uma jovem inglesa, ela estava quase rindo sozinha, apesar das circunstâncias. Carregava consigo tudo de que precisava para sobreviver. As roupas masculinas que usava eram confortáveis, seu cavalo era tranquilo e ágil, os raios de sol que banhavam seu rosto eram divinos e a paisagem arborizada pela qual passava era pitoresca. Não era a beleza selvagem e rústica do local onde havia crescido no Canadá, mas uma estrada larga e bem cuidada era sem dúvida reconfortante.

Sem contar a inexistência de atiradores americanos.

Elise puxou um pouco o chapéu para baixo enquanto guiava o cavalo em direção à ponte que cruzava o rio Leen e que a levaria ao centro de Nottingham.

Em outra vida, antes de ir para a Inglaterra, ela fora recrutada pelos britânicos na guerra contra os americanos e se tornou uma das melhores rastreadoras e batedoras. Anos de prática procurando pessoas que não queriam ser encontradas haviam aprimorado suas habilidades, o que era extremamente útil em seu trabalho na D'Aqueus.

Mais adiante, à esquerda, um grande castelo se erguia em uma elevação e vigiava a cidade. Bem à frente, em outra elevação, era possível ver a robusta torre quadrada da Igreja de São Nicolau, com edifícios agrupados em sua base. As laterais da estrada eram rodeadas de pastagens, divididas por cercas de pedra e ocupadas por casas aqui e ali. Um bosque escondia a cidade, mas fios de fumaça cortavam o céu, revelando a existência de um povoado movimentado.

O ponto de partida de sua missão seria uma taberna, pensou Elise. Lá tentaria descobrir se um ferreiro chamado John Barr ainda vivia na cidade. Tabernas eram ótimas fontes de informação, principalmente com a ajuda de uma grande quantidade de cerveja. Ninguém desconfiaria se ela perguntasse sobre a disponibilidade de um bom ferreiro para ver as ferraduras de seu cavalo. Sabendo da possibilidade de que outros também estivessem à procura de Noah Ellery, Elise não queria atrair atenção indesejada nem para ela nem para John Barr, pelo menos até que fosse possível determinar se havia alguma evidência de que o ferreiro sabia o paradeiro de Noah. Ou se o conhecia.

Embora nutrisse esperança, suas expectativas eram baixas. Era bem possível que o ferreiro tivesse mudado de cidade. Ou falecido. Talvez a única ligação que Noah Ellery tivesse com o homem fosse a compra do broche de rosas.

Ela franziu a testa para os próprios pensamentos, não querendo considerar a derrota antes mesmo de começar, e incitou seu cavalo a apertar o passo. Mais à frente, na ponte, um grupo de meninos brincava com gravetos compridos que faziam as vezes de espadas de madeira.

Dois traquinas escalaram o muro de pedra estreito ao longo da borda da ponte, atacando e defendendo com sua espada no que parecia uma batalha épica entre piratas na amurada do convés de um galeão.

Ela sorriu, relembrando momentos felizes. Também costumava brincar com armas de mentira quando criança, até ter idade suficiente para adquirir as de verdade. Incentivados pelos amigos, os dois meninos foram ficando mais ousados. Elise olhou para o rio turbulento abaixo deles e sorriu, pensando que era apenas uma questão de tempo antes que um dos pequenos capitães do mar tomasse um banho.

Seu cavalo diminuiu a marcha quando começaram a atravessar a ponte, aguçando as orelhas enquanto a batalha no muro chegava ao auge. E então, de repente, um grito ecoou. O menino mais próximo de Elise perdeu o equilíbrio e desapareceu pela lateral, caindo na água.

Os outros garotos na ponte ficaram pálidos de medo e, desesperados, correram para olhar por cima do murinho. Elise franziu a testa. Esperava ouvir risadas e comemorações, e não um silêncio terrível. Um dos meninos disparou na direção da cidade. Da garupa do cavalo, ela vislumbrou um emaranhado de cabelo escuro desaparecer na água. O menino não sabia nadar, percebeu com terror.

— *Merde!* — praguejou.

Ela pulou do cavalo e arrancou as botas e o casaco enquanto corria até a beira da ponte. Chegando ao murinho, buscou avistar a cabeça do menino de novo e, quando a viu, pulou sem pensar duas vezes.

O mergulho na água fria foi um choque para seu corpo quente. Subindo à superfície, ela procurou o menino e viu de relance uma mão pálida na água escura. Mergulhou e estendeu as mãos à frente. Estava estranhamente silencioso sob a água, e Elise só conseguia ouvir o som da própria pulsação. Seus pulmões começaram a arder, e ela se impulsionou para a frente mais uma vez, e dessa vez sua mão tocou um pequeno corpo.

Agarrando um pedaço da camisa do menino, ela usou toda a força das pernas para levá-los à superfície. Respirou fundo quando sentiu o ar fresco e segurou o garoto com mais força, colocando um braço ao redor do pescoço dele e o mantendo acima da água. Ele estava se debatendo, o que era um alívio, mas também um grande impedimento para que saíssem do rio.

— Fique parado! — gritou no ouvido dele. O menino tentou se virar, agitando os braços em desespero. — Faça o que eu disse, ou vou largá-lo aqui! — Ele ficou imóvel. — Ótimo. Continue assim.

Elise se moveu devagar, deixando que a correnteza os levasse rio abaixo, inclinando-os na direção da margem mais próxima. Demorou, mas por fim ela sentiu os pés tocaram o fundo do rio. No entanto, quando tentou avançar, descobriu que suas pernas estavam mais cansadas do que pensava.

— Maldição! — ofegou ela quando quase afundaram de novo.

De repente, Elise sentiu braços fortes sob os dela, e o peso do menino desapareceu.

— Pode soltar — instruiu alguém. — Deixe conosco.

Agradecida, Elise soltou o menino. Mas aqueles braços não a soltaram, e ela aproveitou para apoiar seu peso neles, grata pela ajuda. Após a onda de adrenalina, Elise se sentia subitamente trêmula. Com a ajuda de seu salvador, ela saiu meio tropeçando, meio se arrastando, pela margem do rio. Os braços fortes a colocaram com cuidado no chão, e ela se esparramou na espessa manta de grama. Sabia que estava arfando como um cavalo de corrida, mas não se importou.

— O menino está bem? — Elise conseguiu perguntar depois de um tempo.

— Está, sim. — As palavras chegaram ao seu ouvido lentas, mas claras, vindas de algum lugar acima dela. — O pai dele está aqui.

— Que bom. — Ela olhou para cima, mas só conseguiu ver o contorno borrado de um homem contra o brilho do sol. Desistindo de tentar enxergar seu salvador, ela voltou a se recostar na grama e tentou controlar a respiração. — Espero que o pai dele o ensine a nadar.

O homem soltou uma risada de surpresa. Em algum lugar mais acima na margem, havia o murmúrio de vozes agitadas. Ela fechou os olhos. Parecia que metade da cidade estava na estrada. Belo jeito de não chamar a atenção. Que desastre.

— Você não vai morrer, né?

A voz estava mais próxima, quase na frente dela, e Elise abriu os olhos, observando uma coleção de nuvens correndo pelo céu azul.

— Ainda não, eu acho.

Ela tentou se sentar, mas seus músculos estavam cansados demais e se recusavam a obedecer.

Uma mão quente segurou a dela e a puxou, e Elise se deparou com os olhos mais bonitos que já vira na vida.

Eram verdes esfumaçados, como pinheiros quando envoltos em névoa, ou como águas tranquilas que escondiam grandes profundidades. Envoltos por cílios loiros, eram enquadrados por um rosto forte que indicava que seu dono passava várias horas ao ar livre. Um cabelo loiro-claro caía em ondas descuidadas em volta das orelhas do homem, e as pontas úmidas roçavam os ombros nus. Ombros incríveis, largos e poderosos. Gotículas de água deslizavam sobre seu peitoral.

Elise ficou com a boca seca e perdeu o pouco de fôlego que tinha conseguido recuperar.

O homem estava agachado diante dela com um olhar preocupado, mas ostentando um meio-sorriso no lindo rosto.

— Hum. Se você morrer, posso ficar com seu cavalo? — perguntou ele. — É o melhor animal que já vi em muito tempo.

— Meu cavalo? — repetiu ela.

Meu Deus, sua lucidez havia evaporado diante daqueles olhos verdes. O homem olhava para além de Elise, na direção da estrada.

— Um dos meninos trouxe da ponte para você.

Elise lutou para respirar normalmente e formular um pensamento racional. O homem estava tentando acalmá-la. Ele não tinha culpa por ser tão bonito. Não tinha culpa que o corpo dela estivesse ameaçando fazer algo muito tolo por conta disso.

Mas estava claro que fazia tempo demais desde que Elise convidara um homem para a cama, porque ela não conseguia desviar os olhos daquele sujeito. Sombras sutis abriam caminho em seu torso enquanto ele se movia, criadas por músculos torneados sob a pele dourada. Seu peito tinha uma penugem loiro-escura que descia até o umbigo. Ela deixou seu olhar vagar para baixo, sobre as saliências que formavam um "V" nos quadris dele antes de desaparecerem por baixo da calça. A mão livre do homem repousava sobre a coxa robusta, com os dedos longos espalhados sobre o joelho. Elise imaginou como seria sentir aqueles dedos em sua pele nua, pois já sabia como era sentir aqueles braços, a força bruta daquele corpo contra o seu.

Ele estava puxando você da água como um rato afogado, sua tola, não a levando para a cama, pensou Elise. Só então uma percepção terrível lhe ocorreu. Ela não precisava nem verificar para saber que seu chapéu havia sumido. Sua trança estava solta, e ela sentia o peso de seu cabelo encharcado nas costas. Um breve olhar em suas roupas molhadas, coladas ao corpo, confirmou suas piores suspeitas. Quando prendia os seios com uma faixa sob a camisa folgada, eles ficavam imperceptíveis, mas não havia nada de imperceptível neles agora. A faixa tinha se soltado e deslizado até a cintura. Pior ainda, o tecido puído de sua camisa gasta era quase transparente e, grudado em sua pele, era como se ela não estivesse usando nada. As curvas de seus seios estavam visíveis, assim como as aréolas escuras de seus mamilos eriçados.

Os olhos do homem ainda estavam em seu rosto e não em seus seios, o que Elise escolheu interpretar como um testemunho do cavalheirismo dele, mas ninguém em sã consciência teria dúvida: ela era uma mulher vestida com roupas masculinas.

— Não, você não pode ficar com meu cavalo — resmungou ela, tentando desgrudar a camisa dos seios com a mão livre. — Preciso dele para fugir de muitas perguntas embaraçosas.

O homem continuou a encará-la.

— Vão querer saber quem você é — disse baixinho, apontando o queixo na direção das vozes atrás deles.

Elise parou ao notar a compreensão nos olhos verdes, e conseguiu dar um sorriso fraco.

— Acha que alguém vai notar se eu nadar de volta para o lugar de onde vim? — Elise estava tentando fazer o cérebro funcionar, mas, assim como seus músculos, sua mente parecia letárgica. A engenhosidade habitual havia se esgotado. — Você pode dizer a eles que eu era uma sereia.

— Uma sereia? — O homem sorriu e olhou para além dela novamente. — Preciso de uma desculpa melhor que essa. Posso dizer a eles o que você quiser que eu diga, mas vai ser difícil convencer alguém com essa história de sereia.

Elise franziu o cenho. "Posso dizer a eles o que você quiser que eu diga", e não "quem é você?", ou "por que está vestida como um homem?" Aquelas eram perguntas que a maioria das pessoas teria feito.

— Por que está sendo tão gentil? — perguntou ela, sem saber se "gentil" era a palavra certa. Talvez "atencioso" fosse melhor. Ou "compreensivo".

— Alguém foi gentil comigo uma vez em uma situação não muito diferente desta. — Ele desviou o olhar para a calça que Elise estava usando, nada comum em uma mulher, e para os pés descalços da jovem, antes de voltar a atenção para o rosto dela. — E você acabou de salvar o filho de uma pessoa importante para mim.

— Ah, sim.

Elise suspirou, sabendo que era impossível evitar o que estava por vir. Olhou para baixo, surpresa ao perceber que aquele homem ainda segurava sua mão, como se fosse a coisa mais natural do mundo. Nervosa, interrompeu o contato e se abraçou, sem saber se seu bom senso estava sendo mais afetado pela exaustão ou pela beleza do homem. Por que não conseguia pensar em algo inteligente para dizer? Por que não conseguia apresentar a miríade de desculpas e explicações plausíveis que estavam sempre na ponta de sua língua? Por que não queria mentir para ele?

— É mais seguro viajar sozinha vestida de homem do que com as vestes femininas comuns — explicou ela.

Pronto, aquilo era uma verdade. Verdades simples eram sempre melhores e mais seguras que mentiras elaboradas, afinal.

— Hum. Bom, posso trabalhar com isso. Vou manter as perguntas mais cabeludas longe de você.

Elise sentiu um sorriso querendo se formar.

— Você me puxa para fora de um rio, ameaça tomar meu cavalo e agora se nomeia meu cavaleiro errante?

— Bem, se você não vai morrer, acho que merece pelo menos um pouco de "errância" por salvar uma criança.

— "Errância"? Essa palavra existe?

— Existe para uma heroína.

Ele sorriu para ela, e Elise sentiu um frio na barriga. Meu Deus! O homem tinha covinhas! Ela não sobreviveria àquele encontro. Não sem ceder ao desejo insano de beijá-lo loucamente, só para descobrir se ele era tão gostoso quanto bonito.

Elise soltou uma risada meio esganada, e o sorriso dele desapareceu em um olhar de preocupação.

Aquilo era melhor.

— Não sou uma heroína.

Na verdade, era apenas uma atriz de meio período e uma mulher que as pessoas contratavam para resolver problemas. Não havia nada de heroico nisso.

— Receio que agora você seja uma. É melhor se preparar para ser tratada como tal. O que você fez foi...

— Irresponsável? Tolo?

Elise não queria mais ouvir elogios vindos daquele homem. Se ele não parasse de ser gentil, ela não se responsabilizaria por suas ações. Que sem dúvida seriam irresponsáveis e tolas.

— Corajoso. — O homem sorriu de novo, e ela precisou desviar os olhos quando sentiu suas pernas virarem geleia. — Aqui.

Elise voltou a encará-lo e o viu segurando uma bola de tecido úmido.

— O que é isso?

— Minha camisa. Está praticamente seca. Você pode... Vista. Se desejar. A sua está, err... — Ele fez um movimento com a mão na direção dos seios dela antes de desviar o olhar.

Elise observou, fascinada. Por acaso aquele homem estava corando? Meu Deus, estava! O desejo de estender a mão e passar os dedos naquelas maçãs do rosto quentes e esculpidas era quase tangível. E, depois substituir os dedos por seus lábios, sua língua... Elise pigarreou. Que absurdo! *Ela* estava sendo absurda. Um homem com aquela aparência e que tratava mulheres com a dignidade, o respeito e a *gentileza* que acabara de demonstrar com certeza não seria solteiro. Devia ser casado. Com filhos fortes que se pareciam com ele e filhas adoráveis que se pareciam com sua linda esposa.

Não é?

— Obrigada.

Elise estendeu a mão e aceitou a camisa. O homem se levantou abruptamente, e ela o seguiu com os olhos. Ele ofereceu a mão para ajudá-la a ficar de pé, e Elise aceitou a gentileza, apesar da leve hesitação. Os dois ficaram parados na lama e na grama alta do pântano por um longo minuto, encarando um ao outro, a mão de Elise ainda presa na dele.

Ela sentia o calor emanando da pele dele, esquentando a palma de sua mão. Que Deus a ajudasse, pois ela queria sentir mais daquele homem. Queria passar os dedos pelos relevos dos músculos, queria sentir a pele aquecida e bronzeada pelo sol. Nunca, em toda a sua vida, Elise tinha se sentido atraída por alguém de forma tão instantânea e desesperada. Muito menos por um sujeito que corava. E que usava palavras como "errância" e "heroína" sem se importar. E que oferecia a própria camisa para lhe dar recato e proteção.

Seria fácil ficar encantada por um homem como aquele. Ele tinha o poder de fazê-la esquecer tudo ao seu redor com um simples sorriso. Ainda bem que Elise partiria em um ou dois dias, assim que terminasse sua busca por John Barr em Nottingham. Ela não tinha tempo para distrações.

Obrigou-se a desviar os olhos dos dele e recuou um passo, puxando a mão. Então sacudiu a camisa áspera de linho e começou a vesti-la com um pouco de dificuldade devido à roupa molhada que usava. Era melhor enfrentar de uma vez o povo que a esperava na estrada para poder seguir seu caminho.

A camisa seca ficou presa no meio de sua cabeça, e Elise praguejou mentalmente. Os músculos de seus braços ameaçavam ceder enquanto ela lutava contra o tecido restritivo e úmido da própria roupa molhada.

— Precisa de ajuda? — perguntou ele, em tom divertido.

— Não. — Elise digladiou com a camisa por mais alguns segundos. — Sim.

Seus braços estavam presos em ângulos estranhos, e ela não conseguia ver nada.

— Hummm.

— Você está rindo de mim? — perguntou ela.

— Não.

Ele riu.

Elise sentiu as mãos daquele homem em seus braços, desenrolando o linho que por fim deslizou sobre a cabeça. Ele puxou a gola da camisa com delicadeza, passando os dedos pelos ombros de Elise para endireitar as costuras antes de amarrar os laços no pescoço.

— Prontinho, milady. — Ele deu outro sorriso. — Seu cavaleiro errante derrotou a camisa bestial com as próprias mãos.

E se tornou o primeiro homem a me vestir, pensou ela.

Elise nunca vivenciara nada tão estranhamente íntimo em toda a vida, e aquilo a deixou sem fôlego. Seus pelos estavam arrepiados, e ela sentiu um calor súbito.

— Obrigada — sussurrou ela.

Ele fez uma breve reverência.

— Posso ter o prazer de saber seu nome, milady?

Elise se surpreendeu ao perceber que também não sabia o nome dele. Uma conversa inteira, algumas fantasias devassas — ela estava usando a camisa dele! — e não havia perguntado o nome do sujeito.

— Elise — respondeu. — DeVries — acrescentou. Havia algo de libertador em contar seu nome àquele homem. Porque, pela primeira vez, ela não estava mais disfarçada. Não precisava fingir ser outra pessoa. O rio havia se certificado disso. — Posso ter o prazer de saber o seu?

— Noah — informou ele.

Elise congelou, usando toda a experiência acumulada no palco para manter a compostura.

— Noah — repetiu ela, forçando um sorriso suave.

A idade dele batia e seu cabelo era loiro, como o de lady Abigail. O que podia não significar nada. As chances de encontrar um homem que não queria ser encontrado antes de começar as buscas de verdade eram mínimas. As chances de encontrá-lo em meio à lama e à vegetação da margem de um rio eram minúsculas. Impossíveis, até.

— Devo chamá-lo de sir Noah?

— Lawson. É meu sobrenome — explicou ele. — Embora sir Noah seja muito chique.

Noah Lawson. Elise sentiu uma pontada irracional de decepção. É claro que ele não era o homem que ela procurava, e o fato de por um segundo ter cogitado isso a fez se sentir um pouco tola. Quantas pessoas na Inglaterra se chamavam Noah? Ela achou mesmo que seria tão fácil assim? Que cavalgaria até Nottingham e encontraria um homem que se apresentaria como Noah Ellery, herdeiro perdido do título de Ashland? Que ele sorriria e perguntaria quando partiriam para Londres?

Se ela não estivesse tão distraída, Elise teria lembrado que Noah Ellery nem teria se apresentado, já que não conseguia falar. Já Noah Lawson não tinha qualquer comprometimento na fala. Na verdade, a maior parte do que saíra da boca dele a deixara com os joelhos bambos.

— Lawson! — O grito veio de cima. — Vocês estão bem? O que estão fazendo aí?

Noah a encarou.

— Estamos bem! — gritou ele de volta. — Só dando um tempo para a moça recuperar o fôlego.

A declaração dele foi recebida com total silêncio, seguido por um murmúrio baixo de vozes masculinas. Em seguida, ouviu-se o som de galhos estalando quando pés com botas começaram a descer a margem na direção deles.

— Moça? — questionou ela.

Noah deu de ombros, como se pedisse desculpas.

— É melhor que eles tenham um pequeno aviso de que você não é o que eles estavam esperando. — Ele inclinou a cabeça na direção da estrada. — Venha.

Noah pegou a mão de Elise, e ela aceitou de bom grado, pois suas pernas ainda pareciam pesadas e nada aptas para a tarefa de escalar uma margem íngreme de rio por conta própria.

Ele foi devagar, permitindo que ela se apoiasse em seu braço. Os dois estavam na metade do caminho quando encontraram um homem imenso com uma expressão preocupada.

— Meu Deus! Achamos que vocês tinham caído no rio de novo — falou em tom aliviado. Seus olhos azuis brilhantes foram de Noah para Elise. — E eu pensei que você estava brincando quando disse "moça".

Ele passou por Noah para ficar diante de Elise.

Elise o observou com cautela e então, sem aviso prévio, encontrou-se apertada em um abraço sufocante.

— Obrigado! — agradeceu o homem. — O menino que você salvou é o tolo do meu filho.

Ele recuou abruptamente, passando a mão pelo cabelo escuro e salpicado de fios brancos.

Elise só conseguiu assentir.

— Bem, vamos logo, vocês dois — ordenou o homem. — Antes que as pessoas comecem a falar. — Ele seguiu na direção da estrada. — Tem muita gente querendo conhecer essa moça. Você não pode tê-la só para você.

— Falando assim parece até que eu a agarrei no meio do mato — retrucou Noah, com ironia.

Elise engoliu em seco e olhou para a vegetação com pesar. Quem dera! Mas, antes que a luxúria pudesse dar asas à imaginação, ela a esmagou.

— Você está quase nu e ela está usando sua camisa — comentou o outro homem ao se virar para trás.

— Melhor a minha que a sua — respondeu Noah.

O homem riu, o som grave reverberando ao redor, e Elise se perguntou sobre a natureza da relação dos dois. Eram amigos? Parentes? De qualquer maneira, aquela conversa indicava familiaridade, não muito diferente da que ela tinha com Alex.

Elise cambaleou na subida, e em um piscar de olhos se viu apoiada por braços fortes.

— Me coloque no chão — exigiu, sem saber onde pôr as mãos ou para onde olhar, ao mesmo tempo que era dominada por uma sensação de pânico muito familiar. — Eu consigo andar sozinha.

— Não, não consegue. Você está parecendo um marujo bêbado — retrucou Noah, segurando-a com mais força.

A sensação de pânico aumentou.

— Não preciso ser carregada.

— Vou perder o jantar se formos no seu ritmo até o topo da colina. E com certeza o café da manhã também — afirmou ele, e continuou a andar, ignorando a resistência dela.

Elise se debateu com mais força, tentando reprimir o pânico crescente, mas não conseguiu.

— Por favor, me coloque no chão. Por favor!

Ela sabia que suas palavras soavam desesperadas e descomedidas. Noah parou.

Elise se desvencilhou dos braços dele, desajeitada, caindo sobre um joelho antes de conseguir se endireitar. Não conseguia olhar para Noah.

— Desculpe — disse ele. — Eu pensei…

— Foi um gesto gentil de sua parte, sir Noah — respondeu ela, a voz fraca, tentando fazer graça. — Mas eu não consigo…

Como ela poderia explicar? Que tipo de mulher entrava em pânico quando era segurada? Que tipo de mulher não sonhava em ser carregada nos braços fortes de um homem bonito?

— É que eu não gosto de me sentir... — Meu Deus, ela estava piorando a situação.

— Impotente? — Noah tentou ajudar. — Você não gosta de se sentir impotente.

Ela o encarou, surpresa.

— Isso.

Noah ficou sério.

— Sinto muito. De verdade.

— Não precisa se sentir mal. — Ela empurrou para o lado o cabelo molhado grudado na testa, agitada. — É ridículo, eu sei. Mas não consigo.

— Eu entendo — afirmou ele, tão baixinho que Elise quase não ouviu. Ainda assim, acreditou nele.

Ela respirou fundo.

— Obrigada.

— Venha, milady — chamou ele, trocando a feição séria por um sorriso provocador. — Ficarei honrado de acompanhá-la até a estrada. Com certeza sentirei fome, mas ficarei feliz mesmo assim.

— Prometo que você não vai perder o jantar — garantiu ela, sem conseguir evitar um sorriso.

Então, enganchou a mão no braço dele, perguntando-se por que era tão fácil interagir com aquele estranho. Talvez porque ele parecia entendê-la e aceitá-la de uma maneira que nenhum estranho faria. Em muito pouco tempo, Noah tinha deixado Elise sem chão e revelado camadas que ela pensou que fossem impenetráveis.

Ainda bem que ela partiria na próxima hora.

Capítulo 4

Tentando ser discreto, Noah Lawson se apoiou na carroça e estudou a mulher que se autodenominava Elise DeVries.

Ele estava conduzindo a carroça com John e Sarah, próximo ao pé da ponte, quando ouviu o barulho da água e a comoção. Sem acreditar nos próprios olhos, viu um rapaz desconhecido saltar de seu cavalo e pular do murinho para o rio sem hesitar.

Só que não era um rapaz. Era uma mulher — algo que Noah descobriu no instante em que entrou no rio para ajudá-la enquanto ela lutava contra a correnteza e com o peso do menino. Ficara tensa no início, mas logo relaxou e permitiu que ele a tirasse da água. E depois disso Noah não tinha certeza do que havia acontecido. Ela tinha feito uma piada, lembrou-se ele, enquanto se deitava na grama espessa, as roupas molhadas grudadas ao corpo, não deixando nada para a imaginação. Suas curvas imploravam para serem tocadas. Seios gloriosos que a camisa puída não conseguia esconder. Quadris sensuais que emolduravam um belo traseiro. Pernas longas que Noah logo imaginou ao redor do corpo dele. A resposta carnal ao vê-la foi imediata e vergonhosa, e ele agradeceu mentalmente por ter ficado um tempo agachado em frente a ela. Noah precisou de muitos minutos para controlar seu corpo, e a calça molhada que estava usando não ajudou em nada a disfarçar seu desejo.

Ele se concentrou em manter os olhos no rosto daquela mulher e afastar os pensamentos impuros.

Mas então ela se sentou e sorriu, e qualquer resposta de seu corpo foi substituída pela conexão instantânea que ele sentiu em seu âmago.

O sentimento desafiava qualquer explicação plausível, mas Noah se esquecera de ser cauteloso e cuidadoso. Tinha esquecido de se concentrar nas palavras que falaria, como costumava fazer quando interagia com estranhos. Ele fora simplesmente... cativado. Desarmado.

A beleza dela era única. O vigor de sua pele, os olhos castanhos que cintilavam com um humor evidente, o cabelo grosso cor de café que Noah queria tocar, mesmo com as mechas molhadas e bagunçadas. Em segundos, ele se viu fazendo graça com ela, incapaz de se conter, capturado por aquele sorriso radiante. Era como se a conhecesse desde sempre, e ele se sentiu perigosamente à vontade.

Talvez tenha sido isso que o deixara tão perturbado. Noah não sabia quem ela era de verdade, nem de onde vinha. A falta de informação deveria tê-lo deixado desconfiado, deveria fazê-lo fugir dali o mais rápido possível. Mas estava fazendo o contrário: Noah tentava descobrir como manter aquela mulher incrível mais tempo por perto.

Talvez porque ele via o próprio passado nela. Ninguém se disfarçava sem motivo. Ninguém reagia como um gato selvagem em pânico ao ser segurado, mesmo que de forma inocente. Ele entendia isso melhor do que ninguém. E, por alguma razão absurda, Noah queria assegurá-la de que estava tudo bem. De que queria ajudá-la. De que queria conhecê-la.

E havia o fato de a mulher ter salvado um garoto que ele considerava da família.

John sem dúvida daria uma grande bronca no filho assim que se acalmasse e se certificasse de que Andrew estava bem. A esposa dele, Sarah, não saíra do lado da criança, e a expressão do menino variava entre animação pela atenção que estava recebendo, constrangimento com o ocorrido e apreensão pelo castigo que estava por vir.

A srta. DeVries, por outro lado, sorria ao ser interrogada pelas pessoas da cidade, que, alertadas pela comoção, foram correndo para a ponte. O grupo já estava diminuindo após ter a curiosidade saciada, e a estranha novidade que era a srta. DeVries seria sempre lembrada por todos em conversas futuras.

Noah tinha ficado ao lado dela no início, respondendo às fofoqueiras mais descaradas da cidade, mas Elise o dispensou e disse que era capaz de se virar sozinha. E não estava mentindo quanto a isso. Entretanto, o sorriso em seu rosto parecia mais cansado, e Noah percebeu os sinais de desgaste. Ele sentira os músculos de Elise tremendo de fadiga enquanto subiam a maldita colina, e era evidente que sua reserva de energia estava se esgotando.

Como se pudesse ler a mente dele, Elise se virou e começou a andar em sua direção. Ou, mais precisamente, até o cavalo dela, que estava amarrado na parte de trás da carroça de Noah. Ela abriu um sorriso cansado e afagou a cabeça do animal.

— Pode me recomendar alguma estalagem? — perguntou. — Uma com um bom estábulo e uma cerveja decente, e quem sabe até um banho morno?

Noah franziu a testa. Depois de tudo que aconteceu, não parecia certo mandá-la para uma estalagem qualquer. Ele não podia fazer aquilo. Não só seria uma ação insensível, como, de repente, mais que tudo, ele se deu conta de que precisava de mais tempo com aquela mulher. A força do desejo impulsivo o assustou.

— Você vai dormir comigo esta noite — declarou ele, sem pensar.

Elise ergueu a cabeça tão rápido que assustou o cavalo.

— O que disse?

Maldição! Aquilo não tinha soado bem.

— Você vai *ficar* comigo esta noite. Eu tenho uma banheira.

Elise ficou boquiaberta, e Noah sentiu as bochechas queimarem. Desgraça! Não era isso que estava tentando dizer. Ele odiava quando isso acontecia.

Noah respirou fundo e se concentrou.

— O que estou tentando dizer é que posso lhe oferecer um lugar para passar a noite. Tenho um bom estábulo para o seu cavalo e uma banheira. E jantar. Posso alimentá-la.

— Hummm.

— Eu tenho uma governanta — acrescentou ele, afobado, antes que Elise pudesse recusar a oferta. — Cozinha. Ela cozinha. Muito bem. — Ansioso, com medo de que Elise escapasse dele, Noah começou a falar as palavras na ordem errada. — Por favor. É o mínimo que posso fazer.

Elise negou com a cabeça.

— Obrigada, mas acho melhor continuar meu caminho.

— Aí está você! — exclamou John, apressando-se na direção dele, com Sarah logo atrás.

A pequena mulher estava mais pálida que o normal e foi correndo segurar as mãos de Elise.

— Você é um anjo da guarda! — disse ela, emocionada. — Temos uma dívida eterna com você.

Elise assentiu, parecendo um pouco desconfortável sob o peso de tanta gratidão.

— Obrigada, mas já fico feliz por tudo ter acabado bem.

— Graças a você — afirmou Sarah, com seus olhos cinzentos cheios de carinho. — Se precisar de alguma coisa, qualquer coisa, não hesite em pedir. Por favor!

— Obrigada — agradeceu Elise mais uma vez. — Mas eu só preciso que me indiquem uma estalagem e...

— Nem pensar! Você não vai ficar sozinha em alguma estalagem cheia de pulgas e buracos na parede — disse Sarah, horrorizada. — Você pode ficar conosco.

— Ela pode ficar comigo — cortou Noah. — E com a sra. Pritchard. Eu já ofereci.

John e Sarah o encararam, e Noah tentou não olhar para o casal. Sabia muito bem por que os dois o encaravam daquele jeito. Essa oferta era o completo oposto de sua aversão habitual a estranhos.

— Vocês têm seis crianças em casa, e vai ser muito bom para uma delas ter a família reunida esta noite. Eu tenho espaço de sobra em casa, e a sra. Pritchard vai ficar feliz em ter mais uma boca para alimentar.

Ele sabia que John e Sarah não podiam contestar essa lógica.

Elise fez que não com a cabeça de novo.

— Ambas as ofertas são generosas, sr. Lawson e... — Ela parou e franziu a testa para John e Sarah. — Desculpe, não sei o nome de vocês.

— Você não se apresentou a ela? — perguntou Noah a John, com incredulidade.

O homem piscou confuso para Noah, e então para Elise.

53

— Acredito que você se apresentou apenas como o pai do menino tolo que salvei — comentou Elise, com um leve sorriso.

— Perdão! — John parecia tão horrorizado quanto a esposa. — John Barr, ao seu dispor. E esta é minha esposa, Sarah. — Ele olhou para Noah. — E peço que reconsidere a oferta de hospitalidade do sr. Lawson.

Elise não disse nada por um tempo, com uma expressão peculiar, então sorriu.

— Está bem. Ficarei feliz em aceitar sua oferta, sr. Lawson. Obrigada.

Noah sentiu um frio na barriga. Por que será que ela havia mudado de ideia de repente? Bom, não importava. A possibilidade de levá-la para casa o deixava ofegante. Atônito.

— Esplêndido! — afirmou Sarah, batendo palminhas, e se voltou para a srta. DeVries, embora continuasse olhando de soslaio para Noah de vez em quando. — Então você tem que participar do baile de verão amanhã à noite. Bom, chamamos de baile, mas é mais um piquenique com dança sob uma grande tenda. Você é nossa convidada.

A srta. DeVries se remexeu, como se estivesse desconfortável.

— Agradeço o convite. Deve ser uma festa adorável, mas...

Sarah segurou as mãos dela de novo.

— Diga que vai! Por favor. Será uma honra ter você lá.

A srta. DeVries hesitou um segundo antes de responder.

— Será um prazer.

Noah sentiu um frio na barriga mais uma vez.

— Obrigada! — agradeceu Sarah, apertando a mão da jovem.

Ela sorriu e voltou para onde o filho esperava, para lhe dar mais um abraço e um beijo no cabelo úmido.

— Vamos — disse Noah a Elise, tentando soar casual. — Pode deixar seu cavalo amarrado na carroça. — Estava mais fácil de se concentrar nas palavras agora. — Venha na frente comigo.

Elise assentiu.

— Está bem. — Foi tudo o que disse, e Noah suspeitou que ela estava sem energia para discutir. — Foi um prazer conhecê-lo, sr. Barr.

— Digo o mesmo, srta. DeVries. Estou ansioso para vê-la de novo em breve, em circunstâncias menos caóticas.

Ela deu um sorriso cansado para John e foi para a frente da carroça.

— Uma palavra, Noah — pediu John, pegando-o pelo braço antes que subisse no veículo.

Noah se virou para o amigo.

— O que foi?

— O que está fazendo?

— Como assim? — indagou Noah, confuso, franzindo a testa.

John o puxou para mais longe da carroça e falou em voz baixa:

— Essa srta. DeVries. Quem é ela?

— Como assim? — Aquilo não fazia sentido. — Por que a pergunta?

— Por que se ofereceu para hospedá-la?

— Porque ela precisa de um lugar para passar a noite. Porque ela salvou a vida do seu filho. — Ele sabia que soava defensivo e tentou suavizar o tom. — Você deveria estar beijando os pés dessa mulher.

John levantou as mãos em um gesto conciliatório.

— Eu sei. E não duvide que eu vá fazer isso. — Ele sorriu. — Jamais poderei pagar essa dívida. É só que...

— É só o quê?

John arrastou os pés, parecendo quase envergonhado.

— Nunca vi você desse jeito desde que nos conhecemos. Sentindo--se à vontade com alguém tão rápido.

Ele sabia o que John estava querendo dizer. Noah evitava estalagens movimentadas e mantinha distância de tabernas que recebiam viajantes de Londres e arredores. O amigo nunca pedira detalhes, mas sabia muito bem que os mistérios do passado de Noah deveriam continuar no passado.

E já tinham se passado quinze anos. Quinze anos desde que Noah Ellery deixara de existir. Quinze anos desde que ele reconstruíra sua vida como Noah Lawson.

Bem no começo, quando ainda se escondia pelas ruas de Londres, Noah temera que homens vestindo jalecos e armados com correntes e cordas aparecessem para arrastá-lo de volta para a jaula da qual havia fugido. Na época, estava convencido de que todo homem desconhecido poderia ser um detetive contratado para caçá-lo e prendê-lo. Mas ninguém nunca apareceu. E então, quando ele deixou Londres, a distância e o tempo abafaram qualquer resquício de medo. Ninguém aparecera procurando o homem outrora conhecido como Noah Ellery. E a ideia de que Elise DeVries estava em Nottingham por esse motivo era tão absurda que não merecia nem ser considerada.

— Eu gosto dela. — A confissão soou estranha até para os próprios ouvidos. — Ela é diferente. Mas não sei como explicar.

John o encarou e coçou a cabeça, como se o enigma de uma mulher bonita na carroça de Noah fosse tão engraçado quanto complexo.

— Eu também gosto dela, mas você não sabe nada sobre essa mulher. Você foi enfeitiçado.

Eu sei que ela é gentil. E engraçada. E corajosa. E talvez eu realmente esteja enfeitiçado.

Ela o observava.

Noah sentia o olhar de Elise enquanto guiava sua égua na direção de casa. Ele não disse nada, confortável com o silêncio. Eram sempre os outros que tinham problemas com o silêncio, que se sentiam compelidos a preencher o vazio com conversa fiada, ou que esperavam que ele fizesse o mesmo. Mas Elise também ficou calada. Pouco mais de um quilômetro se passou, e tudo que ela fez foi observá-lo conduzindo a carroça.

Mais um quilômetro ficou para trás.

— Tem algum pedaço de mato no meu cabelo, por acaso? — perguntou Noah, achando muito irônico ele ter sido o primeiro a quebrar o silêncio.

— Não.

Se ela ficou com vergonha por ter sido pega no flagra, certamente não demonstrou.

— Nos meus dentes?

Ela quase sorriu.

— Também não.

— Você está com frio?

Ela fez um som estranho, e ele tirou os olhos da estrada por tempo suficiente para vê-la mordendo o lábio inferior.

— Não. Na verdade, estou bem aquecida, obrigada — respondeu Elise, apontando para a camisa dele que ainda vestia sobre as roupas molhadas.

Noah assentiu, voltando sua atenção para a estrada. Vê-la vestindo sua camisa estava fazendo-o sentir coisas que nunca tinha experimentado. Ele ainda não tinha se dado conta, talvez porque antes estavam cercados de gente, mas naquele momento, sozinhos na estrada, o fato de Elise estar usando uma roupa dele fez com que Noah se sentisse possessivo. Protetor. Fez com que se lembrasse da sensação da pele dela sob suas mãos, quando ele a ajudou a vestir a camisa.

Fez com que Noah desejasse tirar aquela camisa do corpo de Elise. Como seria tirar as camadas úmidas daquela pele macia e passar as mãos sobre cada curva e...

— Você deveria tirar as botas — comentou Elise ao lado dele.

— Oi? — indagou, horrorizado ao desconfiar que seus pensamentos devassos estavam estampados em seu rosto.

— Você deveria tirar suas botas. Elas estão encharcadas, e vai precisar da força de uma boiada para tirá-las depois se deixá-las secarem nos seus pés.

Noah quase suspirou de alívio. Mas ele não ia tirar as botas, muito menos qualquer outra peça de roupa. Ele pegara emprestada com John uma camisa que era de um tamanho bem menor que o seu, para que ela não precisasse viajar oito quilômetros ao lado de um homem seminu. Podia até não ser um cavaleiro, mas também não era um cretino.

— Vou tirá-las quando chegar em casa.

— Você que sabe. — Elise deu de ombros antes de se virar para olhá-lo de novo. — Obrigada — falou de repente.

— Por não tirar a roupa?

"Botas". Ele quis dizer "por não tirar as botas". A palavra errada havia escapado. Ele sentiu o rosto ficar quente e se preparou para uma merecida resposta grosseira.

Mas Elise riu.

Ele se virou para encará-la.

— Eu acho, sr. Lawson, que as mulheres que estavam lá na estrada esta tarde ficaram encantadas por você ter tirado a roupa.

O rosto de Noah não estava apenas quente. Estava pegando fogo. Ele desviou o olhar, sem saber o que dizer.

— Você é um homem muito bonito, sr. Lawson — continuou Elise, parecendo estar se divertindo muito com a situação. — E embora uma dama decente finja o contrário e certamente nunca será grosseira a ponto de mencionar isso em uma conversa, acho que ignorar a verdade é um esforço bastante inútil.

Noah não sabia o que fazer com aquela mulher que havia transformado seu erro evidente em um elogio inesperado.

— Obrigado?

— De nada — disse ela, com satisfação.

— Mas você é uma dama — protestou ele, remexendo-se no assento.

— É gentil da sua parte dizer isso a uma mulher de calça molhada — afirmou Elise, com um sorriso de orelha a orelha.

Num piscar de olhos, Noah ficou sem ar. Meu Deus, ela era linda! Mesmo com o cabelo secando em um emaranhado de mechas e uma mancha de lama na testa, ela era a coisa mais linda que ele já tinha visto.

— Deixei você com vergonha? — perguntou Elise.

— Não.

Ela o olhou com desconfiança.

— Talvez um pouco — admitiu Noah.

— Mais uma vez, temo não poder me desculpar por dizer a verdade.

Elise deu um sorriso travesso, e ele se pegou sorrindo também, tomado pela felicidade contagiante. Noah a ouviu respirar fundo e desviar o olhar.

— Na verdade, eu queria agradecer a ajuda no rio. — Elise estava olhando para o horizonte. — Ainda bem que você apareceu na hora certa.

Noah apertou com força as fitas de couro com que conduzia a carroça. Até ele ficou chocado com sua decisão de ajudar no resgate. Odiava o rio e suas águas escuras e frias, mas não estava pensando nisso quando viu Elise tentando salvar o menino. Velhas lembranças vieram à tona, acompanhadas de pensamentos ruins.

— Ah, sim.

Era uma resposta insuficiente, mas era tudo o que conseguia dizer.

Ela assentiu e colocou um cacho rebelde atrás da orelha, talvez achando a resposta dele perfeitamente normal.

— Londres? — perguntou ele, tentando se redimir, mas sem encontrar as palavras certas. Ele queria perguntar "você é de Londres?", no entanto, as lembranças sombrias invadiram sua mente e dificultaram sua concentração.

— Sim — respondeu Elise. — E devo confessar que foi bom sair da cidade. No verão, tem dias que o fedor é suficiente para derrubar um cavalo.

Noah olhou para a frente, sem vontade de acreditar que ela ia mesmo ignorar ou aceitar sua fala estranha. De novo. Elise devia considerá-lo um idiota.

Ela se remexeu no assento, puxando o tecido molhado das pernas com um pouco de impaciência.

— Já visitou Londres no verão?

Sim. Ele estremeceu. Noah se lembrava muito bem de como Londres era no verão. E como Londres era no inverno. E na primavera e no outono também.

— Não.

— Bom — respondeu ela, agitando os braços em um aparente esforço de se secar mais rápido —, não está perdendo muita coisa.

Noah a observou com o canto do olho. Com a camisa esvoaçante, Elise parecia uma cegonha enorme tentando levantar voo, e o pensamento o fez sorrir, espantando as recordações tristes.

— Você está rindo de mim de novo — comentou ela.

— Sim, estou.

— Pelo menos você é honesto, sr. Lawson.

O sorriso de Noah desapareceu. Ele não era nada honesto. Havia mais de uma década ele não era honesto sobre nenhum aspecto de sua vida. De repente, sentiu vontade de ser. Nem que fosse só por um momento, queria contar àquela mulher algo sobre si mesmo que fosse verdade.

— Eu misturo as palavras — falou ele, sem pensar.

Pronto. Finalmente fora honesto sobre algo.

Elise parou de bater os braços e o encarou com uma expressão de leve dúvida.

— E daí?

— Como assim, "e daí"?

Ela virou as palmas das mãos para cima.

— Ué. E daí?

Noah não sabia o que responder. As pessoas em geral sentiam pena, desconfiança ou aversão quando ficavam sabendo do seu problema.

— Isso não a incomoda?

— Eu não sei cantar — comentou ela.

— Você não sabe cantar?

Ele estava confuso. O que isso tinha a ver com...

— Isso não o incomoda? — perguntou Elise.

— Como?

— Não suporto ser segurada, mas você já sabe disso. Odeio ratos e, quando estou com raiva, costumo xingar. Bastante, devo acrescentar. E em francês.

Noah tinha consciência de que estava boquiaberto, mas Elise agora lutava com o cabelo, tentando bravamente prendê-lo em uma trança, e continuou:

— Mais alguma coisa?

— Oi?

Bom, agora ela com certeza o acharia um idiota.

Ela desistiu do cabelo e suspirou.

— Achei que estávamos comparando nossas fraquezas. Ou, pelo menos, o que os outros consideram fraquezas.

— Errr.

— Quer que eu pense em mais algumas? — Ela inclinou a cabeça e começou a contar nos dedos. — Não sou uma dama, mas isso deve ser óbvio pela calça que estou usando. E não deixo ninguém mexer no meu rifle.

— No seu *rifle*? — Como aquela conversa tinha ido parar em armas? — Você tem um rifle?

Elise o encarou com um olhar estranho.

— Está amarrado ao meu cavalo. Não é nada discreto. Pensei que tivesse notado.

— Por que você tem um rifle?

— Acredito que pela mesma razão que a maioria das pessoas tem um rifle — respondeu ela, evasiva.

Noah lembrou-se do pacote embrulhado em um pano.

— Achei que eram postes de uma barraca, ou algo do tipo.

Na verdade, ele nem tinha parado para pensar naquilo.

— Postes de barraca? — Elise riu. — Você é muito engraçado, sr. Lawson. — Ela balançou a cabeça e considerou o próximo dedo da mão que estava contando. — Vejamos… Já me disseram que às vezes eu ronco quando durmo.

— Pare — Noah conseguiu dizer. — Não era isso que eu queria…

De fato, ele não pretendia comparar supostos defeitos, ou ter uma discussão absurda a respeito de coisas que não tinham a menor importância. As fraquezas que ela parecia pensar que tinha estavam longe de serem fraquezas. Na verdade, elas a tornavam uma das pessoas mais intrigantes que Noah já conhecera.

Elise o encarou.

— Eu realmente não me importo que você não consiga encontrar as palavras certas o tempo todo, sr. Lawson. Mas vou me importar se encostar no meu rifle sem pedir.

Algo desconhecido estava crescendo no peito de Noah, comprimindo e apertando seu coração. Algo que corria em suas veias, imprudente e selvagem, e que o fazia querer jogar a cautela pelos ares. Noah precisou de todo o seu autocontrole para não tocá-la, para não enterrar os dedos nos cachos morenos e sujos de lama e beijá-la loucamente. Ele nunca conhecera ninguém como Elise, e temia nunca mais conhecer.

— É justo — conseguiu dizer.

— Ainda bem que resolvemos esse assunto. — Ela se recostou, estremecendo quando a carroça passou por um buraco na estrada. — Quem é John Barr?

Noah respirou fundo, tentando se acalmar.

— O John? Ele é um ferreiro. Um dos melhores, inclusive. Não existe nada que ele não resolva. Arados, armas. Ele pode ver as ferraduras do seu cavalo, se precisar. John consegue lidar até com os cavalos mais rebeldes.

Elise balançou a cabeça.

— Na verdade, eu queria saber quem é John para você. Você disse que o filho dele era como família. Vocês são parentes?

Era uma pergunta razoável, então ele respondeu com cuidado.

— Ele é minha família. Não de sangue, mas é família mesmo assim.

Pelo canto do olho, ele a viu sorrir.

— Ah...

Noah sentiu a compreensão dela naquela única sílaba.

— Você tem família? — quis saber ele.

— Tenho. Um irmão de sangue e uma irmã que não é de sangue, mas é família mesmo assim.

Ele se viu sorrindo com Elise.

— Você tem irmãos? — indagou ela.

O sorriso de Noah evaporou. "Não" era a resposta imediata e segura, mas as lembranças dos olhos gentis e do coração destemido da irmã inundaram sua mente.

— Me desculpe — falou Elise.

— Por quê?

— Não tive a intenção de trazer à tona lembranças dolorosas.

Ele era tão transparente assim?

— Eu tive uma irmã — Noah se viu admitindo, mas não conseguiu dizer mais nada.

— Como ela se chamava?

— Abby — respondeu, percebendo que não falava o nome da irmã em voz alta havia mais de uma década. — Ela se chamava Abby.

Ele sentiu a mão de Elise em seu braço, um toque leve e rápido. Ela parecia querer fazer outra pergunta, mas reconsiderou a ideia.

Meu Deus! Ainda bem que estavam quase em casa. Mais um quilômetro na estrada e ele acabaria confessando todos os segredos profundos e sombrios sobre seu passado para uma mulher que mal conhecia. A facilidade com que pequenas verdades de sua vida escapavam na presença de Elise era aterrorizante.

— Estamos quase lá.

Ele guiou a égua pela trilha familiar que serpenteava por entre um bosque de árvores.

Elise se remexeu de novo, decerto por causa do desconforto das roupas molhadas.

— Graças a Deus.

Um sentimento de alívio de que Noah também compartilhava.

Capítulo 5

*E*LISE HAVIA ENCONTRADO Noah Ellery.

A descoberta a deixou desnorteada. Aquilo desafiava todas as probabilidades. Era quase como um milagre. Os deuses do destino tinham mesmo sorrido para ela?

Não havia nenhum plano arquitetado, o que, parando para pensar, era terrível. E vergonhoso. E pouco profissional. Mas, em sua defesa, a expectativa de Elise era de apenas iniciar uma busca árdua por John Barr quando chegasse a Nottingham, na esperança de que o homem tivesse alguma pista sobre o paradeiro de Noah Ellery. Bem, ela não estava errada: John Barr era mesmo uma pista.

Uma pista que a abraçara e insistira que ela jantasse com o próximo duque de Ashland.

Usando toda a experiência que havia adquirido ao longo dos anos, Elise aproveitou a carona para interrogar de forma sutil o homem que se autodenominava Noah Lawson, e as coincidências começaram a se acumular como folhas no outono, impossíveis de ignorar. E ela já tinha aprendido havia tempos que não existiam coincidências nos casos da D'Aqueus & Associados.

Noah mentira ao dizer que nunca estivera em Londres no verão. Estava escrito em seu rosto. Ele tinha uma irmã chamada Abby. Uma revelação afortunada. Elise quis fazer mais perguntas, mas a cara fechada do homem deixava evidente que ele não queria mais falar sobre o assunto. Pelo menos não naquele momento.

Eu misturo as palavras.

A confissão acabou com as dúvidas de Elise, deixando-a comovida e aliviada na mesma medida. Sim, ele misturava palavras quando estava nervoso e parecia achar aquilo uma falha grave. Elise estava acostumada a lidar com muitos homens e suas *falhas* no trabalho na D'Aqueus, mas uma frase estranha aqui e ali não era nada comparada com os vícios e gostos duvidosos e destrutivos desses indivíduos.

E não o impediria de mandar Francis Ellery para o inferno, pensou ela com grande satisfação.

Elise cometera o erro imperdoável de presumir que Noah Ellery não conseguia falar, e isso a envergonhava. Fazer suposições era algo perigoso. A irmã de Noah nunca dissera que ele não conseguia falar — apenas que ele *não falava*. Elise imaginou então que Noah evitara falar quando criança por sua tendência de errar as palavras de vez em quando, embora não pudesse lhe perguntar sobre isso naquele momento.

Na verdade, ela não sabia qual seria a melhor forma de abordar o verdadeiro motivo de sua presença em Nottingham. Um homem que havia fugido de seu passado, permitido que todos acreditassem que estava morto e construído uma nova vida com um nome fictício não teria pressa de ir a lugar algum com ela. Elise não podia cometer o erro de se precipitar. Precisaria abordar o assunto com cuidado para garantir a cooperação dele. O trabalho seria muito mais fácil se Noah colaborasse e ela não tivesse que se preocupar com a possibilidade de ele desaparecer de novo. Mas, apesar de toda a lógica, Elise sentia como se tivesse pisado no palco sem memorizar o roteiro e sem saber qual papel interpretaria para conduzir o ato ao final.

— Minha casa fica logo depois daquele morro — explicou Noah, interrompendo os pensamentos dela.

Ele mal havia terminado a frase quando chegaram ao topo do morro e Elise olhou para baixo, avistando uma paisagem levemente inclinada. O sol do fim da tarde havia pintado tudo de dourado, criando um cenário mágico. Aglomerados de carvalhos, bétulas e pilriteiros cercavam o jardim, lançando grandes sombras sobre o telhado de um vultuoso celeiro e obscurecendo o que Elise imaginou ser a casa principal. Vacas se alimentavam em um pasto cercado em meio às árvores, e um pequeno rebanho de porcos perambulava sob um cercado parcialmente coberto. A luz do sol reluzia nas águas do rio, visível além das plantações e das árvores.

O ar ainda estava pesado com o calor do dia, e não havia nenhuma brisa para aliviar o mormaço. O canto dos pássaros ressoava, e de vez em quando Elise vislumbrava pequenas bolinhas de pluma voando por entre os galhos frondosos.

— Isso tudo é seu? — perguntou ela enquanto começavam a descer o morro.

— Sim.

Elise fechou os olhos e respirou fundo. Fazia muito tempo que não se sentia em casa. Era como se tivesse sido abraçada por uma sensação de paz. Aqueles eram os sons e os cheiros que a lembravam de sua infância. De uma época em que as coisas eram simples. Até deixarem de ser.

Até a guerra custar a casa de sua família. Até eles precisarem atravessar um oceano para escapar de um futuro incerto.

Elise abriu os olhos para perceber tarde demais que Noah a observava. Ela mordeu o lábio, imaginando o que ele tinha visto em seu rosto naquele momento de descuido. Mas ele não disse nada, apenas guiou a égua pela última curva da estrada e parou em frente ao celeiro.

Noah saltou da carroça, e Elise fez o mesmo, indo até seu cavalo para desamarrá-lo.

— Sua casa é linda — disse ela, esperando com a corda do cavalo na mão.

— Mas você ainda não viu a casa em si — afirmou ele, soltando a égua da carroça e a conduzindo até Elise.

— Não importa — murmurou ela.

E não importava mesmo. A beleza natural e a paz que a cercavam ali valiam cem palácios revestidos de ouro.

— Bem, eu a construí, então tenha cuidado com meu orgulho quando for avaliá-la — brincou ele, sorrindo enquanto gesticulava para que Elise o seguisse até o interior fresco e escuro do celeiro.

Cada fibra do corpo dela entrou em combustão. Que inferno! Elise não conseguia pensar quando o via sorrir daquele jeito. A vontade de provar aqueles lábios gentis a dominou mais uma vez. Elise deixou Noah ir na frente, observando como o tecido esticado da camisa apertada que ele usava evidenciava seus ombros largos, como a calça delineava seus quadris e pernas fortes.

— Pode colocar seu cavalo na primeira baia à esquerda.

Elise se sobressaltou, assustando seu cavalo pela segunda vez em poucas horas.

— Obrigada.

Ela se repreendeu mentalmente. O que quer que acontecesse, não podia se interessar pelo homem cujo paradeiro estava sendo paga para encontrar. Bem, se fosse honesta consigo mesma, um homem por quem ela já estava interessada. Mas podia ficar interessada à distância. O que não podia era se envolver com Noah Ellery, de forma alguma. Além de não ser profissional, uma distração como essa poderia ser perigosa.

Elise suspirou. As coisas seriam muito mais fáceis se o herdeiro de Ashland fosse um grosseirão arrogante.

— Você pode deixar sua sela aqui — acrescentou ele, a voz abafada e vindo de uma alcova escondida. — Tem espaço para selas, ganchos e rédeas ao lado dos arreios.

Elise percebeu que Noah já havia desarreado sua égua enquanto ela permanecia imóvel, perdida em pensamentos. Então se apressou em levar seu cavalo para o celeiro e foi saudada com um chão de terra bem varrido e o aroma puro de feno de qualidade. Ela tirou a sela do animal, deixando a bolsa de viagem e o rifle de lado, e o prendeu na baia que Noah havia indicado. Quando terminou de guardar a sela e as rédeas, Noah já havia jogado feno nas baias e pendurado um balde de água para os animais.

— Pronta?

Não, nem um pouco. Ela não tinha preparado um único argumento ou ensaiado uma explicação que pudesse ajudá-la a convencer um homem considerado morto a voltar para Londres.

Noah se abaixou e pegou a bolsa de viagem dela sem esforço algum, pendurando-a no ombro.

— Eu consigo carregar isso — protestou Elise.

— Sei que consegue — respondeu ele, mas não fez nenhum movimento para lhe entregar a bolsa.

Aquele homem precisava parar de fazer esse tipo de coisa.

— Obrigada.

— De nada. Agora vamos. Estou morrendo de fome.

Ele saiu do celeiro.

Sem saber direito o que fazer, Elise pegou seu rifle, ainda embrulhado em um pano, e seguiu Noah em direção às árvores.

A casa era linda.

Elise não precisou fingir admiração ao se aproximarem da construção. Talvez fosse mais apropriado chamar o lugar de chalé, embora não fosse como as moradias pequenas e precárias pelas quais ela havia passado em seu caminho até Nottingham. Tratava-se de uma estrutura sólida, e a atenção aos detalhes e a destreza em sua construção eram evidentes. As paredes eram de pedra, quase cor de mel à luz do entardecer. Tinha um único andar, e as pequenas vidraças nas muitas janelas reluziam em um convite de boas-vindas. O telhado não era de palha, como ela esperava, mas de ardósia, muito parecido com as casas de Londres. Mas, apesar de toda a beleza, a casa ficava em segundo plano em comparação ao jardim que a rodeava.

Rosas explodiam em um mar verde de folhagens, competindo com os vibrantes tons de carmesim e roxo de alceas e centáureas. Não tinha a severidade da precisão que tantos jardins de Londres ostentavam. Em vez disso, ele tivera a permissão de florescer de acordo com os desejos da natureza, tornando-se um tapete magnífico de cores. Se um jardim de fadas existisse, ele com certeza seria assim.

— Rosas damascenas — sussurrou Elise.

— Você sabe diferenciar os tipos de rosas — comentou Noah, parecendo satisfeito.

Não, não sei. Não sei nada sobre rosas, exceto que um menino de 7 anos uma vez as plantou como presente para sua mãe.

Elise parou ao lado de uma profusão de flores e estendeu a mão para tocar uma rosa, sentindo as pétalas incrivelmente macias sob seu toque.

— Você plantou este jardim? — perguntou ela, embora já soubesse a resposta.

— Sim — respondeu Noah, ao lado de Elise.

O perfume inebriante das rosas rodopiava ao seu redor, acompanhado de um concerto sutil orquestrado por abelhas e pássaros.

— É... — Ela fez uma pausa, achando que "bonito" parecia uma palavra inadequada. — Primoroso.

Noah ficou em silêncio, embora Elise pudesse sentir que ele a observava.

— Acho que vou querer dormir aqui esta noite — comentou ela. — Em meio a toda essa perfeição.

Ele riu, um som profundo e rico.

— A sra. Pritchard teria um ataque se eu deixasse você dormir aqui fora — afirmou ele, o sorriso desaparecendo. — Mas obrigado. Depois do jantar eu posso mostrar o restante do jardim, se quiser.

Elise respirou fundo. Não deveria estar elogiando Noah. Não deveria estar no jardim dele, discutindo coisas que nunca aconteceriam. Ela não conheceria a outra parte do jardim depois do jantar. Na verdade, os dois teriam uma conversa muito franca, da qual Elise duvidava muito que Noah gostaria de participar. Ela poderia ficar enrolando para sempre, sondando de forma sutil e tentando descobrir mais informações sobre ele, esperando que algo útil surgisse. Mas era inútil quando a duquesa de Ashland podia morrer a qualquer momento, fazendo Francis Ellery herdar uma fortuna.

O melhor plano era contar a verdade. Elise acreditava mesmo que ele fugiria se fosse confrontado? Se o fizesse, então Noah não era o homem que ela precisava que fosse. Não era o homem que a irmã dele precisava que fosse. E não havia nada que Elise pudesse fazer para consertar isso, por mais que desejasse o contrário.

Se o pior acontecesse, era melhor voltar logo para Londres e começar a explorar outras opções.

E, bem, o jardim de rosas era um lugar tão bom quanto qualquer outro para aquela conversa.

— Sr. Lawson — começou ela, sem saber como expressar o que tinha a dizer, mas ciente de que precisava contar a verdade.

Noah estendeu a mão e escolheu uma das flores, quebrando o caule com cuidado. Então, ofereceu-a para Elise com um sorriso gentil.

— Para você, milady.

Ela achou que nunca mais se lembraria de respirar.

— Pelo quê?

— Por ser você.

Nenhum homem jamais lhe dera uma rosa por Elise ser ela mesma. E com certeza não enquanto estavam em um jardim mágico banhado pelos raios dourados do sol do fim de tarde. Todos os pensamentos sobre Londres desapareceram, e ela foi dominada por um desejo tão grande que lhe roubou qualquer juízo restante.

Elise estendeu a mão para aceitar a rosa, e seus dedos roçaram os dele. Nenhum dos dois fez menção de se afastar. Ela arriscou um olhar para Noah, e o desejo que viu refletido nos olhos verdes fez tudo ao seu redor desaparecer. Não conseguia se lembrar onde estava, ou o que estava fazendo ali. Não conseguia se lembrar por que não devia estender a mão e tocá-lo, ou simplesmente dar um passo à frente e beijá-lo.

— Céus, sr. Lawson! Eu já estava achando que você tinha sido sequestrado pelas fadas. Minha nossa!

O som de uma porta batendo e a interjeição fizeram Elise se virar, alarmada.

Uma mulher estava paralisada bem na frente da casa, com um pano na mão. Seus olhos castanhos estavam arregalados em surpresa, e mechas de cabelo prateado caíam ao redor de seu rosto corado.

Noah recuou depressa, soltando a mão de Elise.

— Peço desculpas pelo atraso, sra. Pritchard — disse ele, ajeitando a bolsa de viagem no ombro e caminhando até a governanta.

O olhar da sra. Pritchard voou para Noah, depois para Elise, e de volta para o homem.

— Deixe-me apresentá-las. Esta é a srta. DeVries — explicou Noah, enquanto dava um beijo rápido na bochecha da mulher. — Senhorita DeVries, esta é a sra. Pritchard.

A expressão no rosto da mulher era de puro espanto.

— Prazer em conhecê-la — cumprimentou Elise, tentando ao máximo passar simpatia e normalidade em suas palavras.

Como se ela não tivesse acabado de ser pega em um jardim de rosas, usando uma calça molhada e a um passo de beijar um homem que nunca deveria beijar.

A sra. Pritchard piscou para ela, confusa, como se precisasse se certificar de que Elise era real.

— Digo o mesmo — respondeu a governanta, em voz fraca. — Bem-vinda.

— A srta. DeVries ficará conosco esta noite — continuou Noah, com casualidade, como se esse tipo de coisa acontecesse com frequência.

Mas, pela expressão cômica e confusa da sra. Pritchard, Elise suspeitava que estava longe de ser o caso.

— O que aconteceu com sua camisa? — perguntou a mulher, olhando para a roupa suja e apertada de Noah.

— Eu emprestei a minha para a srta. DeVries.

Os olhos da sra. Pritchard se voltaram para Elise.

— O quê?! — perguntou a mulher, arfando.

— A dela estava molhada.

A sra. Pritchard derrubou o pano no chão, mas nem percebeu.

— É uma longa história — Noah se apressou em acrescentar, sem dúvida notando o espanto no rosto da governanta.

— Eu acabei ajudando o sr. Barr e o filho dele esta tarde — acrescentou Elise, perguntando-se por que sentia necessidade de explicar a história.

— Ela não só ajudou o Andrew. Ela o salvou de um afogamento — afirmou Noah, olhando para Elise.

— Hum... É... Bem, como eu estava de passagem por Nottingham, o sr. Lawson teve a gentileza de me oferecer um lugar para dormir. E a chance de secar minhas roupas — explicou Elise.

— Ah, entendo — disse a sra. Pritchard, claramente não entendendo nada.

— Por que não entramos? — sugeriu Noah. — Assim posso contar toda a história. Estou sendo um péssimo anfitrião deixando a srta. DeVries pingando no meu jardim. Será que poderia ajudá-la a se instalar enquanto eu me troco, sra. Pritchard?

Ele se abaixou, pegou o pano e o devolveu à governanta.

— Mas é claro! — A mulher pareceu se aprumar, dando um sorriso radiante. — Por favor, entrem.

Noah segurou a porta, e a governanta passou, apressada. Elise mal entrara na casa quando o som de latidos alegres quebrou o silêncio e um borrão de pelagem branca zuniu por ela, arranhando o chão com as unhas das patinhas.

Três patinhas, ela notou, observando o animal que saltitava ao redor de Noah e balançava o rabo. O cão era de uma raça indeterminada, a cabeça não parecia combinar muito com o corpo, suas orelhas tinham ângulos estranhos e faltava a parte inferior de uma das patas dianteiras.

— É meu cachorro — disse Noah, quase como se estivesse pedindo desculpas. — Eu o chamo de Quadrado.

— Quadrado?

O vira-lata se virou ao ouvir seu nome, e Elise se tornou o foco de muita atenção animada.

— Ele não percebe que é um triângulo — explicou Noah em um sussurro dramático. — Não conte a ele.

A risada escapou antes que Elise pudesse detê-la. Ela se curvou para acariciar a barriga do cachorro, que havia rolado aos seus pés e a olhava cheio de expectativa.

— O que aconteceu com a pata dele?

— Acredito que tenha ficado presa na armadilha de um caçador. Eu o encontrei perto do rio comendo o que restava de um peixe podre. A perna já estava meio curada.

— Um sobrevivente — disse Elise, acariciando o pelo macio.

— Isso.

Elise sentiu o peso do olhar de Noah sobre ela.

— É por isso que eu não podia simplesmente...

— Sacrificá-lo.

— Sim.

Ela queria olhar para Noah, queria descobrir o que encontraria naqueles olhos esverdeados. Queria saber o que Noah Ellery enfrentara e ao que sobrevivera para se tornar o homem que era. Só que não podia, pois estava com muito medo do que ele veria nos olhos dela.

— Pode confiar em mim — afirmou ele, indicando que o silêncio dela já dissera demais. Dissera a ele que Elise entendia o significado da palavra "sobrevivente".

Elise se endireitou, e o cachorro soltou um latido decepcionado. A palavra "confiança" de repente ficou presa em sua garganta como um osso afiado, dificultando que ela engolisse a saliva e pensasse em qualquer outra coisa. Ela não era ninguém para falar de confiança. Não era quem Noah pensava que era. Elise era um lobo em pele de cordeiro, vindo para puxar o tapete dos pés dele.

— Venha — disse Noah, com a voz gentil de sempre.

Elise olhou para a rosa que ainda segurava. Não podia entrar na casa daquele homem. Não podia comer sua comida, dormir sob seu teto, aceitar sua generosidade — suas flores, pelo amor de Deus! — enquanto fingia ser algo que não era. Quando tinha outras intenções. A culpa queimava em seu estômago.

Inferno! O que tinha acontecido com ela? Nunca fora tão... dispersa. Sempre fora profissional e serena, mesmo quando uma situação não saía como o esperado. O irmão a acusava de ser mercenária, embora ela sempre considerasse isso um elogio, e não uma crítica. Nunca permitiu que suas emoções oscilassem ou saíssem do controle, mas estava se sentindo instável nas últimas horas. E o crescente sentimento de culpa era a gota d'água.

Ela deveria partir, encontrar algum lugar para se recompor e pensar na melhor estratégia para lidar com Noah Ellery.

— Acho que seria melhor se eu fosse para uma estalagem.

— Não, nada disso. Além de tudo, a sra. Pritchard está muito feliz por ter uma convidada para mimar. Se eu deixar você ir embora agora, ela com certeza servirá minha cabeça em uma bandeja esta noite. — Noah estava sorrindo para Elise de novo, fazendo o possível para deixá-la à vontade. — Acho que você não quer ser responsável por isso, não é mesmo?

Elise se pegou sorrindo, apesar de seus esforços para evitar esse tipo de reação.

— Feliz? Ela me olhou como se eu fosse um unicórnio que acabou de brotar das roseiras.

— Não é culpa dela. Não tenho o hábito de trazer mulheres estranhas para casa, especialmente mulheres que usam calça e me pediram para falar que são sereias.

Noah estendeu a mão e tocou uma mecha longa e ondulada do cabelo dela, ainda úmido.

Elise sentiu como se estivesse em queda livre.

— Está bem.

Ela tentou ser racional. Sabia que não ia ganhar essa discussão. Estava a quilômetros da cidade e logo escureceria, e todos os seus pertences ou estavam pendurados no ombro daquele homem ou comendo feno no estábulo. Talvez ficar ali fosse a melhor opção mesmo. Ela usaria a pequena janela de tempo para estudá-lo e descobrir o que poderia convencer o próximo duque de Ashland a retornar a Londres.

Elise se afastou, e a mecha de seu cabelo escorregou pelos dedos de Noah. Não seria possível manter o bom senso sob o toque dele.

— Mostre-me o caminho, sr. Lawson.

Capítulo 6

$\mathcal{N}$oah tinha razão.

Após ouvir a explicação sobre os eventos da tarde e superar o choque inicial, a sra. Pritchard provou ser uma mulher calorosa e alegre, tratando Elise como se ela fosse uma convidada da realeza, e não uma intrusa. A governanta a levou até um quarto na parte de trás da casa, iluminado pelo sol do final da tarde que entrava pelas grandes janelas e com vista para o rio. O interior do imóvel, assim como a fachada, era um testemunho de um planejamento cuidadoso e simples, e ainda mais bonito por isso.

— Acho que este quarto deve servir — disse a sra. Pritchard, movendo-se de um lado para o outro, abrindo as janelas para deixar a brisa entrar.

— É lindo — assegurou Elise.

Ela olhou ao redor, observando as paredes claras, a cabeceira esculpida da cama, o lavatório e o grande guarda-roupa encostado na parede oposta.

— A banheira fica ao lado da cozinha — explicou a sra. Pritchard, enfiando a cabeça no guarda-roupa e tirando uma toalha dobrada, que colocou na beirada da cama. — Deixei a água esquentando.

— Por favor, não precisa se dar ao trabalho.

O sentimento de culpa voltou a aparecer. Elise não merecia ser tratada com tanta gentileza.

— Que besteira! Não é trabalho nenhum. Posso oferecer muito mais conforto que o rio Leen.

— Obrigada.

Elise não tinha certeza se importava seu estado de limpeza quando trouxesse os segredos de Noah à tona.

— Você tem roupas secas? — perguntou a mulher.

— Na minha mala — respondeu Elise, apontado para a bolsa que Noah havia deixado logo atrás da porta.

A sra. Pritchard abriu a boca, mas pareceu mudar de ideia e tornou a fechá-la.

— Eu tenho um vestido — garantiu Elise. — Não se preocupe. Uso calça apenas para viajar. E, por acaso, para nadar também — acrescentou, com um sorrisinho.

A mulher deu a Elise outro sorriso caloroso, mas a estudou com olhos atenciosos.

— Você é muito corajosa.

Elise deu de ombros, sentindo-se desconfortável sob o escrutínio.

— Qualquer um teria feito o mesmo.

A sra. Pritchard parecia em dúvida.

— Poucas pessoas pulariam de uma ponte para salvar um garoto desconhecido.

— Foi um salto controlado — afirmou Elise.

Do jeito que a governanta falava, parecia até que Elise havia se jogado na água num ato de loucura.

A sra. Pritchard riu e observou Elise de novo, dessa vez satisfeita.

— Agora entendo por que ele está tão encantado por você.

Encantado por ela? Céus! Elise não podia encorajar essa linha de pensamento, mesmo que a ideia a animasse.

— O sr. Lawson é muito gentil. — Foi tudo em que conseguiu pensar como resposta.

— Ele certamente é — concordou a sra. Pritchard, encarando a rosa que Elise ainda segurava. — Embora ele não...

A governanta parou de falar e deu um leve aceno de cabeça, e o que quer que estivesse prestes a dizer permaneceu um mistério.

"Ele não" o quê?, Elise quis perguntar. O que Noah Lawson não fazia? Mil perguntas rodopiaram em sua mente. Perguntas que ela poderia fazer — precisava fazer — sobre aquele homem.

— Ele não costuma trazer mulheres estranhas para casa — disse Elise, forçando um tom leve.

— Ele não traz ninguém para casa — murmurou, mas alto o suficiente para Elise ouvir. — Fora a família Barr, é claro.

Elise olhou para a rosa em sua mão, guardando aquela informação e tentando fingir que a afirmação não a deixava feliz.

— Você trabalha para o sr. Lawson há muito tempo, então?

— Dez anos. Não sei o que teria feito se não fosse o sr. Lawson. Meu marido, que Deus o tenha, era o cocheiro do barão Corley. Mas, quando meu William morreu, fui expulsa e não tinha para onde ir.

— Sinto muito.

— Não sinta. O sr. Lawson é uma boa alma. Ele se tornou o filho que eu nunca tive. Sou muito feliz aqui. — A sra. Pritchard ficou imóvel por um momento e, de repente, deu tapinhas no avental. — Bem, vamos logo limpar essa sujeira — disse, pegando a toalha. — Posso colocar essa rosa em um vaso enquanto você toma banho, se quiser.

— Eu adoraria.

Elise inalou o perfume da flor, sentindo um misto de saudade e desejo tão forte que mal se lembrou por que aquilo era inaceitável. Por que era impossível.

Elise DeVries estava fugindo de alguma coisa. Ou, mais provavelmente, de alguém.

Noah havia considerado todas as possibilidades enquanto se lavava e se trocava, e aquela parecia a mais óbvia. Ela estava viajando disfarçada. Com um rifle, ainda por cima, embora isso não significasse que ela sabia como usá-lo. Será que o nome dela era mesmo Elise? Não que tivesse importância. Ele seria o último a julgar alguém por usar um nome falso.

Também considerou a hipótese de que ela pudesse ser uma criminosa, mas, até onde Noah sabia, criminosos não tinham o hábito de arriscar a vida para salvar desconhecidos. E ela não tinha a expressão arisca de alguém que estava fugindo da polícia. Mas era óbvio que escondia alguma coisa. Ela concordara em se hospedar na casa dele ainda na ponte, mas ficou estranhamente quieta quando chegaram. Um olhar preocupado sombreava suas feições, e o sorriso gracioso havia esmaecido.

Bom, Noah poderia garantir que ela se sentisse protegida por pelo menos uma noite. Protegida e cuidada, sem interrogatórios. John Barr tinha feito o mesmo por Noah doze anos antes. O ferreiro não descobrira os segredos de Noah no dia de inverno em que encontrou um desconfiado jovem de 18 anos escondido em sua loja, perto da forja para tentar se manter aquecido. Na verdade, John ainda desconhecia os segredos de Noah, mas nunca se importara com isso. Ele ajudou Noah na época e continuou ajudando-o ao longo dos anos. Ajudou-o a se reinventar. Ajudou-o a encontrar a felicidade em uma nova vida.

Noah nunca poderia pagar essa dívida, mas talvez pudesse ajudar outra pessoa em uma situação parecida.

Ele sentia uma forte atração por Elise, não adiantava lutar contra esse fato. Mas havia mais que apenas magnetismo físico. Quando aquela mulher pulou da ponte, quando sorriu para ele com aqueles lindos olhos, ela se tornou mais que uma mera estranha.

E quando se sentou ao lado dele em uma carroça e o ouviu, sem ligar para a ordem das palavras, Elise havia deixado de ser alguém que ele não conhecia. Tornara-se alguém que ele queria muito conhecer.

Havia cheiros deliciosos vindos da cozinha, e Noah ouvia a sra. Pritchard cantarolando alegremente para si mesma. Ele parou por um momento, sem ser visto, observando a governanta cortar legumes com um sorriso satisfeito no rosto. Parecia que, assim como ele, a sra. Pritchard não era imune à vivacidade de Elise. Sua governanta já devia estar pensando no bolo que faria para comemorar o noivado.

O coração de Noah acelerou. Quase beijara Elise no jardim. Nunca, em toda a sua vida, quisera tanto beijar uma mulher como quisera beijar Elise DeVries. Mas hesitou, não queria assustá-la. Ele mesmo estava assustado com os próprios desejos e emoções, que pareciam se embaralhar como um novelo de lã nas patas de um gato. Afinal, que tipo de homem beija uma mulher no mesmo dia em que a conhece?

Um homem enfeitiçado, sugeriu uma voz em sua cabeça.

— Sr. Lawson.

Elise estava no final do pequeno corredor, na frente da porta entreaberta do banheiro. Suas bochechas estavam levemente coradas, e o longo cabelo escuro havia sido penteado para trás, embora algumas mechas já tivessem escapado e estivessem formando ondas ao longo de seu rosto.

— Espero não ter feito você esperar muito.

Ela passou a mão pelo tecido amassado do vestido, e Noah se pegou sentindo falta da calça e da camisa.

O que era bobagem, ele sabia. Na verdade, deveria ter ficado escandalizado ao vê-la de calça e aliviado por ela estar vestindo algo mais... apropriado. No entanto, o vestido marrom simples que ela usava não fazia jus àquela mulher extraordinária. Não fazia jus ao seu espírito. Se Elise tinha que usar um vestido, que fosse um vibrante. Uma seda carmesim ou safira, que cintilaria quando ela se movesse. Não, pensando bem, o tecido deveria ser um cetim esmeralda, bordado com cristais que reluziriam quando refletissem a luz. Assim como ela.

— Sr. Lawson?

Noah tomou um susto. O que ela tinha falado? Algo sobre deixá-lo esperando por muito tempo?

— De jeito nenhum — respondeu ele, sabendo que poderia esperar até o fim da eternidade por aquela mulher, se necessário. — Mas eu estava começando a achar que talvez tivesse, mesmo, se transformado em uma sereia — brincou ele, e ficou satisfeito por ter conseguido escapar da situação constrangedora.

Ela sorriu para ele, e todo o corredor se iluminou. O coração de Noah palpitou.

— Não sei dizer se está decepcionado ou feliz por eu não ter virado uma.

— Feliz, acho. Deve ser muito difícil encaixar um rabo de sereia embaixo da mesa de jantar. Mas você precisa admitir que ficou bastante tempo na banheira.

— Estava lhe dando tempo de tirar as botas. — Ela inclinou a cabeça e levantou uma única sobrancelha perversamente. — Diga-me, sr. Lawson, quanto tempo demorou?

Noah olhou para o teto por um instante. Ele estava decidido a pegar a faca de caça para cortar as botas quando finalmente conseguiu se livrar delas.

— Não importa.

— Ah... — Elise abriu um sorriso convencido. — Não sei se você se lembra, mas sugeri que as tirasse ainda na carroça para evitar tais dificuldades. No entanto, você escolheu não ouvir a voz da razão.

— Sim, mas, em minha defesa, essa mesma voz da razão tinha acabado de se jogar de uma ponte — observou Noah. — Era questionável se a voz, de fato, tinha razão.

— Eu não me joguei de lugar nenhum. Foi um salto controlado. Por que tenho que explicar isso para todo mundo? — resmungou ela, mas seus olhos brilhavam em diversão, e Noah se esqueceu do mundo até ouvir a sra. Pritchard pigarrear atrás dele.

— O jantar está quase pronto, sr. Lawson — informou a governanta. — Vou servi-lo na sala de jantar.

— Obrigado — agradeceu ele, virando-se para ela.

A sra. Pritchard olhou de Elise para Noah com uma expressão encantada e um pouco confusa antes de voltar para a cozinha. Bolo? Imagine! A mulher já devia até ter escolhido o padre para realizar o casório.

Ele se virou para Elise e ofereceu o braço. O sorriso havia desaparecido, dando lugar ao olhar preocupado. Depois de um segundo de hesitação, Elise deslizou a mão sob o braço de Noah e permitiu que ele a guiasse até o outro cômodo.

— Sala de jantar? Sua casa tem uma sala de jantar?

— Não é uma sala grande — afirmou ele, aproveitando a chance de uma distração para deixá-la menos preocupada. A sala não era nada como a opulenta sala de jantar da residência de suas lembranças de infância. — Mas todos os Barr cabem na mesa.

Ele parou logo depois da porta. Os jardins eram visíveis através de várias janelas, proporcionando uma bela vista. Havia uma mesa longa no centro da sala, que ele construíra com madeira de sua própria terra. As cadeiras não combinavam, e duas delas tinham blocos altos de madeira encaixados nos assentos.

— Para as crianças menores — explicou a Elise, quando percebeu que ela estudava os blocos com curiosidade. — Fazemos o possível para que elas se sintam incluídas.

Elise assentiu, e Noah ficou em dúvida se ela aprovava ou achava a ideia um absurdo.

— Nunca tive permissão para dividir as refeições com meus pais quando criança — disse ele, sem saber por que sentia a necessidade de se explicar para aquela mulher. — Eu comia no berçário. Sozinho.

— Sua família era rica, então. — Era mais uma afirmação que uma pergunta.

— Sim.

A explicação havia revelado mais um pedaço de seu passado, e parecia inútil negá-lo agora. Mas Elise não pareceu surpresa. Ou, se ficou, escondeu muito bem.

— Seus pais...

— Morreram.

Uma dor antiga, que o tempo conseguira apenas entorpecer, ressurgiu em uma pontada.

— Sinto muito.

— Eu também.

Seria mais fácil se Elise acreditasse que os pais dele estavam mortos. Era o que Noah fazia.

— Hummm...

Elise soltou o braço dele e andou pela sala, deixando a mesa entre os dois.

Na ponta mais próxima da mesa, a sra. Pritchard havia arrumado talheres para dois. A rosa que ele dera a Elise fora colocada em uma jarra de água entre os pratos. Noah sempre comia com a governanta, geralmente na mesa da cozinha, mas estava claro que a sra. Pritchard não tinha intenção de se juntar a eles naquela noite, pensando em deixar o jantar mais romântico.

Noah observou Elise passar pela louça e pelas taças, deslizando os dedos sobre a superfície da mesa. Ela parou na outra extremidade, em que um tabuleiro de xadrez tinha sido empurrado para o lado, acompanhado de uma caixinha com soldados de chumbo pintados de cores vivas.

— Você gosta? — perguntou Noah.

O fantasma de um sorriso tocou os lábios dela.

— De xadrez ou de soldadinhos?

— Qualquer um.

Elise pegou um pequeno fuzileiro, cujo casaco verde-escuro brilhava sob os últimos raios de sol que entravam pelas janelas.

— Sim — sussurrou ela, e Noah ficou sem saber sobre a qual dos dois ela estava se referindo.

— Os soldados são do Andrew — comentou ele, preenchendo o estranho silêncio. — Ele garante que minha mesa de jantar é o melhor campo de batalha de todos. São as irmãs mais velhas dele que travam guerras no tabuleiro de xadrez e, se você acabar jogando contra qualquer uma delas e se distrair por um mero segundo, elas não terão piedade.

Elise virou o soldadinho na mão.

— Você tem filhos? — questionou ela de repente.

— Não.

A franqueza da pergunta o surpreendeu.

— Esposa?

— Também não.

— Está noivo? Ou comprometido de alguma outra forma?

— Muito menos isso.

— Hummm.

Noah piscou, confuso com a saraivada de perguntas.

— E você?

— Eu o quê? — retrucou Elise.

— É casada? Ou comprometida de alguma outra forma?

Noah percebeu que estava prendendo a respiração enquanto esperava a resposta dela e se forçou a respirar.

— Ah... — Elise pareceu confusa. — Não, não sou.

Os dois ficaram parados, olhando um para o outro. Noah não tinha certeza do que estava acontecendo. Era como se estranhas e invisíveis correntes de energia estivessem rodopiando pela sala. A expressão de Elise era intensa, e o olhar de preocupação havia voltado.

— Gostaria de me acompanhar até lá fora? — perguntou Noah, impulsivo. — Ainda temos tempo antes do jantar. E eu adoraria lhe mostrar o restante do jardim.

E ele odiava aquela distância que Elise estava colocando entre os dois na sala.

Ela colocou o fuzileiro de brinquedo de volta na caixa com cuidado antes de responder:

— Sim.

Noah a levou para o calor da noite que caía, suavizado por uma brisa tranquila. Elise caminhou ao lado dele, sem tocá-lo, embora estivesse ciente de cada movimento que ele fazia. Ela manteve os olhos fixos em algum lugar no horizonte, nas manchas escuras das árvores perto do rio, enquanto se aproximavam dos canteiros de rosas, com medo de que pudesse perder o juízo — de novo — se olhasse para ele.

Ela tinha sido pega desprevenida por Noah logo depois de sair do banho, e não estava preparada para tamanha visão. Ele trajava roupas mais formais, e seu casaco e sua calça, embora simples e adequados para o campo, eram feitos sob medida. Elise perdeu o fôlego. Vestido daquela maneira, com seu porte gracioso e poderoso, era fácil imaginá-lo em um traje de gala, comandando um salão de baile. Não havia dúvidas de que era um duque.

Então ele sorriu e o mundo ao redor de Elise desapareceu, e ela lutou mais uma vez para se lembrar do motivo de estar em Nottingham. Para se lembrar de que Noah Ellery era parte de seu trabalho.

Aquela loucura tinha que acabar. Não adiantava prolongar o confronto inevitável. O confronto que, com toda a certeza, o colocaria contra ela. E se esse fosse o caso, bom, não havia muito a ser feito. Lady Abigail não a contratara para se comportar como uma tola apaixonada. Ela contratara Elise para encontrar seu irmão e levá-lo em segurança de volta a Londres.

Elise parou perto da borda das roseiras, sem vontade de seguir adiante. Não era como se ela pudesse fugir do que estava por vir. Noah parou ao lado dela.

— Não sou quem você pensa que sou — disse ela, baixinho.

Era uma coisa ridícula de se dizer. Elise não tinha ideia de quem Noah pensava que ela era, mas não conseguira pensar em outra maneira de começar.

— Você é uma foragida?

Ela o encarou com surpresa. Não estava esperando por aquela pergunta.

— Não.

— Então não é uma ladra?

— Não, não sou.

— Tem alguém tentando machucá-la?

— O quê? Não! Por que você... — Ela interrompeu a frase, entendendo o que ele queria dizer.

Noah pensava que ela estava fugindo de alguma coisa. Ou de alguém. Uma suposição razoável. Suposição que ela mesmo teria feito, se estivesse no lugar dele. E, mesmo assim, ele havia oferecido hospedagem em sua casa.

Elise pensou na sra. Pritchard. "Fiquei sem ter para onde ir", dissera a governanta. Em algum lugar perto do rio, Quadrado latiu. Outra alma perdida a quem Noah oferecera cuidado e proteção. E agora ele estava tentando fazer o mesmo por ela.

"O sr. Lawson é uma boa alma." Noah era mesmo.

— Não, não tem ninguém tentando me machucar. — Elise suspirou, desejando por um momento irracional que as coisas fossem mais fáceis. — Mas isso não significa que você me conhece ou...

— O que fez hoje na ponte disse tudo que preciso saber sobre você.

Ele se colocou diante dela, e Elise se viu forçada a olhar para cima.

— Não. — Ela fechou os olhos por um instante. — Eu não disse tudo.

— Eu sei que você não gosta de ratos, que xinga em francês e às vezes ronca.

— Não é isso que...

— Eu sei que não confundo as palavras quando estou com você.

— O quê?

Noah buscou os olhos dela.

— Hoje, quando eu falei errado, você não se importou.

— Claro que não. — Elise não sabia aonde Noah queria chegar com aquilo. — Acontece com frequência?

— Quando fico ansioso.

Ela já tinha adivinhado isso.

— E eu deixo você ansioso?

— Você, não. Eu mesmo. Na hora, eu estava preocupado que me achasse muito ousado. Ou tolo. Ou os dois. — Ele fez uma pausa. — Não queria que fosse embora. Queria você aqui. Eu queria...

Elise se perdeu naqueles olhos esverdeados.

— Você queria o quê?

Assim que as palavras escaparam de seus lábios, ela desejou não ter feito aquela pergunta, porque a resposta estava clara nos olhos de Noah, que ardiam de desejo.

Sob a luz fraca, a mão dele encontrou a dela, entrelaçando os dedos em um aperto quente.

— Eu queria saber como seria tocar você — sussurrou ele. — Eu queria saber como seria beijar você.

O desejo a invadiu de uma forma tão intensa e primitiva que fez seu corpo estremecer e pulsar. Noah ergueu a outra mão e acariciou o rosto dela, roçando o polegar na pele sensível de seu lábio inferior. Elise tinha consciência de que estava ofegante, mas ele também estava. Aquilo que surgia entre os dois era maior que tudo que ela já havia sentido, maior que qualquer coisa que já precisara controlar.

Ela levantou a mão livre para segurar a dele e afastá-la, mas Noah simplesmente aprisionou a mão dela com a sua, um aperto intenso que a deixou pegando fogo. Ele se aproximou, e Elise sentiu a respiração quente dele no rosto. Ela deveria se afastar. Deveria dizer alguma coisa. Tentou raciocinar, mas era como se estivesse drogada, incapaz de formular até o mais simples dos...

Os lábios de Noah tocaram os dela, e todo o resto deixou de existir.

Noah a beijou com gentileza, com reverência, como se temesse que ela pudesse se despedaçar. Ele soltou uma de suas mãos e deslizou os dedos pela nuca de Elise, acariciando a pele macia sob a pesada trança, e ela se derreteu com o toque, incapaz de resistir. Ele aprofundou o beijo, provocando os cantos da boca dela com a língua, e a pulsação em seu âmago tornou-se uma dor insuportável. Elise se rendeu sob a investida dele e se aproximou ainda mais, sentindo a necessidade de colar o seu corpo junto ao daquele homem. Quando ele gemeu baixinho, ela apertou a mão que ainda segurava e agarrou a lapela do casaco dele com a outra. Noah interrompeu o beijo para roçar os lábios no queixo dela, descendo pela lateral de seu pescoço, e cada toque deliberado daquela boca macia a deixava cada vez mais ofegante. Elise se pressionou contra ele, sentindo a dura evidência do desejo de Noah através das camadas de roupa, e ele voltou a beijá-la com mais ímpeto. Ela aproveitou para agarrá-lo pela nuca, enredando os dedos em seu cabelo enquanto ele a segurava pela cintura. O encontro de suas línguas era como uma dança magnética, impossível de parar, de separar. Será que Noah seria capaz de deitá-la ali, no meio daquele jardim glorioso...

Elise arfou e se afastou depressa, horrorizada, trêmula e ofegante. O que estava fazendo? O que estava *pensando*?

— Eu não posso fazer isso — falou, com a voz rouca.

— Me desculpe — disse Noah, tão ofegante quanto ela. — Eu não quis dizer... Eu não deveria...

Elise sentiu uma pontada no coração.

— Por favor, não se desculpe — pediu ela. — Sou eu quem precisa se desculpar.

Os olhos esverdeados ficaram confusos.

— Se desculpar pelo quê?

— Por não ter contado por que estou aqui.

— Não estou entendendo.

Elise respirou fundo. Se havia a menor dúvida de que aquele homem incrível que acabara de beijá-la em um jardim de rosas era Noah Ellery, ela teria a resposta em um instante.

Ela o encarou.

— Sua irmã, Abigail, me pediu para encontrá-lo.

Capítulo 7

Noah não conseguia respirar.

Era como se o ar tivesse sido sugado de seus pulmões, e sua visão começou a escurecer. Ele conseguiu se manter de pé apenas por pura força de vontade, pois seus joelhos ameaçavam ceder e seu estômago ameaçava se rebelar. Começou a suar frio e a se sentir nauseado. Nada poderia tê-lo preparado para a bela emboscada que era aquela mulher.

Elise o observava em silêncio, com os olhos castanhos quase dourados sob o sol poente. Ela sabia. Ela sabia, ela sabia, ela sabia. Aquilo martelava em sua cabeça, ecoava por seus ossos.

Elise sabia quem ele era, ou quem tinha sido, embora Noah não tivesse a menor ideia de como ela descobrira. Ele tentou colocar os pensamentos em ordem, mas sua mente se recusava a cooperar.

Elise estendeu a mão, como se quisesse ampará-lo, mas ele se afastou.

— Me desculpe — disse ela, mas sua voz soava como se estivesse distante. — Não foi... — Ela soltou um suspiro. — Eu não queria ter essa conversa assim.

— Não — ele conseguiu dizer.

As palavras rodopiavam confusas em sua cabeça, e nada fazia sentido. Noah queria negar tudo, mas não conseguia formular nenhuma frase.

— Só preciso que me ouça.

— Não.

Elise baixou a cabeça.

— Eu já sei que você é Noah Ellery, herdeiro do ducado de Ashland. Tentar negar vai ser uma perda de tempo.

Ele estava recuperando o fôlego, cada respiração curta ajudando a clarear sua visão.

— Não sou essa pessoa.

Elise suspirou em óbvia frustração e com uma expressão que parecia de arrependimento.

— Você é um péssimo mentiroso.

Noah não era um péssimo mentiroso. Na verdade, era um mentiroso brilhante. Ele estava vivendo uma mentira havia quinze anos, e ninguém jamais descobrira seu segredo até aquele instante.

— Abigail precisa de você.

Ele se concentrou nessas palavras, nas implicações dessa frase. *Abigail precisa de você.*

Elise não havia mencionado seu pai. Nem sua mãe.

Apenas sua irmã.

A única pessoa em sua infância que não o olhou com pena. Ou raiva. A única pessoa que o defendeu quando ninguém mais o fez. A única pessoa que nunca tentou consertá-lo.

A náusea foi diminuindo aos poucos, mas um novo medo o fez estremecer. O que havia acontecido com Abigail? Será que ela estava ferida? Será que...

— Sua irmã está bem. — Elise o fitava com atenção, e ele odiava estar revelando tanto com sua reação. — Mas ela precisa da sua ajuda. Ela precisa que você volte para casa. Para Londres.

Noah olhou para ela antes de se virar e sair do jardim, seguindo na direção dos pastos escuros. Ele não sabia para onde estava indo, mas precisava se mexer. Não podia continuar ali, parado sob o ataque de segredos e revelações de Elise DeVries.

Ele não sabia o quanto tinha caminhado até parar de supetão. No céu, a luz do crepúsculo ainda fazia um valente esforço para afastar as sombras. Uma coruja piou em algum lugar perto do rio, um som estranho que ecoou pelo pasto. Noah tomou um susto ao perceber que Elise estava ao seu lado. Ele não a ouviu, nem esperava que ela fosse capaz de acompanhar suas passadas no terreno irregular.

— Quem é você? — perguntou ele abruptamente, a raiva substituindo o choque. Substituindo o sentimento de traição e humilhação.

Ele havia confiado naquela mulher. Havia baixado a guarda e se permitido acreditar que sentia uma conexão com ela. Noah até a *beijara*!

— Trabalho para a empresa D'Aqueus & Associados em Londres. Fui contratada para encontrá-lo.

— O que é essa tal de D'Aqueus & Associados? — retrucou ele. — É uma firma de advogados? De investigadores?

Bom, se fossem investigadores ligados de alguma forma à polícia, ele já teria sido preso.

— Não exatamente. Ajudamos as pessoas a encontrar soluções para situações difíceis. Elas recorrem a nós quando os recursos comuns da lei ou da sociedade falham.

Aquilo não lhe dizia nada.

— E eu... acreditar... — Ele parou e se concentrou no que queria dizer, deixando a raiva correr livremente e transformando-a em pensamentos. — E como posso acreditar em qualquer coisa que você diga?

Noah ouviu Elise suspirar, infeliz. Ela pareceu mexer no vestido e, logo depois, estendeu algo para ele na palma da mão. Algo que brilhava à fraca luz do anoitecer.

— Abigail me pediu para entregar isso a você. Para que soubesse que estou falando a verdade.

Noah reconheceu o broche de imediato, embora não esperasse vê-lo de novo. Ele estendeu a mão e pegou o adorno, tomando cuidado para não encostar em Elise. A rosa de aço estava quente contra sua pele, e ele se lembrou do dia em que John fez a peça. Ele cerrou a mão ao redor do broche e fechou os olhos.

— O marido de Abigail é ferreiro. Ele reconheceu o trabalho do sr. Barr, então vim a Nottingham para encontrá-lo e, com sorte, descobrir uma pista sobre o seu paradeiro — começou a explicar Elise, calmamente. — Eu não esperava por isso. Não esperava conhecer você logo de cara.

Noah abriu os olhos e contemplou o rio, uma faixa prateada além das árvores. Ele sabia o que o marido de Abigail fazia. Fora um dos motivos para ter escolhido o broche como presente. Mas ele nunca havia considerado a possibilidade de que o trabalho do homem seria reconhecido.

Quando a notícia de que Abigail desertara da alta sociedade se espalhou pela primeira vez, Noah leu os detalhes nos jornais de Londres. Manchetes maldosas, relatos rancorosos e maliciosos de como a filha de um duque havia jogado todo o seu futuro fora e manchado o ducado de Ashland.

Quando Abigail fugiu de Londres para Derby, Noah a seguiu, escolhendo morar em Nottingham. Perto o suficiente para que pudesse checar a irmã de vez em quando, mas longe o bastante para que fosse improvável encontrá-la por acaso. Noah nunca estivera tão orgulhoso da irmã em toda a sua vida, e pediu a John que fizesse o broche para que ela pudesse saber de seu orgulho. Fora um risco, mas ele havia confiado que Abigail manteria a existência dele em segredo. E parecia que ela realmente havia guardado o segredo. Até aquele momento.

— Abigail está bem? Saudável?

— Sim, mas...

— O marido, os filhos... estão bem?

— Até onde sei, sim. Não é por isso que...

— Eles estão precisando de dinheiro?

Noah não tinha muito em comparação com a fortuna do ducado de Ashland, mas venderia todos os seus bens se a irmã precisasse de ajuda.

— Não, mas...

— Quem mais sabe que você está aqui? — demandou ele.

— Ninguém, é claro. — Elise parecia um pouco irritada. — A D'Aqueus & Associados trata de assuntos secretos e confidenciais, e levamos isso muito a sério. Trabalho no ramo há muito tempo e duvido que haja algo que você possa me dizer que eu já não tenha ouvido. Mas não estou interessada no seu passado, além dos poucos fatos que estão relacionados diretamente à nossa situação atual. Não é meu trabalho julgar as pessoas ou formar opiniões. Meu trabalho é ajudar quem precisa. Como lady Abigail. Como você.

Noah se perguntou o quanto aquela mulher realmente sabia sobre o passado dele. Se sabia o que ele tinha feito, o que ele havia se tornado.

— Seu pai morreu — disse Elise antes que ele pudesse concluir o pensamento. — E sua mãe...

— Pode parar.

O ódio, o ressentimento e os familiares vestígios de terror — todos voltaram com uma força avassaladora que quase o sufocou. Era estúpido, ele sabia. Não deveria mais deixar que isso o afetasse. Na verdade, ele deveria estar sentindo remorso, tristeza ou pesar. Uma pessoa normal se sentiria assim ao saber do falecimento de um dos pais. Mas Noah não conseguia sentir nenhuma dessas emoções. Elas tinham sido extintas em seu interior havia muito tempo, quando ele fora enviado ao inferno pelas duas pessoas em quem mais confiava.

— Você veio de Londres para me dizer que meu pai morreu?

— Sim, mas não é só isso.

— Deveria ter se poupado do trabalho — resmungou ele. — Não quero ouvir nada sobre o duque ou a duquesa de Ashland. Para mim, ambos morreram há muito tempo.

Elise apertou os lábios.

— Abigail bem que me avisou que você poderia dizer isso.

— Além disso — continuou Noah, com os dentes cerrados —, saiba que não há nada que vá me levar de volta a Londres. Por acaso os salões sagrados daquela cidade ainda acham que estou morto?

Ela estreitou os olhos.

— Sim.

— Pretendo manter as coisas desse jeito, srta. DeVries. Nada que você faça ou diga vai me fazer mudar de ideia.

— Você tem a responsabilidade de...

— Eu não tenho responsabilidade alguma — rosnou ele. — Nem para com meu pai, nem para com minha mãe. Muito menos para com as propriedades do ducado de Ashland, as séries de títulos e os cofres cheios de dinheiro.

— Se me deixasse terminar pelo menos uma frase, eu diria que você tem uma responsabilidade para com sua irmã.

Ele odiou a leve onda de culpa que o dominou, e apertou a ponte do nariz.

— Você me disse que Abigail não corre perigo. E que não está com problemas.

— Talvez, mas o mesmo não pode ser dito de sua mãe.

Noah levantou a mão.

— Você vai voltar para Londres, ou seja lá de onde você veio.

— Londres. Sua irmã está em Londres no momento.

Ele não sabia disso. Mas não importava.

— Então diga a Abigail que você não conseguiu me encontrar. Ou diga a ela o necessário para fazê-la entender que não posso voltar. Nunca.

Para Londres. Para quem eu costumava ser.

— Você quer que eu minta para a sua irmã?

— Você parece muito boa nisso. Em mentir, no caso.

Noah notou como ela estremeceu, mas endureceu o coração.

— Eu nunca menti para você.

— Você sabia quem eu era e me deixou acreditar... — Ele nem conseguia terminar a frase.

Você me deixou acreditar que havia algo entre nós. Noah acreditou que existia uma conexão entre eles que nunca sentira com outra mulher, algo extraordinário. A decepção era tão humilhante quanto excruciante.

Elise desviou o olhar.

— Eu não sabia quem você era assim que o conheci. E, se você está se referindo ao que aconteceu no jardim... aquilo foi real. — Ela parecia rendida. — Nunca deveria ter acontecido, e peço desculpas por minha falta de profissionalismo. Mas só por isso.

Noah sentiu uma leve pontada de esperança, e se odiou por reconhecer esse sentimento. Ele deveria ter mais juízo.

— Você precisa ir embora.

Aquela mulher não podia passar a noite em sua casa.

— Não. — Elise se virou para ele, olhando-o fixamente. — Não vou sair daqui sem você.

— Vai, sim. — Era uma ordem.

— Seu primo, Francis Ellery, sabe que você está vivo — falou ela de repente.

— O quê?!

Pela segunda vez, era como se Elise tivesse lhe dado um soco no estômago.

— A carta que você mandou para sua irmã com aquele broche foi roubada da casa dela recentemente. Acredito que foi levada pelo sr. Ellery, ou por indivíduos contratados por ele. Além disso, uma investigação de minha parte também indicou que Francis Ellery contratou dois assassinos para encontrá-lo e garantir que sua morte não seja apenas um boato.

— Assassinos. — Noah nunca tinha ouvido nada tão ridículo em toda a sua vida. Principalmente quando ela dissera "assassinos" com a mesma naturalidade de alguém que falava sobre "cobradores de impostos". — Não é possível que ache que eu vá acreditar nisso.

Elise inclinou a cabeça.

— Deveria acreditar. Você enviou aquela carta para Abigail pelo correio normal. E, embora a correspondência tenha chegado anonimamente, levava o carimbo postal de Nottingham, o que com certeza trará esses homens até aqui, se é que já não o fez.

Noah jogou as mãos para o alto em irritação, ignorando a incerteza que o atormentava.

Elise franziu a testa.

— Acho que você não entendeu o que está em jogo aqui. De quanta riqueza estamos falando. De quanto poder. E até onde seu primo está disposto a ir para garantir que vai se tornar o próximo duque de Ashland. Não posso e não vou sair desta propriedade quando sua segurança pode estar em risco.

— Em primeiro lugar, srta. DeVries, sou capaz de cuidar de mim mesmo. Não preciso que seja minha babá. Em segundo lugar, meu primo, como todo mundo, acredita que estou morto. Não há razão para ele saquear a casa da minha irmã em busca de evidências da minha existência ou contratar assassinos.

Noah parecia um idiota dizendo tudo aquilo em voz alta. Era um absurdo.

Elise balançou a cabeça.

— Infelizmente, não é bem assim. A razão pela qual Abigail voltou para Londres, a razão pela qual ela me contratou, é porque sua mãe, depois da morte de seu pai, cometeu o erro de insistir publicamente que você estava vivo.

Noah sentiu uma nova onda de náusea.

— Como... mãe... — Ele não conseguia encontrar as palavras.

Elise estremeceu.

— Abigail contou a ela. E está arrependida de ter feito isso. Mas talvez agora você consiga entender o dilema que estou enfrentando. Não vou deixá-lo desprotegido.

Noah deu uma risada seca, pensando no rifle que estava encostado na parede do quarto de Elise. Não lhe restavam mais dúvidas de que a mulher sabia como usá-lo.

— Como posso ter certeza de que você não é uma assassina?

Ela ficou em silêncio por um momento.

— Não sou uma assassina — garantiu em um tom estranho. — Se eu fosse, você já estaria morto.

— Meu Deus. — Ele esfregou o rosto. Era como se tivesse entrado em um livro de fantasia. Ele não sabia no que acreditar. — Não quero o título — afirmou, fingindo, só por um momento, que tudo o que Elise lhe contara era verdade. — Volte para Londres e diga a Francis que ele pode ficar com tudo.

— Ele está matando sua mãe.

— O quê?!

— Desde que ela anunciou que você está vivo, o sr. Ellery mandou interná-la em Bedlam para desacreditá-la. E a duquesa deve morrer dentro de um mês, a menos que você prove que ela está certa.

Noah pensou ter ouvido errado.

— Bedlam — repetiu ele, devagar.

— Isso mesmo. Da última vez que a vi, ela estava algemada na cama e dopada de opiáceos — contou Elise, enquanto o observava com atenção.

— Abigail quer que eu volte a Londres para resgatar minha mãe de Bedlam?

Aquilo era muito irônico, e Noah se pegou rindo, quase de forma histérica. Não havia diversão em seu riso e, após alguns segundos, a vontade de rir desapareceu tão rápido quanto havia surgido, deixando apenas uma grande sensação de vazio. Depois de tudo — dos anos de medo, desespero e dor —, ele deveria estar sentindo uma imensa satisfação. Mas tudo o que podia fazer era impedir que as lembranças daquele inferno viessem à tona e o imobilizassem.

Fora seu pai quem o acordara na calada da noite, persuadindo-o a deixar sua cama quentinha com a promessa de novos filhotes nos estábulos. Mas, ao sair de casa, não havia nenhum filhote, apenas homens assustadores com uma força implacável. O pai deu a seus captores um rápido aceno de cabeça, ordenou a Noah que se comportasse e o deixou para trás, debatendo-se desesperado enquanto os homens o trancavam em uma carruagem com barras, como se ele fosse um animal perigoso. Ele pressionou o rosto nas barras, seu corpo pequenino tremendo de medo, e viu a mãe observando tudo de uma janela no andar de cima. E, quando a carruagem partiu em solavancos, ela apenas fechou a cortina.

Não pela primeira vez, Noah se perguntou se Abigail sabia para onde ele tinha sido mandado. Se ela sabia da tortura a que ele fora submetido nas mãos de médicos loucos que prometeram curá-lo. Garantiram que, com seus tratamentos confiáveis, em pouco tempo o fariam falar como um aluno de Eton. Será que Abigail sabia da crueldade e insensibilidade dos funcionários e guardas, que tratavam os pacientes como se fossem vermes?

Noah passara aqueles primeiros meses rezando para que a mãe interviesse e o salvasse de Bedlam. Mas o verão se transformou em outono, depois em inverno, e os ventos frios entravam nos quartos pelas rachaduras nas paredes de pedra. Os guardas continuaram a tortura, e pacientes ao redor dele adoeceram e morreram de disenteria e cólera e outras coisas que Noah não conseguia nomear. E ele parou de rezar. Parou de esperar. Aceitou que ninguém jamais viria para salvá-lo.

E ninguém nunca veio.

— Você é o único que pode libertá-la — afirmou Elise. — Bem, há outros caminhos que posso explorar, mas temo que demorem muito, e então será tarde demais para a sua mãe.

— Não. — Ele se afastou de Elise e voltou a andar na direção do jardim. A srta. DeVries não tinha ideia do que estava pedindo para ele fazer. — Como eu disse, tanto minha mãe quanto meu pai morreram há muito tempo.

Elise apareceu diante dele, tão silenciosa e rápida quanto antes. Era enervante como aquela mulher tinha a habilidade de se mover na escuridão, mas era difícil enxergar a expressão de seu rosto na luz fraca.

— Quantas vezes lady Abigail pediu sua ajuda? — perguntou ela em um tom que aparentava ser neutro, mas o tiro foi certeiro.

Nunca. Nem uma vez.

— Foi o que pensei. — Ela deve ter entendido a resposta pelo silêncio de Noah, e sua voz assumiu um tom de fragilidade. — Se ainda está decidido a se recusar a ajudá-la, ao menos tenha a decência de encarar sua irmã e dizer isso pessoalmente.

— Não posso. Você não entende.

— Você ficaria surpreso — disse ela, sem grosseria alguma.

— Não.

— Então, Sua Graça, devo lhe dizer que estamos em um impasse.

Noah congelou antes de olhar ao redor por reflexo.

— Não... eu... — Ele parou. — Não me chame assim. Nunca mais.

Elise ficou em silêncio por um longo momento.

— Mais ninguém aqui sabe sua verdadeira identidade, não é? — perguntou ela, abruptamente.

Uma gota de suor frio escorreu por suas costas quando Noah percebeu o poder que aquela mulher tinha sobre ele. Mesmo assim, era impossível responder com uma mentira.

— Ninguém.

Ela o encarou com olhos reluzentes.

— Nem mesmo John Barr?

Noah balançou a cabeça. Não havia muito sentido em mentir, e a última coisa de que precisava era que ela fizesse a mesma pergunta a John.

— Ele sabe que não sou Noah Lawson. Mas só isso — respondeu, com a voz rouca.

— E ele nunca perguntou sobre a sua verdadeira identidade?

— Não.

— Hummm.

Noah pensou ter sentido uma nota de aprovação na resposta dela.

— Me diga por que não quer voltar para Londres. Me fale o verdadeiro motivo — insistiu Elise.

Ele respirou fundo, sentindo certo alívio por ela não saber tudo. Elise não sabia a verdade.

— Não importa.

— Importa, sim — insistiu ela, e o tom gentil em sua voz foi a gota d'água.

Noah passou por ela e continuou andando. Não havia nada naquele mundo que o faria contar mais sobre seu passado àquela mulher que já conhecia muitos de seus segredos.

— Pegue suas coisas — ordenou ele. — Vou levá-la para a cidade.

— E o que vai dizer à governanta?

Ele tropeçou e parou.

— Você está me ameaçando?

Elise soltou um suspiro.

— Não, não estou ameaçando você. Mas o problema dos segredos e das mentiras, sr. Lawson, é que eles costumam se enrolar. Eles se acumulam e ficam complicados, até você não conseguir mais se lembrar da verdade.

Noah podia sentir os fios da vida que tinha tecido cuidadosamente começando a se desfazer, linha por linha, ponto por ponto, e não havia nada que ele pudesse fazer para impedir. Seus pensamentos e emoções estavam fora de controle, em uma bagunça que ele não conseguia resolver. Não conseguia se concentrar, não conseguia colocar as palavras na ordem certa para verbalizar o que estava pensando.

Na penumbra, Elise pôs a mão em seu braço.

— Não diga nada agora — pediu ela, e Noah se perguntou, mais uma vez, como era possível que fosse tão transparente diante daquela mulher.

Ele se afastou, odiando o quão racional Elise soava. Havia compaixão em suas palavras, mas a determinação também era inconfundível.

— Saiba que guardarei todos os seus segredos. Não duvide disso jamais. Nunca vou usá-los contra você. Mas, independentemente da sua decisão, você deve uma explicação à sua irmã. E essa explicação deve vir de você, não de mim. Se optar por retornar a Londres como o sr. Lawson ou o duque de Ashland, a escolha é sua. — Elise fez uma pausa. — Mas não o deixarei desprotegido e não vou partir sem você.

Capítulo 8

O jantar foi dominado pelo silêncio, quebrado apenas pelos murmúrios de agradecimento quando a sra. Pritchard serviu uma refeição simples mas deliciosa de ensopado e pão fresco. A governanta lançou olhares interrogativos para ambos, mas não comentou sobre o silêncio tenso e, em vez disso, anunciou em voz alta que ia se deitar mais cedo. Elise teria achado engraçado se não estivesse se sentindo tão miserável.

Ela nunca conduzira algo de forma tão desastrosa quanto a situação de Noah Ellery. Deveria ter investigado mais antes de sair de Londres, mas estava com pressa e, agora, arrependida.

"Aquele jovem também nunca bateu bem da cabeça."

"Não sei para onde meus pais o mandaram."

Aquelas duas declarações, feitas por lados opostos, de repente se juntaram e a deixaram com um horrível frio na espinha. A suspeita guerreava com a dúvida.

Elise não queria acreditar. Não queria nem cogitar a possibilidade. Mas, se levasse em consideração a reação de Noah quando ela o informou sobre o confinamento de sua mãe em Bedlam, ela já sabia a resposta. Nunca, em toda a sua vida, tinha visto uma reação tão visceral e sombria a uma simples referência.

E se suas suspeitas realmente se comprovassem verdadeiras, se Noah Ellery fora um paciente — ou melhor, prisioneiro — em Bedlam quando criança, Elise não tinha certeza de que queria saber quais lembranças assombravam aquele homem. Tampouco eram de sua conta.

No entanto, estava de fato arrependida de não ter se preparado melhor para lidar com a situação. E, por conta disso, o homem sentado à sua frente naquela refeição excruciante olhou para ela apenas uma vez.

— Faça as malas ao amanhecer. — Foi tudo o que ele disse antes de desaparecer pela porta, para a escuridão do jardim.

Elise contou um minuto e então o seguiu em silêncio, deixando seus velhos instintos assumirem o controle. Ele não tinha ido muito longe — apenas até a beira das árvores na extremidade do pasto, onde ficou olhando para o rio por quase uma hora. Elise circulou e vasculhou as árvores e arbustos ao redor, mas não encontrou nenhum sinal de outra pessoa. Nenhum sinal de que mais alguém tivesse encontrado ou seguido Noah Ellery. Sentiu-se mais aliviada, embora reconhecesse o desconforto em saber que deveria ter feito essa varredura assim que chegou ao local. Ela se deixara levar, se distraíra, e com isso havia exposto os dois a um perigo em potencial.

Ela ficou ali, sem ser vista, até Noah voltar para casa. Então, esgueirou-se para o quarto e tentou pegar no sono, mas acabou apenas se revirando nas cobertas enquanto sua mente era invadida por um turbilhão de pensamentos. Quando finalmente desistiu de tentar dormir, se levantou e foi para o lado de fora. Decidiu que não faria mala alguma, a menos que o duque de Ashland fosse acompanhá-la na viagem.

A vaca que ela estava ordenhando se mexeu, e Elise se assustou, percebendo que tinha parado de mover as mãos. Suspirou e reajustou seu banquinho, apoiando a testa na pele quente do animal, e retomou os movimentos ritmados. No leste, o céu estava banhado por um tom pálido e platinado, anunciando o início do nascer do sol. Ela fechou os olhos por um momento, a rotina familiar ajudando a acalmar sua mente perturbada, mesmo que não tivesse inspirado nenhuma solução.

Talvez ela devesse ter pedido a Roddy que buscasse uma vaca para ela.

— O que diabos você pensa que está fazendo?

A pergunta de Noah veio da porta do celeiro e assustou Elise, que apertou o animal com mais força do que pretendia. A vaca pisou com força no chão, claramente aborrecida.

— Me parece meio óbvio — respondeu ela, incapaz de encará-lo. — E peço que evite gritar aqui até eu terminar.

— Por que está ordenhando minha vaca?

— Porque me ajuda a pensar. E porque precisava ser feito.

Noah praguejou, e o animal bateu a pata no chão de novo. Uma nuvem tênue de poeira surgiu, e os primeiros raios da aurora iluminaram os ciscos que dançavam no ar. Então, Elise notou que sua bolsa de viagem estava no chão.

— Você esqueceu seus pertences lá dentro — disse Noah. — E seu rifle. Tomei a liberdade de pegá-los para você. Por favor, afaste-se da minha vaca.

Elise continuou a ordenhar, e o gorgolejar constante do leite batendo no balde era o único som em meio ao silêncio desconfortável.

— Por acaso não me ouviu, srta. DeVries?

Ela não respondeu.

— Quer que eu sele seu cavalo para você?

Elise permaneceu calada.

Ela ouviu mais uma série de xingamentos.

— Você está me ignorando de propósito? — perguntou Noah de algum lugar do outro lado da barreira bovina que ainda existia entre eles.

— Estou.

— Você precisa ir embora — declarou ele, claramente frustrado.

— E eu vou, mas só se você me acompanhar.

Elise não estava disposta a ceder. Manteve um ritmo constante com as mãos, e os fluxos de leite começaram a diminuir à medida que o balde enchia.

— Não vou a lugar nenhum, srta. DeVries. E você também não pode ficar na minha casa.

— Tudo bem. Posso dormir aqui.

Até fazia mais sentido. Ficar hospedada na casa dificultava entrar e sair sem ser vista, se houvesse alguém vigiando. Era mais inteligente ficar no celeiro.

— "Aqui" onde? Em Nottingham?

— Não. No celeiro.

O resto do leite pingou no balde.

— Eu... você... *não!* — gaguejou ele. — Só por cima do meu cadáver que você vai dormir no meu celeiro!

— E é exatamente isso que estou tentando evitar.

Ele bufou. Elise o ignorou e pegou o balde, colocando-o ao lado dos outros com cuidado, antes de se levantar do banquinho. Ela deu um tapinha no dorso da vaca, levou o animal para fora do celeiro e se virou para Noah.

O que quer que ela fosse dizer em seguida morreu em sua boca. Ele ainda estava parado perto da porta, e os raios de sol iluminavam o contorno de seu corpo, banhando-o em tons dourados. Noah vestia roupas simples, e o tecido gasto das peças agarravam seu corpo e não escondiam a força de seus músculos.

Em um piscar de olhos, ela estava de volta ao jardim de rosas, lembrando-se do que sentira ao tocar Noah. Como o calor que ele irradiara havia conseguido atravessar o tecido das roupas e a deixara pegando fogo, assim como o ardor que crescia dentro dela. Os olhos de Elise pousaram nos lábios dele enquanto se lembrava de como Noah a beijara com maestria, de como a deixara sem fôlego. De como ela fora incapaz de resistir a ele e da poderosa atração que a dominara. O arrepio que sentiu percorrendo todo o seu corpo era um sinal de que nada tinha mudado.

O desejo de beijá-lo de novo, de tocá-lo e de afastar a preocupação, a frustração e a raiva estampadas em seu rosto, era avassalador. Até que Elise se lembrou de que ela era a responsável por tudo aquilo.

Engoliu em seco, sentindo o peso da culpa e do arrependimento. Era como se estivesse deixando algo singular escapar por entre seus dedos.

Recomponha-se, mulher! Noah Ellery era um trabalho, não um pretendente, e ela precisava sempre ter isso em mente. Caso contrário, as emoções mexeriam com seu bom senso e seu juízo, o que era bem perigoso. Elise ergueu os olhos, esperando que seu rosto não tivesse revelado nenhum de seus pensamentos, mas Noah não estava olhando para ela.

Na verdade, ele olhava para os baldes de leite.

— Você ordenhou todas as minhas vacas?

Elise não sabia se Noah estava zangado ou satisfeito, mas pelo menos não estavam mais discutindo sobre onde ela dormiria.

— Você tem vacas excelentes — comentou Elise. — São muito dispostas, e é muito mais fácil quando não é necessário convencê-las a cooperar. — Ela enfatizou a última frase.

Noah a encarou com a testa franzida.

— Achei que você fosse de Londres.

— E sou.

Ele olhou confuso para os baldes.

— Acredite ou não, os londrinos também sabem ordenhar vacas. Tem vacas na cidade. Muitas, inclusive.

Noah balançou a cabeça.

— Você não cresceu na cidade.

Elise se abaixou para pegar dois baldes pesados.

— Não — concordou ela, olhando para o leite e pensando que aquilo era óbvio e não valia a pena negar.

Noah se moveu para bloquear seu caminho, com os braços cruzados.

— De onde você é?

— Do interior. — Ela abriu um sorriso suave. — Agora, se me der licença, vou levar isso para a sra. Pritchard. Tem mais dois baldes além desses. — Ela apontou com a cabeça para eles.

— Não é assim que funciona — afirmou Noah, sem se mexer. — Você me deve uma verdade sobre você, já que parece saber tanto sobre mim.

Elise hesitou. Não devia nada a ele e não tinha o costume de contar sobre seu passado para ninguém. Mas, por outro lado, Noah não estava mais a expulsando dali, ou ameaçando selar seu cavalo e escorraçá-la de sua propriedade. Talvez fosse uma oportunidade. Elise contaria uma versão abreviada e cuidadosamente censurada de seu passado para tentar recuperar a confiança dele.

— Sou de perto de York.

— De Yorkshire, então?

— Não. York no Canadá.

Noah a encarou.

— Nas colônias?

— Exato. Agora saia do meu caminho. Os baldes estão pesados.

Elise passou por ele, mas Noah foi mais rápido.

— Você cresceu em uma fazenda lá.

— Sim.

— Você nasceu lá?

— Sim, eu e meus irmãos nascemos lá.

— Seus irmãos? Você disse que só tinha um — questionou ele, em um tom desconfiado.

Elise fechou os olhos, amaldiçoando-se pelo deslize.

— Meu irmão mais velho morreu. Agora só tenho o Alex.

Uma onda de tristeza a pegou desprevenida, e ela mordeu a parte interna da bochecha. Talvez o ambiente do celeiro tivesse lhe trazido memórias antigas e felizes de sua infância, agora agridoces devido à perda. Seus irmãos eram tudo para ela — eles a criaram desde que ficaram órfãos, quando ela tinha 6 anos.

— Alex e Jonathan eram soldados. Terceiro Regimento de York sob o comando do Major William Allen. Jonathan morreu na defesa de York.

Ela não entendia por que se sentira compelida a revelar tantos detalhes para Noah, a não ser para se lembrar de que o irmão morrera lutando por algo em que todos acreditavam.

Os irmãos estavam juntos em batalha quando Jonathan morreu, apesar de Alex nunca ter contado o que aconteceu de verdade. Elise também estivera lá naquele dia, embora sem usar uniforme. Como sempre, ela era um fantasma, e os comandantes a enviaram para dentro do território inimigo com o objetivo de encontrar tropas, observá-las e coletar informações sobre seus movimentos, posições e capacidades. Informações que, no final, não conseguiram salvar seu irmão.

— Sinto muito — disse Noah, e suas palavras saíram um pouco duras, como se até o menor sinal de simpatia ou compaixão pudesse atrapalhar sua determinação de mantê-la longe.

Elise apenas assentiu e passou por ele, indo em direção à casa.

— Foi por isso que você foi embora da fazenda? — continuou ele.

Ela teve uma visão momentânea de madeiras queimadas e ruínas fumegantes.

— Não sobrou nada. Depois que os britânicos recuaram, os americanos destruíram todas as casas, mataram os animais e queimaram os pomares.

Ela viu Noah olhar ao redor, como se estivesse imaginando como seria voltar para casa depois de muito tempo e encontrar tudo destruído.

— Sinto muito — repetiu ele.

— Eu também.

Mas aquela era a natureza da guerra.

— Por que foi para Londres? — perguntou ele, entrando na frente dela de novo e forçando-a a parar.

Porque a milícia foi abandonada quando os oficiais britânicos se retiraram e não havia mais nada em York, exceto perigo. Porque havia oficiais americanos furiosos em busca de desculpas para punir aqueles que permaneceram leais à Coroa.

Elise não estava nada confortável com o rumo que as perguntas de Noah tinha tomado.

— Por causa do teatro.

A resposta era inesperada e enganosa, mas, de certa forma, verdadeira.

— Do teatro?

— Sim. Também sou atriz do Teatro Royal em Drury Lane. Isto é, quando não estou ocupada localizando duques desaparecidos.

Elise passou por ele e retomou sua caminhada.

— Você é atriz? — perguntou Noah, parecendo incrédulo, e começou a andar ao lado dela.

Bom, melhor incrédulo do que zangado.

— Às vezes.

Elise ajustou a pegada nas alças pesadas dos baldes, certificando-se de não derramar o leite.

— Bem, isso explica muita coisa — murmurou ele.

Ela parou de supetão.

— O que quer dizer com isso?

— Você é muito habilidosa em enganar as pessoas. Você me enganou desde o começo. Enganou a todos.

Elise colocou os baldes no chão e pôs as mãos na cintura, irritada com a sugestão de que tudo o que acontecera desde que chegara a Nottingham fazia parte de algum tipo de trama diabólica.

— Você acha que planejei cavalgar até Nottingham e salvar um menino que estava se afogando e assim me aproximar de você? Acha que estou feliz em ser a pessoa que trouxe seu passado de volta, acabando com a sua vida tranquila?

Noah ficou em silêncio, e Elise não conseguia decifrar o que ele estava pensando.

— Tem uma coisa que se aprende no trabalho de atriz — continuou Elise. — Toda noite você sobe no palco. Toda noite você finge ser alguém que não é. Mas aí a cortina se fecha, o público vai para casa, as fantasias são guardadas e a maquiagem é retirada... — Ela olhou para Noah. — Ninguém pode fingir ser quem não é para sempre.

— Não estou fingindo, se é isso que está insinuando — retrucou Noah, com raiva. — O homem que você veio procurar não existe mais.

Elise balançou a cabeça.

— Você não tem mais 10 anos, Sua Graça — afirmou. — É um duque, goste ou não. Um homem com riqueza e poder a seu alcance, caso decida usá-los. Mas, o mais importante: é um homem com uma irmã e uma mãe que precisam muito de você.

Ela viu um brilho de fúria nos olhos esverdeados dele.

— Você está questionando minha honra?

Elise aproximou-se dele, se recusando a ficar intimidada por sua ira. Era melhor resolverem tudo ali mesmo, em um caminho deserto entre o celeiro e a casa, onde não havia testemunhas a não ser um bando de pardais.

— Não estou questionando sua honra. Estou apenas apresentando os fatos.

— Os fatos — repetiu ele, franzindo os lábios. — Você não tem ideia de que fatos está falando.

— Então me conte.

Noah desviou o olhar, para logo depois a encarar, um rubor de raiva tomando suas bochechas.

— Contar a você? Simples assim?

— Seria um começo. Serei muito mais útil se entender o que podemos enfrentar quando retornarmos a Londres.

— Meu Deus. Não existe isso de "retornarmos". Sua audácia...

Ele parou de falar, procurando as palavras, e, a julgar pela expressão dele, Elise não tinha dúvidas de que, quando Noah as encontrasse, não seriam nada agradáveis.

— Sua irmã me implorou para encontrá-lo — começou ela, cortando o raciocínio dele. — E eu o encontrei. Não vou me desculpar por fazer meu trabalho. Você não é o único que tem coisas no passado que prefere esquecer. Não é o único que teve que fazer o que fosse necessário para sobreviver.

Parte de sua consciência a alertava para se calar, para deixar Noah Ellery pensar o que quisesse dela. Contanto que seu trabalho fosse feito, nada mais importava.

Mas, com grande consternação, Elise percebeu que importava, sim. Ela se importava muito com o que Noah pensava dela. Importava-se com ele. Maldição.

Elise suavizou o tom:

— Não sou sua inimiga, embora entenda que possa parecer agora. Estou do seu lado, não contra você.

— É mesmo? — perguntou ele, em tom acusatório. — Era isso que estava tentando provar ontem à noite, no roseiral? Que está *do meu lado*?

Elise sentiu as bochechas arderem.

— Não! Aquilo não foi...

— Não foi o quê? Outra coisa pela qual você não sente necessidade de se desculpar?

— O que aconteceu ontem à noite entre nós foi perfeito. Mesmo que apenas por um breve momento. — Ela estava tão perto dele que podia ver os detalhes verde-escuros em seus olhos. — Então não, não vou me desculpar por aquilo.

Noah pareceu confuso, e sua expressão mudou, como se tivesse acabado de perceber o quão perto estavam.

Entretanto, nenhum dos dois se afastou.

Elise sentiu seu pulso acelerado, sentiu o ardor do desejo queimando e latejando por seu corpo. Tentou reprimir o sentimento, mas já era tarde demais, e seu bom senso estava evaporando com todo aquele calor. Ela enrolou as mãos no tecido da saia para evitar tocá-lo.

O cabelo de Noah estava solto e caía sobre suas orelhas e testa, como se implorasse para ser acariciado. Seu maxilar forte estava coberto por uma barba cerrada, clamando para que ela sentisse sua textura. Uma borda irregular na gola de sua camisa, perto de seu pescoço, suplicava para que ela passasse o polegar sobre o tecido e depois ao longo da pele bronzeada, descendo por seu peito e...

— Mais alguma coisa? — perguntou Noah, com a voz rouca.

— O que disse?

Meu Deus! Ela não conseguia nem se lembrar sobre o que eles estavam conversando. Mesmo depois de tudo, depois de todas as broncas e lembretes para si mesma, depois de cultivar e fortalecer sua determinação, um segundo perto daquele homem fazia seu juízo evaporar. Elise nunca desejara um homem do jeito que desejava Noah.

— Tem mais alguma coisa pela qual você gostaria de não se desculpar?

Ela olhou para ele e percebeu, com surpresa, que a raiva havia desaparecido de seu rosto e fora substituída por algo muito mais perigoso. Aqueles olhos verdes capturaram os dela, brilhando com o mesmo desejo intenso que ela tinha visto no jardim de rosas, a mesma atração que transformara seus joelhos em geleia e seu sangue em lava. Noah também não era imune ao que havia entre eles, seja lá o que fosse. Uma tentação imprudente pulsava por seu corpo a cada batida de seu coração.

— Tem — disse ela. — Não vou me desculpar por isso.

E então o beijou.

Era uma indulgência precipitada, uma necessidade desesperada de provar que o que acontecera no jardim fora perfeito. E certo. E inevitável. Era para ser um beijo rápido, uma breve saciedade de uma sede que decerto nunca seria verdadeiramente satisfeita.

Mas, quando ele a segurou pela nuca e retribuiu o beijo com a mesma intensidade, qualquer fragmento de controle e contenção que Elise mantinha se desintegrou. Ela também levou as mãos ao pescoço dele, enterrando os dedos nos cachos loiros do jeito que tanto desejava fazer. Então, mordiscou o lábio inferior dele antes de levar a boca por um passeio por aquela mandíbula áspera, encontrando o ponto exato no pescoço onde podia sentir a pulsação dele martelando. Noah tinha gosto de sal, de fogo, de homem, e ela deslizou as mãos sob o casaco e sobre o tecido da camisa, vagando pelo peitoral largo e pelas costas dele, sentindo cada músculo rígido sob seu toque.

Noah gemeu no ouvido dela e a puxou de volta para o beijo, tomando sua boca com ímpeto mais uma vez. Ele a apertou contra si, descendo a mão por suas costas e sua bunda. Elise ficou montada em uma das coxas dele, incapaz de se mover por conta da saia enrolada em volta das pernas. Não que ela tivesse algum interesse de sair daquela posição. A sensação devastadora de sentir o corpo de Noah junto ao seu lhe tirava o fôlego, o foco, o bom senso. Tudo o que ela sentia era uma fome potente que rugia. Elise soltou um som abafado de frustração e tirou a camisa de dentro da calça dele, deslizando as mãos sob o tecido e finalmente tocando a pele quente.

Noah estremeceu sob seu toque, flexionando os músculos poderosos. Ela se mexeu, sentindo a protuberância rígida da ereção dele presa contra seu quadril, e soltou mais um gemido frustrado. Não havia nada no mundo que ela não daria naquele momento para sentir Noah por completo contra seu corpo. Dentro dela.

Ele segurou a cabeça de Elise, mantendo-a à mercê de sua língua perversamente talentosa. Então, deslizou os lábios para baixo de seu queixo, enquanto descia as mãos por seus ombros até chegar em seus seios. Elise se arqueou contra o toque quente, cada nervo de seu corpo pedindo mais. Noah acariciou as curvas de seus seios, primeiro com as mãos e depois com a boca, antes de suas palmas cobrirem tudo por cima do tecido do vestido e seus polegares circularem e provocarem os bicos sensíveis de seus mamilos. A cabeça de Elise pendeu um pouco para trás, e suas pernas apertaram-se contra a coxa dele enquanto seu corpo buscava por algum tipo de alívio. Ela estava molhada e pulsante, e tinha perdido o controle do que começara, mas já não se importava.

Noah se moveu um pouco, segurando a cintura dela com as mãos e pressionando Elise contra sua coxa. Ela não conseguia fazer nada além de deleitar-se com a sensação de ser abraçada e apertada por aquele homem. Ele estava ofegante, e ela sentiu enorme satisfação em saber que seu toque o afetava tanto quanto o dele a afetava.

— Noah... — Elise conseguiu sussurrar, sem saber se era uma súplica ou um aviso.

A voz dela pareceu penetrar a mente dele, pois ele recuou e xingou baixinho.

Céus, ela estava enrascada. Seu mundo tinha virado de cabeça para baixo com o prazer que tinha sentido nos braços daquele homem, enquanto se agarravam como adolescentes. Elise não conseguia nem imaginar como seria levá-lo para a cama e permitir que ele fizesse o que quisesse com ela.

Mas os dois ainda estavam parados no meio de um caminho ao ar livre, com baldes de leite esquecidos no chão, e um mar de discórdia os separava. Ela se endireitou, alisando o tecido da saia.

Noah ajeitou a camisa dentro da calça em movimentos erráticos. Então, parou e buscou os olhos dela, seu rosto carregando um misto de desejo e confusão.

— Não entendo o que você faz comigo.

— Então somos dois — respondeu Elise, baixinho.

Um mundo de arrependimento e autocrítica cairia sobre ela assim que fosse embora. Nunca em sua vida ela perdera tanto o controle.

— Mas, seja o que for, não muda nada.

Capítulo 9

Noah tinha perdido a cabeça.

De vez. Até acharia a situação engraçada se sua vida não estivesse desmoronando.

Ele golpeou o machado com mais força do que o necessário, e outro tronco se partiu sob a lâmina, espalhando lascas pelo ar. Nem se deu ao trabalho de pegar os pedaços, apenas deixou tudo espalhado entre uma centena de fragmentos semelhantes, e então posicionou outro tronco sobre a base larga. Brandiu o machado mais uma vez, e seus músculos protestaram, mas ele ignorou a dor. Na verdade, até agradeceu a agonia. Precisava de algo irracional, algo para ajudar a expulsar a loucura que o dominava desde que ajudara uma bela mulher a sair do rio Leen.

Ele fora ao celeiro naquela manhã certo de que tinha o controle necessário para o que precisava fazer: expulsar Elise DeVries de sua fazenda. De sua vida. Só que, por algum motivo misterioso, acabou beijando-a de novo. E não apenas isso. Ele também se viu desejando-a com uma intensidade que desafiava a razão, ignorando tudo o que havia trazido aquela mulher até sua vida.

Não entendo o que você faz comigo.

Noah deixara a verdade escapar enquanto sua mente ainda estava anuviada pela luxúria. Elise era como um vício, algo a que ele era incapaz de resistir, embora entendesse o quão perigosa ela era. Nunca tinha sentido nada parecido antes, e aquilo o perturbava mais que tudo.

Chop. Outro tronco foi vítima da lâmina de seu machado.

Mesmo depois de horas, ele ainda sentia o sangue esquentar e sua calça apertar só de pensar nela. Pensar nas curvas exuberantes, em sua boca macia, como ela parecia saber onde tocá-lo. Elise não era tímida, muito menos inocente, mas também não demonstrava malícia. Era uma mulher que sabia o que queria, e aquilo o excitava de uma forma única.

E ainda tinha a questão do que ela havia falado, que ele não conseguia tirar da cabeça.

"Estou do seu lado, não contra você."

Bem, aquilo não era exatamente verdade, era? Só a presença dela ali já ameaçava tudo o que ele construíra.

Mas será que Noah realmente acreditara que seu passado ficaria enterrado para sempre? Ele de fato esperava que ninguém nunca o reconhecesse? Sempre ouvira que era a imagem escarrada do pai. É provável que o tempo só tivesse aumentado a semelhança, e era possível que fosse só muita sorte ninguém tê-lo reconhecido até então. Ou, pelo menos, questionado suas origens. Noah evitava as estalagens movimentadas que os viajantes de Londres frequentavam, mas, a menos que se tornasse um recluso total, seria inviável esquivar-se de estranhos para sempre.

Quando deixou Londres, ele não tinha pensado muito no futuro a longo prazo. Só sabia que desejava permanecer invisível e perto de Abigail para que pudesse vigiá-la sem ser descoberto. Então, quando se estabeleceu em Nottingham, os dias se transformaram em semanas, meses e anos, e o tempo ajudou a criar uma ilusão de segurança.

Mas era mesmo só aquilo: uma ilusão. E talvez ele devesse estar grato por ter sido Elise DeVries quem aparecera em sua porta, e não a polícia ou um magistrado. Entretanto, isso não significava que chegaria perto de Londres de novo, não importava a história que ela contasse.

— O inverno vai começar mais cedo este ano? — indagou a sra. Pritchard, parada perto da casa com as mãos na cintura, examinando a carnificina de madeira que antes era uma pilha organizada de toras esperando para serem cortadas.

Noah arrancou outro tronco da pilha cada vez menor e o posicionou. O suor escorria por sua testa, e sua camisa estava colada ao corpo.

Chop.

— Precisa ser feito mais cedo ou mais tarde — resmungou ele. — A madeira vai secar mais rápido assim.

— Aham — respondeu a governanta, e seu ceticismo era nítido.

Noah evitou olhar para ela. Em vez disso, pegou outro tronco. Então, focou nos anéis quase invisíveis no grande tronco que usava como tábua de corte, onde uma longa serra havia aberto caminho. Eles circulavam e circulavam, ficando cada vez menores quanto mais perto chegavam do centro. Assim como seus pensamentos, que se acumulavam em círculos indecifráveis e não levavam a lugar algum.

— Eu tenho uma irmã — confessou ele abruptamente, apoiando-se no cabo do machado e olhando para os sulcos e cortes que cobriam o topo do tronco.

Noah não tinha ideia do porquê dissera aquilo, tirando o fato de que Abigail era seu único arrependimento. Era estranho o quanto ainda sentia falta de alguém que estava longe havia tanto tempo. E falar sobre ela em voz alta a fez parecer mais próxima.

— Tem? — indagou a governanta, surpresa.

— Ela mora em Derby, com o marido e os filhos.

— Você é tio. — Agora a sra. Pritchard parecia encantada.

— Sim.

Noah nunca tinha pensado sobre a situação dessa forma, nunca tinha parado para pensar como seriam os filhos de Abigail. Será que eram gentis e generosos como ela fora quando criança? Outra onda de culpa o dominou. Ele passara tanto tempo concentrado em sua própria vida, em manter e proteger sua nova e perfeita realidade, que acabara não pensando na vida da irmã, salvo a ideia de que ela estava contente.

— Minha irmã precisa da minha ajuda.

— E quando você vai partir?

Noah ergueu o olhar.

— O que faz você pensar que vou a algum lugar?

A sra. Pritchard franziu a testa.

— Mas ela é sua irmã.

— Faz muito tempo que não a vejo.

— E? — A governanta estava começando a parecer Elise.

— Ela quer que eu vá para Londres.

A sra. Pritchard franziu ainda mais a testa.

— Se está preocupado com a fazenda, não precisa. Estou aqui, e os filhos mais novos dos Carter estão sempre em busca de trabalho. Eles foram uma mão na roda na colheita do ano passado.

— Não estou preocupado com a fazenda.

Na verdade, a fazenda era a última coisa que o preocupava.

— Então está preocupado com o quê?

Com todo o resto. Mas nada que pudesse dizer à sra. Pritchard. Nada que tirasse a maldita culpa que crescia em sua consciência desde que Elise afirmara que Abigail precisava dele.

— Ela é sua irmã — repetiu a governanta com firmeza, deixando-o ainda mais culpado. — Faça o que precisa fazer. Nada mais importa.

— Não é tão simples assim.

— Só se você decidir complicar tudo.

Noah riu sozinho. Ele não tinha decidido nada. A vida tinha decidido as complicações para ele. Seus pais tinham decidido complicar tudo quando o mandaram embora em uma carruagem com grades.

— Talvez — respondeu, apenas para encerrar o assunto.

Ele puxou o machado e o ergueu sobre a cabeça.

— Sua irmã já lhe ajudou quando você precisou?

Plonc. O machado bateu de qualquer jeito no tronco, e a madeira caiu no chão. Lembranças de uma garota rebelde com marias-chiquinhas e vestidos de renda surgiram em sua mente. Abigail tinha sido sua maior e mais valente defensora. Pelo menos até ele ficar grande o suficiente para lutar suas próprias batalhas. E então ela o ensinou a lutar de forma inteligente e inescrupulosa.

Noah chutou o tronco caído para o lado e enfiou a lâmina do machado na bancada novamente em frustração.

— Essa questão com a sua irmã tem algo a ver com a srta. DeVries? — perguntou a governanta.

— Sim. Não. Mais ou menos.

Ele enxugou o rosto com a manga da camisa, sem saber por onde começaria se tivesse que dar mais explicações.

— Acho que você precisa me dizer o que está acontecendo.

— Como assim?

Era uma tentativa patética de enrolar a governanta.

— Acha que sou boba, sr. Lawson? — perguntou a sra. Pritchard, embora sem tom de maldade.

— Não! — Ele pigarreou. — Claro que não!

— Trabalho para você há dez anos, sr. Lawson. Dez anos! E nesses dez anos, nunca o ouvi mencionar uma irmã. Ou mãe, ou pai. Muito menos onde cresceu. Acha que eu nunca percebi? Nunca desconfiei?

— Mas você nunca perguntou.

— Porque nunca importou. Até agora.

— É complicado.

— Você só sabe dizer isso. E agora está aqui, cortando lenha como um homem possuído, evitando a srta. DeVries e mais propenso a ter uma apoplexia do que a resolver o que precisa ser resolvido.

Noah passou as mãos pelo cabelo encharcado de suor.

— Tentei falar com El… a srta. DeVries. Ela se recusa a ouvir a razão.

E ele também parecia incapaz de manter as mãos longe daquela mulher, o que era outro problema totalmente irracional e inaceitável.

— Ela voltará para Londres em breve. Sozinha.

A sra. Pritchard cruzou os braços.

— Sua irmã está em perigo?

Noah negou com a cabeça. Se acreditasse que fosse esse o caso, já estaria a meio caminho de Londres, mandando as consequências para o inferno.

— Não, ela está bem.

— Você está em algum tipo de perigo?

— O quê? Por que acha isso? — questionou Noah.

— A srta. DeVries me perguntou se eu tinha notado algo estranho nos últimos dias. — Era evidente que a governanta estava preocupada. — Se algum estranho passou por aqui fazendo perguntas sobre você ou outro homem chamado Noah. Se notei alguém desconhecido na cidade ou em outro local que possa ter chamado minha atenção.

— Quando ela perguntou isso?

— Esta manhã, quando estava fazendo geleia.
— *O quê?!*

Ele não sabia ao certo o que o incomodava mais: que Elise tivesse alarmado sua governanta com aquelas histórias ridículas ou o fato de ela parecer não ter nenhuma intenção de ir embora.

— Onde ela está agora? — demandou Noah.

A sra. Pritchard deu de ombros.

— Não sei. Mas ela vestiu aquela camisa e calça horríveis que estavam secando no quarto e saiu.

— Saiu para onde?

A sra. Pritchard se irritou.

— Não sei, sr. Lawson! Não fui eu quem lhe deu rosas no jardim numa noite e depois a ignorou no dia seguinte.

Noah irrompeu no interior escuro do estábulo e deixou seus olhos se ajustarem à falta de luz. No canto, a mala de Elise ainda descansava no chão onde ele a deixara mais cedo. Uma mistura incongruente de alívio e aborrecimento o dominou. Ele examinou a parede e notou que a rédea do cavalo dela ainda estava pendurada no gancho, ao lado da cela.

Para onde quer que Elise tivesse ido, não era muito longe. Ele voltou a analisar a bolsa de viagem dela. As fivelas pesadas brilhavam na luz, aparecendo sob um pano oleado. Noah congelou. O rifle não estava lá.

Para onde aquela mulher infernal tinha ido?

Ele caminhou até a parte de trás do celeiro, observando os pastos que seguiam na direção das árvores. Ao longe, um movimento chamou sua atenção — um rabo familiar abanando e um andar meio torto. O cachorro levantou a cabeça, cheirou o ar e, então, deu um latido e desapareceu entre árvores. O que raios Quadrado estava fazendo na beira do rio?

Será que Elise tinha ido para lá? Será que ela planejava caçar depois de fazer geleia e ordenhar as vacas dele? Aquilo não o surpreenderia, mas ela tinha que parar com aquela loucura. Antes que pudesse pensar duas vezes, Noah já estava caminhando rumo às árvores. Fosse lá o que aquela mulher estivesse fazendo, não devia ser nada bom. Ele precisava que ela voltasse para Londres imediatamente, não que ficasse perambulando por sua propriedade e ameaçando sua sanidade.

Noah alcançou a entrada do bosque e parou. O vento estava forte, e as folhas dançavam acima de sua cabeça com o balanço dos galhos. À medida que entrava mais pela floresta, o ambiente ficava mais silencioso e as árvores, cada vez maiores e mais grossas, formando um dossel espesso com seus galhos. Ele seguiu uma das muitas trilhas de cervos que serpenteavam por entre a vegetação na direção do rio, mas não viu sinal algum de Elise ou de Quadrado, então continuou.

A luz do sol não conseguia ultrapassar o dossel das árvores, deixando a floresta escura e fria, mas nada disso incomodava Noah. Ele visitava aquele lugar com frequência para aproveitar a paz e o silêncio. Os galhos eram grossos, os troncos, antigos e retorcidos, e o próprio ar sussurrava sobre magias e lendas. Mas, naquele momento, estava tudo silencioso.

Silencioso até demais.

Havia algo errado.

Noah tirou sua faca de caça da bainha na cintura.

— Você não deveria estar aqui sozinho.

Ele se virou, cada músculo de seu corpo tenso, levantando a faca.

Elise estava de pé a menos de um metro dele, e seus olhos castanhos passaram rapidamente pela faca antes de voltarem para o rosto dele.

— Essa faca será inútil se eles tiverem pistolas.

Ela estava usando a camisa e a calça do dia anterior, acompanhados de um casaco militar azul desbotado e gasto. Seu cabelo estava puxado para trás e totalmente coberto por uma boina surrada. Havia várias bolsinhas amarradas em sua cintura e em seu peito, e Elise segurava o rifle na curva de um dos braços. Se não a tivesse ouvido falar, Noah acharia que tinha encontrado um jovem soldado. Ele quase não a reconheceu; não se parecia em nada com a mulher que ordenhara leite naquela manhã. Uma mulher que o olhara com desejo e depois o beijara. A Elise diante dele parecia selvagem, fria e perigosa.

— De onde você veio? — exigiu ele, apenas para abafar o som de seu coração ressoando nos ouvidos.

Elise olhou para os galhos de um carvalho maciço acima deles.

Noah se forçou a respirar fundo e a fuzilou com o olhar.

— E o que diabo você pensa que está fazendo? — rosnou, com os dentes cerrados. — Balançando de árvore em árvore desse jeito? Está tentando encontrar seu Robin Hood interior?

Elise gesticulou para a floresta ao redor deles.

— Reconhecimento.

— Você não pode estar falando sério.

Ele se forçou a não olhar para os arredores. Não aceitaria o absurdo daquela ideia. Ele não podia... não acreditaria na baboseira que ela dissera.

Elise o encarou, os olhos castanhos assumindo um tom caramelo escuro nas sombras da floresta.

— Eu poderia ter cortado sua garganta. Ou atirado em você. Você precisa ter mais cuidado.

Noah não disfarçou a irritação.

— Primeiro, não sei por que preciso dizer isso de novo, mas sou capaz de cuidar de mim mesmo. Segundo, você precisa parar de sugerir o contrário. Além de preocupar minha governanta, suas contínuas insinuações de que sou um ser indefeso são um insulto. Qualquer outro homem a chamaria para um duelo.

— E qualquer outro homem perderia. — O rifle permaneceu firme nas mãos dela. — E eu nunca disse que você era indefeso.

— Você é sempre tão arrogante?

— Eu prefiro "proficiente". E, só para deixar claro, acho o conceito dos duelos uma grande estupidez. Sempre há testemunhas, o terreno e as condições nem sempre são ideais e a maioria das pistolas de duelo não são confiáveis. Tanto na precisão quanto no desempenho. Existem maneiras muito melhores de lidar com esse tipo de situação. Posso sugerir diversas outras opções caso você se encontre em uma no futuro.

A última frase foi dita com tanta frieza que Noah sentiu um arrepio.

— Como o quê? Facas e correntes? — retrucou ele, tentando disfarçar a súbita inquietação.

Não queria imaginar quais eram essas "outras opções", nem queria reconhecer que existia um futuro entre os dois.

— Não é bem o que eu tinha em mente. — Ela o avaliou por um longo momento. — Você tem experiência com brigas de rua — comentou, sem um pingo de dúvida. Elise olhou para a faca de novo. — Você se sente mais confortável lutando com uma faca e corpo a corpo. Suspeito que você seja muito... proficiente — finalizou ela, claramente satisfeita com a ideia.

Noah abriu a boca para responder, mas descobriu que não conseguia encontrar nada para dizer. Não havia nada de agradável na lembrança do gosto ácido do medo em sua boca, nas marcas de sangue em suas mãos e braços, no cheiro metálico da morte. Não havia nada de agradável em sua proficiência com uma faca. Não havia nada de agradável em matar, mesmo que fosse necessário para continuar vivendo.

Ele contraiu o maxilar.

— Não vamos entrar nesse assunto. — Então embainhou a faca e se virou, voltando pelo caminho em direção à casa através da folhagem espessa. — E outra coisa — disse Noah sem olhar para trás, tentando parecer indiferente. — Quero que fique longe da minha cozinha.

Ele afastou um galho do caminho e esperou a refutação que certamente estava por vir.

Mas a resposta nunca veio. Em vez disso, tudo o que ouviu foi o barulho de um esquilo e o pio de um pássaro invisível. Ele parou e se virou, mas não viu nada. Era como se Elise tivesse evaporado. Noah olhou para cima, mas apenas uma folha se moveu com o vento.

— Elise? — chamou ele para o vazio, sentindo-se tolo e irritado.

— Fico longe da sua cozinha se você ficar longe dessa floresta. Não é segura. Pelo menos por agora.

Noah quase gritou de susto. Ele se virou e encontrou Elise parada logo à frente. De alguma forma, ela o ultrapassara.

— Mas que inferno! — praguejou ele — Pare de se esgueirar desse jeito.

Ela era como um maldito fantasma naquela maldita floresta.

— Antes eu do que outra pessoa. Estou tentando garantir que, quando voltar para Londres, não seja em um caixão. Você não tem utilidade para mim ou para sua irmã se estiver morto.

Noah jogou as mãos para o alto.

— Seu primo contratou... — começou Elise.

— Meu primo não saberia contratar um criado, muito menos um assassino — retrucou Noah.

— E como sabe disso? Quando foi a última vez que falou com ele? — Elise o encarou, impassível. — Antes ou depois de ele crescer e torrar todo o dinheiro que tinha em mesas de jogo? Antes ou depois de ele se endividar com homens que têm muita memória e pouca paciência?

O fato de Francis ter perdido todo o seu dinheiro no jogo não era surpreendente. Ele nunca fora muito inteligente quando criança, embora compensasse isso com pura crueldade. Era o tipo que tinha prazer em arrancar asas de borboletas e esmagar sapos. Mas imaginá-lo chegando ao ponto do que Elise estava sugerindo... Noah franziu a testa.

— A questão não é essa. Francis sempre foi cruel, mas...

— Mas agora ele não é mais uma criança. Agora ele está desesperado. E homens desesperados são homens perigosos.

— E como descobriu que Francis Ellery contratou assassinos para virem atrás de mim?

Elise fechou a cara.

— Isso não importa.

Noah soltou uma risada rude.

— Foi o que pensei.

— Está insinuando que estou inventando tudo isso? — indagou ela, ficando corada.

— Você encontrou esses homens?

— Quem?

— Esses supostos assassinos que estão atrás de mim.

Elise apertou os lábios.

— Não.

— Sabe o nome deles? Quanto vão receber pelo trabalho?

— Não, mas...

— Mas nada. Você não tem prova alguma.

Elise estreitou os lindos olhos.

— Eu tenho tudo de que preciso. Tenho o duque de Ashland parado na minha frente.

— Eu. Não. Quero. O. Título.

— Eu não me importo se quer ser um mendigo ou o maldito rei da Inglaterra, *Sua Graça* — falou ela, e o desgosto era claro em sua voz. — Mas eu me importo se você acabar morrendo por causa disso. E eu me importo com o fato de você ter uma irmã e uma mãe que precisam da sua ajuda. Meu trabalho é garantir que elas consigam essa ajuda, de uma forma ou de outra.

A culpa que estava fervendo em seu interior por muito tempo, incitada por lembranças sombrias de medo e morte, borbulhou e entrou em erupção, transformando-se em raiva.

— Se eu achasse que Abigail está correndo algum tipo de perigo, nada me impediria de ir salvá-la. Mas ela não está.

— O mesmo não pode ser dito de sua mãe.

Noah se virou, tomado pela tensão e por uma onda gelada se instalando nos ossos. Era errado sentir tanto ódio e ressentimento por alguém depois de tanto tempo. Ele sabia disso. Um homem bom teria perdoado a mãe pela traição e pelo abandono. Um homem bom teria pelo menos tentado esquecer as consequências daquele abandono. Mas ele não conseguira fazer nada disso. Não era um homem bom.

— Isso não é problema meu — sibilou ele.

— Você não é capaz de permitir que os outros sofram — afirmou Elise, levantando a voz.

Noah se virou.

— Você não me conhece, srta. DeVries. Não tem ideia do que sou ou não capaz de fazer.

— Eu sei.

— Você... nada... Você não sabe de nada.

Seu sangue estava fervendo, e era difícil pensar, difícil respirar, com tanta raiva.

— Sei o suficiente para ter certeza de que você não deixaria sua mãe em Bedlam.

— Foi lá que ela me deixou quando eu tinha 10 anos!

O silêncio caiu como uma bigorna. Um silêncio que respirava com a floresta ao redor, que ecoava no dossel das folhas.

Noah estava com as mãos cerradas ao lado do corpo, mas o arrependimento que esperava sentir após a confissão não apareceu. Na verdade, ele sentiu um alívio imensurável, mas inexplicável. Revelar seu segredo para aquela mulher tinha sido imprudente, precipitado e totalmente impensado. Ele não conseguia entender por que contara a Elise DeVries algo que nem mesmo John Barr sabia. Talvez por ela já conhecer muitos de seus segredos. Talvez a confissão fosse como uma rachadura em uma barragem onde uma goteira constante havia corroído as bordas, e agora a verdade rompera a barreira de mentiras e segredos, deixando Noah exposto. Talvez fosse uma necessidade, até então desconhecida, de ter alguém a quem pudesse revelar seu verdadeiro eu.

Mas qualquer que fosse o motivo, parado ali, apenas com as árvores para testemunhar sua loucura, ele não estava nem um pouco arrependido.

E percebeu que Elise não tinha falado nada. Noah encontrou os olhos dela, mas eles não demostravam nenhuma emoção. Não havia horror, repulsa ou surpresa.

— Você já sabia — sussurrou ele.

Elise inclinou a cabeça, como se estivesse considerando a resposta.

— Já. Acho que sim.

— Eu... você ... — Noah não tinha ideia do que responder. — Você acha? Foi a Abigail que contou?

— Abigail não sabe.

— Graças a Deus — murmurou ele.

— Ninguém sabe para onde você foi. Apenas que desapareceu quando criança e, até muito pouco tempo, era dado como morto.

— Quase morri naquele lugar — disse ele, sentindo-se um pouco entorpecido. — Em mais de uma ocasião.

Sem contar as inúmeras vezes que ele desejou morrer. Que rezou para que isso acontecesse. Implorou.

Elise encostou o rifle em uma árvore e se aproximou, parando na frente de Noah. Então, pôs mão no peito dele, bem em cima de onde seu coração batia descontrolado.

— Mas não morreu.

Noah baixou a cabeça.

— Pois é. Às vezes, eu duvidava da minha sanidade. Me achava um lunático.

— E você é?

— Sou o quê?

— Um lunático.

— N-não! — balbuciou ele.

— Ótimo. Que bom que resolvemos isso.

Elise parecia estar sorrindo, mas Noah não tinha coragem de olhar para ela.

Fora exatamente o que ela fizera na estrada, quando ele tinha deixado sua primeira confissão escapar, admitindo que confundia as palavras. De alguma forma, Elise conseguira reduzir um problema que ele considerava ameaçador e horrível a algo não tão ruim. Algo que simplesmente existia. Que fazia parte de seu passado, uma parte dele que não merecia mais ou menos atenção do que qualquer outra.

Ela levantou a outra mão e a colocou no peito de Noah. Ele podia sentir o calor daquele toque permeando o frio que havia se instalado em seus ossos. Precisou respirar fundo para não puxá-la para um abraço, enterrando-se na maciez de seu pescoço e permitindo que ela afugentasse todos os seus fantasmas.

Então, sentiu uma onda de constrangimento. Quando ele ficara tão sentimental? Tão fraco? Desde quando ele precisava de uma mulher para ter coragem e se manter firme? E uma mulher teimosa, ainda por cima?

— Não quero sua pena — resmungou, tentando reafirmar um pouco da dignidade que ainda lhe restava.

Noah não queria que o que acontecera naquela manhã se repetisse, quando o desejo primitivo obliterara todas as suas resoluções, intenções e bom senso.

— Não, nunca esperei que desejasse isso — respondeu ela.

De repente, Elise deslizou as mãos e segurou o rosto de Noah, imaginando que ele se afastaria. Ele congelou antes de erguer os olhos para ela. Elise o encarava com aquele semblante intenso e único, como se pudesse ler sua alma.

— Você é o motivo da minha irritação e frustração no momento — afirmou ela, embora tenha falado com um pequeno sorriso. — Está dificultando meu trabalho, e ainda não estamos a caminho de Londres. — Ela fez uma pausa. — Mas você nunca terá minha pena.

Um sobrevivente não é um homem digno de pena. É um homem que deve ser respeitado.

Noah sentiu como se estivesse derretendo. Com uma clareza repentina, ele percebeu que queria o respeito daquela mulher com uma intensidade para a qual não estava preparado. Uma coisa era saber que ela o desejava fisicamente. Outra, muito mais profunda e significativa, era saber que ela o respeitava.

— Não posso voltar para Londres — confessou, precisando que ela o entendesse mais que tudo em sua vida.

Elise não insistiu, nem mencionou Abigail ou o ducado ou qualquer dos argumentos que já havia falado.

— Por quê? — perguntou ela, ainda segurando o rosto dele.

— Eu... matei.

— Ah...

Ela não estremeceu nem recuou. Muito menos demonstrou medo, embora Noah pudesse esperar por essa reação.

— Me conte — pediu Elise.

Noah se afastou dela, temendo que, se permanecesse onde estava, cederia à vontade de beijá-la e usaria o beijo como desculpa para escapar da conversa.

— Fiquei em Bedlam por cinco anos — disse ele, tentando manter os fatos separados da emoção que os permeava. — Dos 10 aos 15 anos. — Ele puxou uma folha de um arbusto e traçou as minúsculas linhas em sua superfície esmeralda com os dedos. — Meu pai disse aos homens que me levaram que eu era filho do jardineiro, e fui internado com um nome falso. Decerto para poupar a dignidade da família até eu finalmente conseguir falar direito.

— O que aconteceu quando você tinha 15 anos? — perguntou Elise, e Noah se lembrou de como ela era perspicaz.

— Nós escapamos.

— "Nós"?

Noah se forçou a falar com calma.

— Eu e outro menino. Joshua. Ele tinha a minha idade e foi internado antes de mim. Muitas vezes, ao longo dos anos, nos mantinham acorrentados juntos. Segundo os médicos loucos e os guardas, era parte de nossa recuperação individual, embora Joshua não tivesse problemas para falar. Na noite em que escapamos, estávamos acorrentados juntos. Um dos guardas da nossa ala tinha se interessado por Joshua e abusava dele com frequência, mas não me peça detalhes. O homem tinha a intenção de fazer o mesmo naquela noite, mesmo comigo ali, algemado junto. Na verdade, acho que o fato de *estarmos* algemados juntos o estimulou. Ele me disse para assistir. Disse que eu poderia aprender alguma coisa antes de chegar a minha vez. Nunca teve a chance... — Noah percebeu que havia rasgado a folha em suas mãos e deixou os pedaços caírem, observando-os esvoaçar sobre a ponta de suas botas. — O desgraçado carregava uma faca na cintura, junto com as chaves. Esperei até ele estar distraído, e então fui mais rápido que ele. — Noah baixou a cabeça. — E não posso me desculpar por isso. Eu faria tudo de novo.

Elise o observava em silêncio, os olhos escondidos pela boina e completamente ilegíveis.

— Houve outros, depois que eu escapei. Morei nas ruas de Londres por três anos, e alguns deles teriam me matado apenas para roubar minhas roupas. — Ele baixou a cabeça de novo. — Também fui mais rápido que eles.

O silêncio recaiu sobre os dois de novo. O vento assobiou pelos galhos e um corvo grasnou alto antes de se calar.

— Não serei útil para Abigail se for preso por assassinato ao voltar para Londres — afirmou Noah, apenas para quebrar o silêncio.

Elise inclinou a cabeça, mas continuou calada.

— Diga alguma coisa — pediu Noah.

— Por que ficou aliviado por Abigail não saber o que aconteceu com você quando criança?

— Como assim?

Aquilo não era o que ele esperava. Noah esperava palavras triviais, garantias de que havia feito o que era necessário, pedidos para ignorar qualquer culpa que ainda sentisse. Todas as coisas que Joshua havia entoado continuamente nos meses após a fuga.

— Você não acha Abigail forte o suficiente para lidar com a verdade? Noah piscou, confuso.

— Minha irmã é uma das pessoas mais fortes que conheço.

— Então por que não lhe contar a verdade?

— Porque não quero que ela saiba o que fiz. O que me tornei. Aquela dor era um fardo dele, não dela.

— Você se tornou o homem que sempre esteve destinado a ser. Cada tragédia, cada alegria, cada conquista e cada fracasso fizeram de você o homem que está diante de mim agora. Você não pode se esconder dele para sempre.

— Eu... — Noah não conseguiu continuar, sentindo-se impotente.

— É por isso que você não vê sua irmã ou fala com ela? Por isso que se escondeu em uma fazenda em Nottingham?

— Sim.

Elise balançou a cabeça antes de olhar para Noah atentamente.

— Seus pais abandonaram o duque de Ashland aos 10 anos de idade porque acreditaram que ele era incapaz. Acharam que, quando aquela criança se tornasse um homem, não conseguiria assumir o poder, a riqueza, as responsabilidades e os bens do título. Não permita que Noah Lawson faça o mesmo. Venha comigo para Londres. Sua irmã merece conhecer o homem que você se tornou.

— Você não me ouviu? — Noah finalmente encontrou sua voz. — Vou ser preso se voltar!

Ele odiava soar tão defensivo.

— Você não será preso. Graças à vaidade ou ao desespero de seus pais, ou ambos, Noah Ellery nunca foi para Bedlam. Além disso, o antigo prédio e a maioria de seus registros não existem mais. Se você deseja retornar a Londres como o duque de Ashland, posso fornecer uma explicação plausível para sua longa ausência, incluindo toda a papelada e evidências necessárias.

Noah a encarou, boquiaberto.

— A D'Aqueus é uma firma com vastos recursos, Sua Graça — afirmou Elise. — Sugiro que você os use.

Noah fechou os punhos, sentindo como se aquela conversa não fosse real.

— Nada do que eu disse a perturbou? — perguntou ele. — O fato de eu ser um assassino não a deixa apreensiva?

Pela primeira vez, Elise desviou o olhar e deixou sua compostura deslizar um pouco. Era tristeza que Noah via nas feições dela?

— Não.

— Como pode dizer isso?

— Porque eu entendo que o que você tinha que fazer não representa quem você é.

Ela estava rígida, e Noah finalmente percebeu que a roupa de soldado não era um disfarce. O rifle que ela carregava não era um adereço de teatro. Seu olhar assombrado não era fabricado. O soldado diante dele era parte de quem Elise era.

— Você sabe como é... matar alguém.

— Sim — respondeu Elise, quase inaudível.

— Você era uma fuzileira.

Não era algo impossível. Noah tinha ouvido histórias de Waterloo sobre mulheres que seguiram os maridos e familiares para a batalha e lutaram ao seu lado. Por que seria diferente com os exércitos das colônias?

— Não. Eu era uma batedora. Meu trabalho era localizar tropas e armas americanas e relatar seus movimentos e números. — Elise estava estudando a floresta, e Noah se lembrou de como ela havia desaparecido com facilidade por aquele terreno. — Eu também fiz o que foi necessário para continuar viva.

Pálida, Elise fixou os olhos em algo que só ela podia ver. Mas ele detectou nas palavras dela o mesmo desespero e a mesma desolação que lhe eram familiares. Elise entendia como era ser forçada a situações em que havia apenas duas opções: matar ou morrer.

Noah ficou diante dela, segurou seu queixo delicado e, sem pensar no que estava fazendo, a beijou.

Foi um beijo breve e gentil, uma retribuição ao que ela havia lhe oferecido. Compreensão. Força. Compaixão. Noah sentiu Elise relaxar um pouco e puxou-a para seus braços, e ela se rendeu ao abraço.

— Por que fez isso? — perguntou ela.

— Porque você estava pensando no passado — sussurrou ele, encostando a testa na dela.

— Meu irmão falou a mesma coisa.

— Um homem inteligente.

— Ele tem seus momentos.

Os dois ficaram em silêncio por um longo tempo.

— Por que lutou na guerra? — indagou Noah.

— Por que está em Nottingham?

— Porque eu não podia abandonar Abigail. Eu precisava saber que ela estava segura.

Elise se afastou dele.

— E eu não podia... não conseguia abandonar meus irmãos. Eles eram tudo para mim. — Elise passou os dedos pelo cano do rifle que ainda descansava contra o tronco da árvore. — Este rifle Baker era de Jonathan, meu irmão mais velho, mas eu sempre fui uma atiradora melhor que ele. — Ela sorriu com tristeza. — Nossos estoques de carne de veado para o inverno dificultavam que ele dissesse o contrário, mas não o impediam de tentar.

— Você sente falta dele.

— Todos os dias. — Elise ergueu os olhos para Noah. — Assim como você sente falta da sua irmã. Mas, ao contrário do que aconteceu com Jonathan, Abigail ainda está viva. Você pode abraçá-la, conversar com... — Elise parou abruptamente e ficou tensa.

Noah franziu a testa, mas logo ouviu os latidos de Quadrado ao longe.

— Seu cachorro costuma latir assim? — questionou Elise, pegando o rifle.

— Quando temos visitas.

Noah não gostou nada da inquietação que se enraizou dentro dele. Que inferno! Ele estava começando a desconfiar até das sombras por conta da história de Elise.

Ela já estava se movendo, esgueirando-se por entre as árvores e a densa folhagem. Noah a seguiu, quase batendo nas costas de Elise quando ela parou de supetão perto da borda da floresta. Ele olhou por cima do ombro dela, sentindo-se ridículo, um sentimento que só se intensificou quando uma carroça parou na frente de sua casa e ele viu Sarah descendo do veículo com a ajuda do marido. Quadrado saltitava e latia alegremente ao redor do casal, e foi recompensado por John com um carinho na cabeça.

— São só John e Sarah — resmungou Noah.

Ele observou enquanto Sarah tirava com cuidado um embrulho de tecido verde da parte de trás da carroça e se dirigia para a casa, erguendo a mão em saudação quando a sra. Pritchard abriu a porta.

— Sarah está linda — comentou Elise.

Então, Noah notou que Sarah estava realmente arrumada, trajando um vestido azul-claro. Ao lado dela, John usava uma calça elegante e um casaco que Noah nunca tinha visto antes. Pareciam que iam...

— Ah, não! — exclamou Noah, passando a mão pelo cabelo.

— O que foi?

Elise se virou para ele, preocupada.

— Estão aqui para nos buscar. Para o piquenique.

Ela piscou, confusa.

— O piquenique para o qual convidaram você depois que salvou Andrew. Aquele a que você concordou em comparecer como convidada de honra.

— Ah... — Ela fechou os olhos brevemente. — Tinha me esquecido.

— Você vai?

Elise hesitou.

— É muito necessário que você compareça a este piquenique?

— Por que eu não compareceria?

— Você ficará exposto. Haverá muita gente.

Noah reuniu sua paciência.

— Essa "gente" a que você se refere são vizinhos. Amigos. Pessoas que me conhecem. Mas eu posso dar alguma desculpa em seu nome.

— Nada disso. Se você vai, então eu devo ir.

— *Deve*? — questionou Noah, erguendo uma sobrancelha.

— Sim.

— Como o quê? Minha guarda?

— Se é assim que prefere me chamar.

— Pelo amor de... — Noah passou as mãos pelo cabelo de novo. — Já falamos sobre isso. Mesmo se eu acreditasse nessa história de que há *assassinos* tentando me matar, não preciso de você em cima de mim.

— Não ficarei em cima de você. Na verdade, você nem vai perceber que estou lá. Vou invocar meu Robin Hood interior.

— Isso é um absurdo. Conheço essas pessoas. Não vai ter assassino nenhum no piquenique — afirmou ele, com sarcasmo.

Elise deu de ombros.

— Não vou deixá-lo sozinho.

Ele tentou ficar irritado, mas algo na maneira como ela falou aquilo o esquentou por dentro. Fez com que quisesse beijá-la de novo. Noah pigarreou.

— Está bem. Mas você irá ao piquenique comigo como um ser humano normal. Não vai ficar esgueirando, ou me vigiando. Você será uma simpática convidada de Sarah Barr. E não levará o rifle.

— Sim para os três primeiros, e não para o último. Eu vou levar o meu rifle — disse ela, levantando o queixo em desafio.

— Você só pode estar brincando.

— Parece que estou brincando? Preciso ter certeza de que vou mantê-lo seguro.

— Como? Vai andar por aí com um rifle carregado e apontá-lo para todo mundo até eu lhe dar algum tipo de sinal secreto indicando que a pessoa é confiável?

Elise corou.

— Se for preciso.

— Você não precisa de um maldito rifle em um maldito piquenique.

— Está bem. Posso deixá-lo escondido na carroça, se achar melhor.

— Não, não é melhor. Continua sendo loucura. — Ele deu uma risada seca. — E de loucura eu entendo, não é?

Elise apertou os lábios e desviou o olhar.

— Não gosto de brigar com você — disse ela, de repente. — Queria que confiasse em mim.

— Confiar em você? — indagou Noah, franzindo a testa. — Você é a guardiã dos meus segredos mais obscuros. Sabe mais sobre o meu passado do que qualquer outra pessoa. Não tenho escolha a não ser confiar em você.

Elise balançou a cabeça e o encarou de novo.

— Você me confiou seus segredos, e sou grata por isso. Sinto-me honrada. Nunca trairei esse voto de confiança. No entanto, a confiança em si é uma escolha. E, se você realmente confiasse em mim, não estaríamos discutindo. — Foi a vez de Noah desviar o olhar. — Você é querido, Noah. Necessário. Amado. Não apenas pelo que tem potencial para fazer, mas por ser quem você é — falou ela, novamente em um tom frio como aço. — Sua irmã acredita em você. Ela sempre acreditou, e acho que você sabe disso.

Noah não dava a mínima para Francis Ellery, para as dívidas do primo ou para quaisquer planos que ele havia elaborado para colocar as mãos na fortuna de Ashland, embora ficasse irritado por ele ter envolvido Abigail em seus esquemas gananciosos. Mas Elise tinha razão em um ponto. Pela primeira vez, Abigail precisava do irmão mais do que ele jamais precisara dela. No mínimo, ela precisava saber que não estava sozinha. E quanto à sua mãe... Noah fechou os olhos. Cada vez que tentava encontrar o perdão que sabia que deveria conceder, tudo o que via em sua mente era a cortina da janela se fechando enquanto a mãe dava as costas para uma criança aterrorizada.

De repente, ele sentiu o roçar dos lábios de Elise nos seus, e abriu os olhos de supetão.

— Não pense no passado, Noah Ellery, porque eu também acredito em você. E, quando entender isso, você vai confiar em mim.

Noah olhou para ela, enquanto uma pequena brasa de esperança se acendia em seu peito e lutava para iluminar o poço escuro que era seu passado.

Capítulo 10

Elise olhou para si mesma no espelho de corpo inteiro, sem saber se ficava revoltada ou maravilhada.

— A cor combina com você — comentou Sarah atrás dela, sorrindo. — Você está linda.

Ela realmente estava linda, admitiu Elise sem presunção alguma, considerando seu reflexo com a mesma objetividade que usava para avaliar fantasias nos bastidores do teatro. O vestido que Sarah levara para ela não era exagerado — era bem adequado para um piquenique no campo —, mas chamava a atenção por suas linhas simples. Ele se moldara perfeitamente ao corpo de Elise, com exceção do corpete um pouco apertado, e tinha saias esvoaçantes que desciam a partir da cintura e iam até os tornozelos. O tom do tecido era um verde-relva, que combinava com sua pele e o cabelo escuro. Uma faixa de bordado branco com um padrão caprichoso contornava o corpete e a bainha do vestido, deixando o visual completo ainda mais estonteante.

Mas pessoas bonitas chamavam atenção — tudo o que Elise não queria fazer durante o piquenique. Ela mordeu o lábio. Seria muito melhor se pudesse usar seu vestido marrom. Ninguém se lembraria de uma mulher com um vestido marrom que, graças à sua habilidade, conseguiria desaparecer na multidão e ficar invisível pelo tempo que fosse necessário.

— O vestido é lindo — falou Elise, tentando elaborar uma desculpa adequada. — Mas não posso pegar emprestado algo tão elegante.

— É seu — afirmou Sarah, ainda sorrindo.

— O que disse?

— O vestido. É um presente. Sei que nunca poderei pagar a dívida que nossa família tem com você, mas, por favor, aceite isso como forma de agradecimento.

Maldição. Não havia como escapar daquela situação sem insultar a mulher ou ser terrivelmente rude, e Elise não queria ser nenhum dos dois.

— Bom... então obrigada — agradeceu ela, encontrando os olhos de Sarah. — É um privilégio aceitá-lo.

Ela passou as mãos pelo tecido.

— O sr. Lawson vai ter um ataque do coração quando colocar os olhos em você — comentou Sarah, parecendo convencida e satisfeita ao mesmo tempo.

Elise ignorou o frio na barriga e a súbita timidez que a dominaram.

— Não acho que minha aparência afetará a saúde de ninguém — murmurou.

Sarah emitiu um som de descrença.

— Qualquer homem vivo vai se sentir afetado.

— Haverá muita gente lá? — perguntou Elise, tentando escapar da conversa para a qual não tinha muitas respostas inteligentes.

Já que não seria possível passar totalmente despercebida pelo evento, ela podia pelo menos descobrir o que esperar.

— É sempre bem frequentado — respondeu Sarah, lançando um olhar enviesado para Elise para que ela soubesse que não havia enganado ninguém. — Todos da região foram convidados. Proprietários de terras, comerciantes, funcionários. A nobreza local geralmente participa também, embora costumem apenas desfilar para lembrar a todos por que devem ser admirados. Realizamos alguns jogos antes do jantar, uma competição de tiro para os homens e croqué para as mulheres. Depois disso, começa a música, e é hora de dançar. Mesmo que o sr. Lawson tente guardar você só para ele, vou me certificar de apresentá-la a algumas pessoas de que acho que vai gostar.

— Parece divertido.

E parecia mesmo, refletiu Elise. Era como os bailes da colheita de York, quando amigos e familiares se reuniam para se divertir e aproveitar uma noite de descontração antes da chegada do gelado inverno. Só que ela não estava ali para se divertir, muito menos para dançar ou fazer amigos.

E essa última constatação a entristeceu.

— Aqui — falou Sarah, pegando uma bolsinha que estava sobre a cama. — Seu visual ainda não está completo. John fez isso para você.

Elise balançou a cabeça.

— Não, por favor. Não preciso de mais nada.

As palavras morreram em sua boca quando Sarah a ignorou e se curvou um pouco, prendendo algo na frente de seu corpete.

A mulher se afastou, e Elise olhou para o broche que agora descansava em seu peito. Era feito de aço fino, semelhante à rosa que Noah dera a Abigail, mas esse tinha a silhueta de uma árvore. Fios retorcidos de aço foram unidos para formar um tronco antes de se espalharem, e cada galho delicado se entrelaçava a outro. Sarah encontrou os olhos de Elise no espelho.

— É um carvalho, simboliza força e família. Seu ato corajoso e altruísta que salvou nossa família nunca será esquecido.

Elise tocou o broche.

— Obrigada. — Sentindo um nó na garganta, foi tudo o que conseguiu dizer.

— Você fará parte da nossa família para sempre — afirmou Sarah. — Mesmo que suas viagens a levem para longe.

Elise apertou os dedos sobre o broche quando Sarah lhe deu um abraço gentil. Como aquilo tudo acontecera? Como tinha se envolvido na vida de pessoas que nunca tivera a intenção de conhecer? Desde que chegara à Inglaterra, Elise sempre se contentou em ter relacionamentos rasos, fossem eles íntimos ou não, principalmente pelo fato de quase sempre estar fingindo ser outra pessoa. Cada associação, por mais agradável que fosse, era passageira, já que ela sempre precisava trocar de personagem.

Até chegar a Nottingham. Ali, parte dela desejava algo... menos calculado. Menos simulado. Algo mais real. Talvez fosse o ambiente rural que trouxera de volta o desejo de pertencimento. Talvez fosse a percepção de que ainda havia lugares onde as pessoas não exigiam nada dela, apenas que fosse ela mesma.

Após tomar um banho e trocar de roupa, Noah estava encostado na carroça, conversando com John, quando as mulheres saíram da casa. Assim que avistou Elise, interrompeu a conversa no meio de uma frase. John também ficou em silêncio, com os olhos levemente arregalados.

Por todas as peças que fizera, por todos os papéis provocativos que desempenhara trabalhando na D'Aqueus, Elise deveria estar acostumada com as atenções de qualquer homem. Mesmo assim, ela sentiu o peso do olhar de Noah em si, da raiz do cabelo até a ponta dos pés. Ficou corada, inquieta e tímida ao mesmo tempo.

— A srta. DeVries está linda, não está? — declarou Sarah ao lado dela, lançando um olhar significativo para o marido.

John se empertigou e pigarreou.

— Você está adorável esta noite, srta. DeVries — elogiou ele, indo para o lado da esposa. — Quase tão adorável quanto a minha Sarah.

Sarah deu um tapinha no braço de John, dando uma risadinha.

— Minha opinião é suspeita — brincou John, sorrindo para ela.

— Senhor Lawson? — incitou Sarah.

— Sim — sussurrou Noah com a voz rouca. — Adorável.

Ele não tirou os olhos de Elise, e seu olhar intenso a deixou nervosa. Então, Noah cobriu a distância entre eles, segurou a mão de Elise e lhe deu um breve beijo no nó dos dedos. Os olhos verdes não deixaram os dela em nenhum momento, e Elise sentiu a pele formigar no ponto em que Noah havia beijado. Ele notou o broche no corpete e traçou as bordas do aço, roçando as curvas dos seios de Elise com as costas dos dedos. Ela respirou fundo, sentindo seus mamilos enrijecerem, mas conseguiu resistir ao desejo de se arquear contra aquele toque tentador. John e Sarah ainda estavam ali, afinal.

— O broche é deslumbrante, sr. Barr — disse Elise, tentando não soar ofegante. — Vou guardá-lo para sempre com carinho.

— Não há de quê — falou John, mas era como se as palavras estivessem vindo de muito longe, porque ela só conseguia se concentrar na sensação do toque de Noah.

— Realmente deslumbrante — comentou Noah, embora Elise não soubesse ao certo se ele estava falando do broche.

De repente, ela o imaginou tirando seu corpete e beijando seu decote, e foi tomada por uma onda de calor.

— Representa a coragem e a força de Elise — completou Sarah.

— É uma perfeição — afirmou Noah, deixando a mão cair do broche para roçar a cintura de Elise antes de voltá-la ao lado do corpo. Então Elise se deu conta de que estava prendendo a respiração e, ao soltá-la, o mundo voltou ao foco.

John ajudou a esposa a subir no banco da frente da carroça, enquanto Noah conduziu Elise para a parte de trás do veículo, onde havia um segundo banco. Ela arriscou um olhar para ele e engoliu em seco. Os olhos de Noah brilhavam de desejo, e seu maxilar estava cerrado, como se ele estivesse se controlando para não devorá-la.

— Tem algum pedaço de mato no meu cabelo? — sussurrou Elise perto do ouvido dele, tentando fazer uma brincadeira.

Noah se sobressaltou.

— O quê?

— Ou nos meus dentes?

Ele piscou, confuso.

— Você está me encarando.

Noah riu e baixou a cabeça.

— Você está usando minhas palavras contra mim.

— Sim, estou.

— Você está magnífica — disse ele.

A risada de Noah desapareceu quando ele olhou para a boca de Elise, e ela recuou rapidamente. Se não se afastasse ao menos um pouco, daria a Noah exatamente o que ele queria, não importava onde estivessem, pois, que Deus a ajudasse, ela queria a mesma coisa.

Fora menos difícil manter a distância mais cedo, quando ele estava imerso em lembranças, com os velhos resquícios de medo e raiva suprimindo o calor que parecia aumentar toda vez que eles se aproximavam.

Na floresta, Noah a tinha tocado com carinho e compreensão, oferecendo apoio, não desejo. Um reconhecimento compartilhado de coisas que aconteceram na vida de ambos e que os tornaram o que eram.

Elise ficou horrorizada com a confissão de Noah, sem conseguir imaginar como uma criança fora capaz de suportar tudo aquilo. Havia ficado furiosa por ele. Mas não podia admitir aquilo, muito menos demonstrar essas emoções. Noah tinha razão. Ele não precisava da pena dela. Não precisava que ela ficasse indignada, horrorizada ou brava. Aquelas emoções amplificavam o poder destrutivo de segredos como os que Noah confiara a ela, e segredos daquele tipo precisavam ser manuseados com cuidado.

Elise alisou as saias sem necessidade alguma, incapaz de encarar Noah. Então, procurou algo banal para dizer:

— Você também está muito bonito.

Meu Deus! Ela parecia uma debutante tímida. Ela, que conversava habilmente com príncipes, generais e governadores quando as circunstâncias exigiam. E era boa nisso, ainda por cima! Porém, o fato era que Elise não tinha sentido uma atração devastadora por nenhum daqueles homens.

Noah estendeu a mão e, após um segundo de hesitação, ela aceitou. Ele apertou sua mão de leve, mas o suficiente para deixar a pele de Elise formigando de novo.

— Coloquei seu rifle na parte de trás — disse ele baixinho. — Está embaixo do banco.

— Obrigada — sussurrou ela.

— Achei que seria melhor cuidar disso de uma vez do que ficar discutindo com você na frente de John e Sarah — falou ele com a voz rouca.

Elise o olhou de soslaio. Não era exatamente uma vitória, mas ela aceitaria de bom grado.

— Ah, sim. Bem pensado da sua parte.

— Sim, bem… — Noah pigarreou. — Vamos. Sua carruagem a espera, milady.

Elise olhou para a parte de trás da carroça e para o banco de madeira.

— Lamento que não seja uma carruagem de verdade — confessou Noah.

Ela olhou para a mão que ainda segurava a sua. Naquele momento, não havia outro lugar onde ela preferisse estar.

— Eu, não — retrucou ela.

"Lamento que não seja uma carruagem de verdade."

Noah tinha feito uma observação impulsiva, sua mente ainda confusa pela visão de Elise DeVries naquele vestido, mas agora ele se perguntava se valeria a pena aceitar seu título apenas para ter uma frota de carruagens à disposição. Espaços de viagem privativos onde poderia fechar as cortinas, puxar Elise para seu colo e fazer o que bem entendesse com ela.

A soldada durona que o ouviu com um coração firme e inabalável naquela tarde carregada de emoção fora substituída por uma princesa etérea. A transformação era enervante, de tirar o fôlego. Elise era uma mulher linda, e era um esforço hercúleo não ceder à vontade de acariciar suas belas curvas, exibidas com perfeição naquele vestido verde. O penteado dela deixava longas mechas acariciando seu pescoço e emoldurando seu rosto, e Noah só queria enterrar os dedos naquele cabelo cor de café para provar os lábios de Elise de novo. Ele se sentou rígido como uma vareta ao lado dela naquele maldito banco da carroça, que não era largo o suficiente para permitir espaço entre os dois. Cada solavanco no caminho fazia com que suas coxas e quadris se roçassem. A certa altura, Noah colocou a mão nas costas dela para estabilizá-la quando passaram por um buraco na estrada. Afastou a mão ao sentir Elise estremecer em pleno calor do verão, temendo que a reação dela o fizesse esquecer que não estavam sozinhos. Dada a hora e o lugar, aquela mulher era uma cruel tentação.

E então, quando chegaram, ele lamentou ainda mais a falta de uma carruagem particular onde pudesse manter Elise escondida, só para ele.

Quando a carroça dos Barr estacionou ao lado de outros veículos semelhantes, as pessoas saudaram em voz alta acima dos sons de flautas e rabecas. Os quatro se juntaram à multidão jovial, abrindo caminho através de grupos de pessoas, com Elise grudada no braço de Sarah enquanto era apresentada a todos.

Elise era um modelo de educação e cordialidade, mas sempre olhava para trás, como se estivesse verificando se Noah ainda estava lá. Ele acompanhou as duas mulheres e observou como as outras lançavam sorrisos curiosos, mas amigáveis, para a novata. Os homens mais velhos tiraram o chapéu com um floreio e um brilho nos olhos, e os mais jovens gaguejaram como tolos enquanto se atrapalhavam nas apresentações.

Noah se forçou a relaxar, ciente de que estava rangendo os dentes.

— Vejo que ainda está enfeitiçado — disse John, aparecendo de repente ao seu lado e colocando um copo de cerveja em sua mão.

— Não estou enfeitiçado — retrucou Noah, observando um homem de casaco escuro fazer uma reverência segurando a mão de Elise e ser recompensado com um lindo sorriso.

— Você parece pronto para estrangular Stuart Howards.

John apontou para o homem de casaco escuro, que agora gesticulava e contava algum tipo de história com grande animação, para a diversão de Elise e Sarah.

— Não estou pensando em estrangular ninguém — respondeu Noah, irritado. — A srta. DeVries é muito amigável.

— Amigável? Quem você está tentando enganar, Noah Lawson?

— O que disse?

— Você está enfeitiçado. E ela também. — John deu uma risada profunda e estrondosa. — Posso ser mais velho que você, mas não sou cego. Nem estúpido. Vocês dois quase incineraram a parte de trás da minha carroça só trocando olhares.

Noah sentiu as bochechas enrubescerem.

— É complicado — afirmou ele, e tomou um grande gole de cerveja.

John bufou ao seu lado.

— Como um homem com seis filhos, posso, com boa autoridade, dizer que não é nada complicado.

Noah se engasgou, e John bateu alegremente nas costas dele.

— Ouvi dizer que ela fez geleia de amora depois de ordenhar suas vacas esta manhã — comentou o ferreiro. — Ela salvou meu filho e minha esposa a adora. E ela faz você sorrir. Esqueça o que eu disse sobre ser cauteloso. Talvez seja bom pensar em um jeito de fazê-la ficar.

John bateu nas costas do amigo mais uma vez antes de sair.

Quando Noah recuperou o fôlego, ele procurou Elise na multidão, mas ela não estava onde ele a tinha visto pela última vez. Olhando ao redor, notou que Elise e Sarah vagavam perto da beira de um campo, em direção a uma área cercada por um muro baixo de pedra e pontilhado de alvos de madeira. Alguns homens conversavam casualmente sob a sombra de uma tenda aberta, e uma coleção de armas de fogo estava encostada na cerca. Ele viu Sarah gesticulando para o campo, sem dúvida explicando a Elise as regras da competição de tiro que começaria em breve. Elise estava ouvindo, mas seus olhos examinavam o pasto e os grupos de pessoas mais próximas a ele.

Seu semblante estava menos casual, e ela parecia um pouco mais cautelosa e atenta.

Noah balançou a cabeça e caminhou até elas.

— Sr. Lawson! — Sarah o cumprimentou alegremente enquanto ele se aproximava. — Eu estava me perguntando onde você tinha ido parar.

— Seu marido me distraiu — respondeu Noah, gesticulando para a cerveja em sua mão.

— Mais rápido do que imaginei — comentou Sarah, com ironia. Ela olhou para alguém atrás de Noah e acenou. — Com licença, só um momento — disse, afastando-se.

— Quer beber alguma coisa? — perguntou Noah a Elise, que ainda observava os arredores como se esperasse que uma horda de hunos surgisse das árvores.

— Não, obrigada — murmurou ela.

— Deixe-me reformular. — Noah estendeu o copo. — Por favor, beba.

Elise voltou a encará-lo.

— Não, obrigada. Não posso ficar embriagada.

— Você precisa relaxar.

— Não posso. Tem muita gente aqui.

— Sim, e todos são da região. — Noah sustentou o olhar dela. — Minha vida não está em perigo.

Noah se sentia um tolo dizendo aquilo, cercado por pessoas que conhecia havia uma década.

A postura de Elise relaxou um pouco.

— Vai me dizer se alguma coisa mudar?

— Se o que mudar? — perguntou Sarah, que tinha voltado um pouco ofegante.

— Se eu mudar de ideia sobre participar da competição de tiro — respondeu Noah.

— Você não vai competir? — indagou Sarah.

Noah olhou para o campo.

— Ainda não decidi.

— Bem, você deveria. — Sarah virou-se para Elise. — O sr. Lawson ganhou a competição de tiro no ano passado.

— É mesmo? — Elise cravou os olhos nele. — Você nunca mencionou que era proficiente com armas de fogo.

Ele devolveu o olhar.

— Você nunca perguntou.

— *Touché* — respondeu Elise, com um sorrisinho de deboche. — Quão proficiente você é?

— Ah, o suficiente.

— Ele venceu trinta outros competidores — comentou Sarah.

— Trinta? — perguntou Elise, surpresa.

— Metade deles estava trocando as pernas, tenho certeza — afirmou ele.

— *Pfft!* — Sarah soltou um som de descrença. — Nenhum competidor estava trocando as pernas, e você sabe muito bem disso, sr. Lawson. — Ela o cutucou no peito. — Não consigo pensar em ninguém que participaria de qualquer coisa que envolvesse armas de fogo e grandes quantidades de álcool. É por isso que a competição de tiro acontece antes do croqué. Porque, ao contrário de atirar, croqué é muito melhor com grandes quantidades de álcool.

Elise riu, e Noah se pegou rindo com ela.

— Concordo — disse ele.

Notou que Elise havia relaxado. Na verdade, ela estava com um sorriso perverso enquanto caminhava até as armas encostadas no murinho de pedra. Selecionou um longo mosquete militar e passou a mão pelo cano de ferro.

— Se não vai competir, será que se importaria de dar uma demonstração de sua proficiência, sr. Lawson? — perguntou ela.

Noah colocou sua cerveja no topo do murinho e deu um passo à frente, sentindo-se relaxado como não se sentia havia tempos, e um pouco imprudente.

— E o que eu ganho com isso?

— A preservação do seu orgulho, para começo de conversa — afirmou Elise, examinando a arma com um olhar crítico.

— Não estou preocupado com meu orgulho.

— Diz o homem que ainda não teve o privilégio de perder para uma garota.

Ela avançou na direção dele, parando apenas a um fôlego de distância.

— Isso é um desafio, srta. DeVries?

Elise sorriu e inclinou a cabeça.

— É.

Noah sentiu uma onda de animação e algo diferente correndo por suas veias.

— Então eu aceito.

— O que está em jogo? Além do seu orgulho, é claro.

— Você parece certa de que vou perder.

— Você vai.

Atrás de Elise, Sarah estava ouvindo a conversa com os olhos arregalados e muito interesse.

— Acha que pode derrotar o sr. Lawson em uma competição de tiro, srta. DeVries?

— É possível — afirmou Noah com um sorriso, amando o jeito que Elise sorriu de volta. — Ela gosta muito de armas de fogo. E fui informado de que é muito, muito boa.

Sarah arregalou ainda mais os olhos, mas também abriu um sorriso encantado.

— Então, por favor, srta. DeVries, acho que você deveria mostrar ao sr. Lawson como é que...

— Sr. Lawson! Sr. Lawson! — chamou uma voz, interrompendo o que quer que Sarah estivesse prestes a dizer.

Noah se virou para ver uma mulher cavalgando até eles em um belo cavalo cinza, afastando as pessoas que estavam em seu caminho como água na frente de um navio. Ele gemeu internamente.

— Ai, não... Que Deus nos ajude — murmurou Sarah baixinho, ecoando os pensamentos de Noah. — Sua Majestade veio atormentar seus servos.

A mulher no cavalo cinza era jovem, não tinha mais que 20 anos e usava um elaborado traje de montaria. Seu cabelo loiro estava penteado com elegância sob um chapéu de abas que sombreava sua pele impecável e pálida. O criado que galopava a seu lado recuou quando ela acenou, e a mulher freou o animal bem na frente de Elise, Sarah e Noah.

— Sr. Lawson — cumprimentou ela, um pouco sem ar — Estou tão aliviada em vê-lo bem.

Ela olhou Noah da cabeça aos pés, como se estivesse avaliando um touro premiado em um leilão.

— Srta. Silver, é um prazer revê-la — falou Noah, endireitando-se. No entanto, a maneira como se portava alertou Elise de que rever aquela mulher era tudo, menos um prazer.

— É claro — respondeu a mulher, e seus olhos saltaram para Elise.

— Srta. Silver, posso apresentá-la à srta. DeVries? — disse Noah em um tom meio seco.

— Sim.

Agora era a vez de Elise ser avaliada da cabeça aos pés, inclusive seu vestido e penteado. A mulher abriu um breve sorriso quando reparou que Elise segurava uma arma.

— Ouvi dizer que salvou uma criança de um afogamento, sr. Lawson. Precisava ver com meus próprios olhos se estava bem. Fiquei muito preocupada.

"Precisava ver com meus próprios olhos." Elise reprimiu uma risada, sabendo que o interesse da mulher não tinha nada a ver com a saúde de Noah, mas tudo a ver com os rumores da aparição de uma certa moça.

— Não fui eu.

— O que disse? — A srta. Silver ainda estava examinando Elise.

— Não fui eu — repetiu Noah.

— Fale mais alto, sr. Lawson. Não consigo ouvi-lo direito daqui — ordenou a mulher, batendo impaciente com um chicotinho na ponta de sua sela lateral.

O animal se mexeu, nervoso, e a jovem foi obrigada a puxar as rédeas.

Boas maneiras impediam Noah de se dirigir àquela mulher da maneira que ela merecia ser tratada. Felizmente, Elise não sofria tais problemas.

— O sr. Lawson está tentando encontrar uma maneira educada de poupar seu orgulho ao dizer que você está errada, srta. Silver.

— Perdão?

— Lamento dizer que está mal-informada.

— Você sabe quem eu sou? — exigiu a jovem em um tom gélido.

— Eu deveria saber?

Embora Elise não soubesse quem era a srta. Silver, ela certamente reconheceu algumas características da mulher. Desdenhosa. Mimada. Metida. Ingrata. Tinha lidado com muitas pessoas como a srta. Silver em seus trabalhos para a D'Aqueus, e eram todas iguais. Em geral, o melhor era apenas dizer o que queriam ouvir e livrar-se logo delas.

— A honorável srta. Silver é filha do barão Corley — explicou Noah, parecendo cansado.

— Sim, e é melhor se lembrar disso — disparou a jovem.

— Que impressionante — afirmou Elise, colocando uma quantidade crível de reverência em suas palavras. — Nunca conheci a filha de um barão — continuou ela com perfeita honestidade.

Sua cartela de clientes normalmente era composta por títulos acima desse.

A srta. Silver se endireitou no cavalo, exibida.

Noah lançou a Elise um olhar incrédulo. Só depois ela percebeu que vários homens se reuniram, e, enquanto aguardavam o início da competição de tiro, estavam ouvindo a conversa.

— Foi a srta. DeVries quem salvou a criança do afogamento — explicou Noah, com a voz tensa, sua paciência se esgotando. — Andrew

Barr teve muita sorte de ter alguém com tanta capacidade e coragem por perto quando caiu daquela ponte.

— *Pfft*. Qualquer um poderia ter salvado o menino — retrucou a srta. Silver, fazendo beicinho e fingindo não ter escutado os elogios que Noah fizera a Elise.

— Nada disso — rebateu Noah, irritado. — Só um nadador muito forte conseguiria salvar a vida de outra pessoa no rio.

A srta. Silver franziu a testa, e então olhou para o rifle nas mãos de Elise, deixando transparecer seu desprezo.

— E suponho que você pensa que sabe atirar tão bem quanto sabe nadar, não é, srta. DeVries?

— Muito melhor — disparou Sarah, indignada por Elise. — Ela é ainda melhor atirando.

Um murmurinho de curiosidade percorreu a multidão atrás deles, e Elise gemeu. A última coisa de que ela precisava era um espetáculo.

Pela primeira vez, a srta. Silver pareceu perceber que tinha uma plateia, e abriu um sorriso presunçoso.

— Ah! Sra. Barr… você parece muito confiante. Eu não esperava isso de você. Mas acontece que sou uma excelente atiradora. É um pequeno hobby meu, se quer saber. Talvez, se os cavalheiros nos permitirem, possamos descobrir quem é a mais talentosa.

Ela lançou um olhar satisfeito e triunfante para Noah.

Elise resistiu à vontade de dar uma risada zombeteira. Ela já tinha visto esse tipo de postura nos salões de Mayfair, mas nunca tivera o privilégio de testemunhá-la no meio de um pasto cercado de ovelhas.

— Não acho que haja necessidade de provar…

— É claro que você quer recusar. Parece que não é tão corajosa quanto o sr. Lawson pensa que é — desafiou a srta. Silver, com escárnio.

— *Merde* — praguejou Elise baixinho.

Por acaso aquela garota tinha acabado de chamá-la de covarde? Na frente de uma multidão? Aquela mulher sem juízo tinha acabado de deixá-la em uma situação deveras difícil.

Noah deu um passo à frente, sua postura rígida e seus punhos cerrados ao lado do corpo.

— Tome cuidado com o que vai falar, srta. Silver.

Elise olhou para ele, assustada. Não importava que a srta. Silver e suas opiniões juvenis não significassem nada, ou que Elise fosse capaz de se defender. Noah ainda se colocara em sua defesa. Elise sentiu um calor desconhecido se espalhar por seu corpo, esquentando os recantos mais escondidos de seu coração. Ela queria tocá-lo, abraçá-lo e nunca mais soltá-lo.

A srta. Silver estreitou os olhos com rancor.

— Cuidado com o *seu* tom de voz, sr. Lawson — retrucou ela. — Não se esqueça de que você está se dirigindo a alguém superior. Sou filha de um barão, e você não é *nada*.

— A srta. Silver não me ofendeu — interrompeu Elise. A tensão que Noah emanava era quase palpável, então sussurrou no ouvido dele: — Embora eu aprecie seu cavalheirismo, sir Noah, por favor, lembre-se do que eu disse sobre duelos.

Ele franziu a testa.

— Eu não ia desafiar uma garota idiota para um duelo — sibilou ele de volta.

— Que bom. Talvez você devesse mencionar a ela que é um duque e que não gostou nada do tom de voz *dela*.

Noah a encarou com olhos arregalados.

— Seria divertido vê-la desmaiar e cair no chão — acrescentou Elise. — Aposto um xelim que ela cai de costas, em vez de escorregar para o lado como um saco de batatas.

— *Elise!* — sibilou Noah, horrorizado.

— Ou talvez eu possa voltar aqui e fazer uma visita a ela como uma princesa francesa. Pensando bem, uma imperatriz da Baviera me deve um favor.

— *O quê*?! De que diabo você está falando?

— Seria bem divertido derrubar a srta. Silver de seu altar social hipócrita, não acha? — refletiu Elise.

— Você é maluca.

— Meu irmão costuma usar a palavra "diabólica".

Mas Noah estava tentando disfarçar um sorriso, então qualquer maluquice diabólica que ela fizesse valeria a pena.

— O que vocês estão cochichando aí? — indagou a srta. Silver.

Elise levantou a voz.

— Ah, estamos falando de princesas e batatas.

— Que tal me desafiar numa competição de tiro, srta. Silver? — interrompeu Noah, dando a Elise um olhar de advertência inofensivo.

— Por que eu faria isso? Você venceu a competição de tiro no ano passado, sr. Lawson. Qual é o sentido de competir contra alguém que provavelmente não vencerei?

Elise engoliu um sorriso.

— Não é?

Noah deu uma cotovelada nela.

— Quero desafiar a srta. DeVries — afirmou a jovem, dando uma batidinha de chicote na ponta da sela como uma criança petulante, e o cavalo mexeu as orelhas. — E só consigo pensar em um motivo para ela recusar.

Elise podia pensar em muitos, mas parecia inútil discutir qualquer um deles.

— Muito bem, srta. Silver. Se os cavalheiros concordarem em adiar a competição por um tempo, ficarei feliz em aceitar seu desafio.

Ela olhou ao redor para a multidão cada vez maior e notou que todos estavam assentindo com a cabeça. Inferno.

— Perfeito. — A srta. Silver parecia satisfeita consigo mesma.

Noah praguejou em voz baixa antes de sair do lado de Elise e desaparecer na multidão. Aonde ele estava indo, maldição?

— O que está acontecendo aqui? — indagou um homem que abria caminho entre os curiosos.

— Papai! — exclamou a srta. Silver de seu cavalo. — Você chegou bem na hora!

Lorde Corley franziu a testa em confusão.

— Bem na hora de quê?

Ele lançou um olhar desconfiado para os homens que haviam se reunido em torno do cavalo da filha e alisou a frente do belo casaco. Seu ar de superioridade era quase tão gritante quanto sua calvície.

— Vou participar de uma competição de tiro.

— Nada disso — falou o homem, estreitando os olhos, mas a jovem apontou na direção de Elise e Sarah.

146

— Mas a sra. Barr disse que eu sou ruim. Ela disse que a srta. DeVries atira melhor que eu! — rebateu a srta. Silver, com os lábios tremendo e os olhos lacrimejando. — E sei que isso é impossível, pois foi você quem me ensinou a atirar.

Elise observou a cena com espanto. Aquela garota faria sucesso nos palcos de Londres.

— Isso é verdade, sra. Barr? — exigiu o barão, olhando para Sarah.

— Minha filha é uma atiradora muito talentosa. Insultar a competência dela é insultar a mim também. Acho que isso não é algo que você gostaria de fazer.

Sarah grunhiu, e Elise resistiu ao impulso de soltar um suspiro exasperado. Malditos idiotas pomposos.

A srta. Silver acenou para o criado com impaciência, e o homem apareceu ao seu lado e a ajudou a desmontar do cavalo. A jovem devia ter considerado a declaração do pai um aval e caminhou até Elise, estendendo a mão.

— Me dê a arma.

Sem dizer nada, Elise entregou o mosquete. Era uma arma boa, uma versão mais moderna do mosquete de infantaria padrão. Sua coronha brilhante de nogueira ainda não estava lascada, e as placas de latão ainda não tinham sido danificadas por arranhões. A menina se virou para conversar com o pai. Elise não conseguiu ouvir nada, mas viu a jovem examinar a peça e mirar.

Depois de minutos intermináveis, a srta. Silver e seu pai assentiram.

— Já usei uma dessas antes. Vai servir — decretou ela, antes de sair com o pai para andar pela lateral do campo, estudando os alvos.

— Aqui. — Elise ouviu a voz de Noah ao seu lado, e então se viu pegando o próprio rifle e munição.

Ao lado dele, Sarah esperava com uma expressão bem preocupada. Elise olhou para ele com surpresa.

— Obrigada.

— Sinto muito por isso — disse Noah. — A srta. Silver é…

— Uma criança — completou Elise. — Com a visão infantil de que é a pessoa mais importante do mundo.

Ele a encarou, cerrando os dentes.

— Isso. E o pai dela satisfaz todos os seus caprichos. Aos olhos dele, sua filha é uma santa, e nada consegue fazê-lo mudar de ideia.

— Não me diga — respondeu Elise, cheia de sarcasmo.

— O barão também é dono do terreno ao lado do de John e Sarah. A terra que estão tentando comprar para expandir os negócios de John.

— Eu deveria ter ficado de boca fechada — lamentou Sarah.

— Entendi — disse Elise, já com o peso familiar do rifle nas mãos.

— Mesmo? — indagou Noah.

— É claro. Você precisa que eu perca para essa criança.

— Sim — respondeu Noah, com pesar. — O barão certamente puniria a sra. Barr ou o marido de alguma maneira por terem incitado a filha a uma disputa na qual ela perdeu feio, ficando desolada. Pelo menos é isso que ele diria.

— E o que eu ganho com isso?

Noah piscou, confuso, antes de abrir um sorriso.

— Você está usando as minhas palavras contra mim de novo.

— Sou uma excelente atriz. Meu talento especial é memorizar boas falas — admitiu ela. — Mas certamente devo esperar algum favor de meu cavaleiro errante, não é?

Ele apalpou os bolsos.

— Estou sem fitas de seda e buquês.

— Que pena. Pense em outra coisa.

— O que você quer?

Elise abriu um sorriso lento e perverso antes de dar um passo à frente e ficar na ponta dos pés.

— Você vai me achar muito ousada. Ou tola. Ou os dois — sussurrou no ouvido dele.

Ela notou como Noah prendeu a respiração antes de soltar um suspiro fraco, viu como fechou os punhos quando encarou Elise com um olhar ardente. Será que ela tinha exagerado?

— Roubando minhas palavras mais uma vez, srta. DeVries? — perguntou ele, baixinho.

— Como eu disse, sr. Lawson, eu sou ótima em memorizar boa falas.

— Muito bem, milady. — Noah fez uma reverência curta, sem quebrar o contato visual. — Temos um acordo.

Capítulo 11

Elise respirou fundo, soltando o ar devagar e relaxando o corpo. Ela olhou para o cano da arma, mirando a marca clara na borda externa do alvo feita pelo tiro da srta. Silver. Era incrível que a garota tivesse acertado alguma coisa, já que estava usando um mosquete e não um rifle, mas Elise precisava dar crédito à jovem por ter sido capaz de manusear a arma pesada sem dificuldades.

Todos os alvos foram pintados de branco e tinham círculos pretos em tamanhos decrescentes na superfície, e o que a srta. Silver havia escolhido estava a uma distância média. Mas não estava em movimento. E não havia vento, chuva, fumaça ou neblina para atrapalhar. Nada de gritos de feridos, barulhos de passos ou trotes de cavalos para indicar caçadores ou caças. Nenhum clamor, nenhum apito de artilharia. A ausência de distração era uma distração, pensou Elise. Mas, mesmo assim, ela acertaria o tiro no ponto exato que precisava acertar.

Estava muito irritada por ter que perder de propósito. Era tão tentador dar um tiro certeiro no centro do alvo, só para ver a cara da srta. Silver. Mas a reação da jovem mimada não valia as consequências que os Barr ou qualquer outra pessoa pudessem sofrer pela habilidade da srta. Silver em manipular o ego frágil do pai.

Com pesar, Elise escolheu um ponto na borda do alvo, debatendo o quão perto ela deveria chegar da marca do tiro da srta. Silver. Então um movimento chamou sua atenção atrás do alvo. Um borrão cinza passando no topo do murinho de pedra no final do campo. Elise sorriu e disparou.

Noah observou Elise disparar o rifle, lidando com o coice da arma com tanta facilidade que era óbvio para qualquer um que estivesse ali que ela já havia disparado aquela arma mil vezes. O rifle era quase uma extensão de sua mão, e ela tinha uma postura segura e movimentos hábeis, principalmente o ajuste minucioso, mas deliberado, do cano no segundo antes de atirar. Enquanto todos os olhos se concentraram no alvo, os de Noah permaneceram na mulher de vestido verde, que se aprumou com um sorrisinho nos lábios, como se tivesse acabado de ficar sabendo de um segredo divertido.

— Ela errou — anunciou a srta. Silver num tom malicioso, e bateu palmas de alegria antes de dar um sorriso vitorioso para Elise. — Talvez um pouco mais de prática melhore sua mira, srta. DeVries.

— Aposto que sim — comentou Elise com uma expressão que parecia envergonhada e chateada, e Noah não sabia se ria com a incrível habilidade de atuação ou ficava furioso por toda a farsa.

Mas então Elise piscou para ele, e qualquer raiva que estivesse sentindo desapareceu, porque de repente eles eram cúmplices.

"Estou do seu lado, não contra você."

Havia uma batalha acontecendo dentro dele, um cabo de guerra épico, mas a cautela e a amargura fincaram os pés na terra de seu coração. Fora isso que o mantivera distante e seguro de seu passado por anos, que garantira sua sobrevivência solitária. Mas Noah estava começando a questionar se ainda queria distância e segurança, pois, do outro lado da corda, a admiração e a esperança pesavam em seu coração e em sua consciência. Elise DeVries entrara em sua vida mostrando que ele não estava sozinho e, quando isso aconteceu, algo dentro dele começou a dizer que, se quisesse, poderia ser tudo o que aquela mulher achava que ele era capaz de ser.

Ela acreditava nele. Mesmo sabendo de seu passado, acreditava nele. Mais do que o próprio Noah jamais acreditara.

Por conta disso, ele não conseguia pensar em nada que não fosse a bela mulher que ainda segurava um rifle Baker.

Não conseguia tirar os olhos dela. Ele ignorou os homens que estavam murmurando e gesticulando para os alvos, ignorou a srta. Silver, que aceitava os parabéns do pai, ignorou as pessoas que ainda olhavam para Elise com curiosidade. Foi até ela e parou, só porque precisava estar ao seu lado.

Elise abriu um leve sorriso para ele antes de se curvar para examinar a ponta da pederneira do rifle.

— Cadê a Sarah?

— Está com o John — respondeu Noah, tentando fingir um comportamento cavalheiresco para se distrair do desejo irresistível de beijá-la e, assim, fazer aquele sentimento de cumplicidade durar mais um pouco.

— Ah, sim. Me avise se esse barãozinho causar problemas para ela, ou para qualquer outra pessoa daqui.

— Por quê? Você vai dar um sumiço nele? — questionou Noah com uma expressão desconfiada, conseguindo se distrair do desejo que pulsava em suas veias.

Elise o encarou com aprovação.

— Ora, que sugestão excelente, sr. Lawson!

— Eu estava brincando.

— Mas eu não.

— Você poderia fazer isso acontecer?

— Sim. Mas existem outros associados da D'Aqueus com conexões muito melhores que as minhas nesse departamento, então eu encaminharia a questão da sra. Barr para eles.

Noah ficou boquiaberto.

— Meu desempenho foi adequado? — questionou Elise, voltando sua atenção para o rifle.

Noah pigarreou.

— Você não precisava errar completamente.

— Eu não errei.

— Mas você não acertou nada do alvo.

— Ah, sim. É que eu não estava mirando aquele alvo — explicou ela, limpando a arma.

— No que raios você mirou, então?

— Em um rato.

— Um rato? — Noah a encarou, boquiaberto. — Onde? Não vi rato nenhum.

— No murinho aos fundos, correndo na borda. Cerca de um metro à esquerda do portão. — Ela terminou de mexer na arma e ergueu a cabeça. — Já disse que odeio ratos. Há quem diga que eles são um prenúncio da peste negra, sabia?

— No murinho aos fundos?

Noah sabia que estava repetindo as palavras dela como um idiota, mas o murinho ficava pelo menos duas vezes mais longe que o alvo.

— Isso. — Ela golpeou uma mosca que voava perto de sua cintura. — Olha, estou morrendo de fome. Essa derrota me deixou faminta. Será que podemos comer algo?

Noah a imobilizou com um olhar austero.

— Fique aqui.

— O que... — Ela começou a falar, mas Noah já estava correndo pelo campo, na direção do murinho.

Quando chegou ao portão de madeira e virou à esquerda, deu passos calculados ao longo da parede de pedra. Se o rato realmente existisse, ele deveria encontrá-lo.

Então parou de repente e saltou sobre o murinho. Na grama fragrante, alguns metros além do muro, havia um rato. Ou melhor: o que restara de um. Ele cutucou o animal com a ponta da bota. Pulgas pularam do pelo, e o corpo ainda estava quente.

Ele se virou e olhou na direção de Elise. Era fácil identificar o vestido verde entre os homens que ainda circulavam pelo local. Ela colocou as mãos na cintura e balançou a cabeça, e Noah retornou para a tenda.

Quando ele chegou, Elise arqueou uma sobrancelha e levantou o queixo.

— O que encontrou do outro lado do murinho, sr. Lawson?

— Um rato.

— Minha nossa! Não me diga! Estava morto?

— Sim — murmurou ele.

— Que loucura, não? Sabe, você podia ter economizado uma longa caminhada se tivesse acreditado em mim — disse Elise, sarcástica. — Estou começando a achar que não confia em mim.

— Isso não é justo.

— A vida não é muito justa, não é, sr. Lawson? Acabei de perder uma competição de tiro de propósito para uma garota mimada que não sobreviveria uma semana no inverno canadense se precisasse caçar com uma arma para se alimentar. Isso não é justo.

— Você acertou um rato que estava do outro lado do campo. Isso é...

— Muito proficiente da minha parte? — sugeriu ela, parecendo irritada.

— Um absurdo. Praticamente impossível.

— Impossível? — retrucou Elise. — Ainda bem que você também não depende da sua habilidade com uma arma para se alimentar. Costuma ser sempre lisonjeiro assim com as mulheres que acompanha aos piqueniques de verão?

Noah passou a mão pelo cabelo, sentindo-se um completo canalha. Ela tinha razão.

— Me desculpe.

Elise suspirou.

— Desculpas aceitas. — Ela pôs a mão no braço dele. — Uma hora dessas, sr. Lawson, você vai me surpreender e acreditar em mim quando eu contar uma coisa.

Elise deu um tapinha no braço dele, e Noah segurou a mão dela. Ele a puxou para mais perto, sem vontade de soltá-la.

— Obrigado por perder.

— De nada. — Ela balançou a cabeça com ironia. — Só nunca mais me peça para fazer isso, por favor.

— Não pedirei — garantiu ele, deixando seus olhos vagarem pelo lindo rosto dela.

— Ótimo. — Ela estava sorrindo de novo. — Se for necessário, não me importo de perder em muitas coisas, mas atirar não é uma delas. Tenho um pouco de orgulho, sabe.

— Você é… — Ele se interrompeu, incapaz de escolher a palavra certa.

Incrível. Incomparável.

Uma ótima companhia.

E ela realmente era. Pela primeira vez em sua vida adulta, Noah não estava mais sozinho. Sim, ele tinha amigos maravilhosos e pessoas de quem gostava, mas sempre as mantivera a uma distância segura. Nem mesmo John, seu amigo mais próximo, sabia seu nome verdadeiro. Ele havia se relacionado com poucas mulheres, pois sabia que tais relações nunca poderiam ir além do mero prazer físico. Não havia troca de confidências, histórias, sonhos e esperanças, porque Noah sempre fora incapaz de revelar qualquer verdade sobre si. As mulheres, como todos ao seu redor, conheciam apenas o indivíduo que ele apresentava de forma diligente, a persona cuidadosamente forjada de Noah Lawson.

E toda essa vigilância tinha sido, de fato, um esforço solitário.

Até Elise. Até ele conhecer a mulher que sabia de seus segredos. Até ela se recusar a deixá-lo, se recusar a ir embora, se recusar a aceitar a rejeição dele. Em vez disso, ela acabara compartilhando o fardo de mais alguns segredos de Noah, segredos que eram um peso nos ombros dele havia anos.

E, ao fazer isso, tudo ficara mais leve.

— O que eu sou? — indagou Elise, intrigada.

Noah se surpreendeu ao perceber que ela ainda esperava que ele terminasse o que tinha começado a dizer. Mas era impossível. Havia palavras, sentimentos e anseios se acumulando em sua cabeça e seu coração, e ele não conseguia elaborar uma frase capaz de expressar o que Elise DeVries significava para ele. Noah estendeu a mão e tocou o rosto dela, usando a única linguagem que conseguia articular no momento.

As pupilas de Elise se dilataram e ela ficou ofegante, e Noah precisou fazer um esforço hercúleo para lembrar que ainda estavam na tenda do piquenique, com muitas pessoas ao redor. Era difícil lembrar por que não poderia beijá-la ali. O desejo que pulsava por seu corpo estava prestes a superar cada grama de seu bom senso.

— Se continuar me olhando assim, sr. Lawson, vou fazer uma besteira, e então você fará uma besteira ainda maior, e estaremos casados pela manhã — sussurrou ela.

— Não estamos em um salão de Londres — disse ele, um pouco para disfarçar o desejo que o invadiu ao pensar em levá-la para a cama. E mantê-la lá para sempre.

— Não, estamos num maldito pasto de ovelhas. Cercados por armas. E pessoas. E bosta de ovelha. Não consigo ver a vantagem.

Elise parecia sem fôlego.

Noah passou o polegar pelo contorno do queixo dela.

— Eu realmente preciso de uma carruagem. Com fechadura na porta.

Ela estremeceu e lambeu o lábio inferior.

Cada gota de sangue do corpo de Noah se acumulou na região da virilha.

— Você não tem ideia do quanto eu quero você agora. — Noah não tinha nada além da verdade para oferecer a ela. — Eu daria...

O estalo de um disparo de mosquete ecoou pelo ar quando a competição de tiro começou.

— Comida — falou Elise, afastando-se dele.

A mão de Noah caiu junto ao corpo.

— O quê?

A luxúria o incapacitava de pensar.

— Você pode me trazer comida — disse ela, com a voz trêmula.

Noah respirou fundo algumas vezes. — Eu vou indo, sr. Lawson.

Ela se virou e começou a andar para longe dele. Para longe da imprudência que os havia dominado.

Quando finalmente conseguiu raciocinar, Noah correu atrás de Elise.

— Aonde você vai?

— Encontrar algo para comer — respondeu Elise.

— Então me dê seu rifle. Vou colocá-lo de volta na carroça.

Ela abriu a boca como se fosse discutir.

— Não há nenhum desconhecido aqui, srta. DeVries. E qualquer um que queira me machucar seria um completo idiota em fazê-lo na frente de um pequeno exército de homens que considero amigos. — Outro estalo de mosquete pontuou as palavras de Noah. — Amigos que estão portando armas de fogo no momento — completou.

Elise tocou o cano do rifle, parecendo incerta.

— Tem certeza?

— Tenho.

Noah estendeu a mão, mas ela ainda hesitou.

— Se está preocupada com o jantar, tudo o que será servido já está morto.

Ela fez uma careta.

— Ha-ha, muito engraçado.

— Eu tento.

Elise colocou o rifle na mão dele.

— Confio que me dirá se alguma coisa mudar, sr. Lawson.

— Entendido. E obrigado.

— Pelo quê?

— Por confiar em mim.

Elise balançou a cabeça.

— Não preciso de palavras bonitas, sr. Lawson. Você pode me agradecer retribuindo o favor um dia.

— Aposto todos os botões de latão que já vendi em minha loja que a srta. DeVries perdeu a competição de tiro para a filha do lorde Corley de propósito — disse Stuart Howards, quase gritando para conseguir ser ouvido por cima da música que ressoava ao redor.

O chão vibrava com o impacto dos pés dos dançarinos enquanto eles giravam.

Noah não estava prestando muita atenção. Howards, levemente embriagado, era apenas mais um entre uma dezena de homens que haviam falado da competição de tiro com Noah nas últimas horas, esperando que ele pudesse confirmar ou negar a afirmação que parecia ser o consenso. Muitos dos veteranos não apenas reconheceram a arma um tanto incomum como também a habilidade das mãos de Elise.

— Talvez — respondeu Noah vagamente.

Era a mesma resposta que ele dera a todos os outros. Enquanto isso, examinava a multidão em busca de Elise.

Howards tomou um grande gole de seu copo de cerveja.

— De onde é a srta. DeVries? — indagou ele, com o rosto corado do calor, ou do álcool, ou de ambos.

Noah encontrou Elise. Ela estava parada perto da beirada da pista de dança, um pé batendo no chão no ritmo da música e uma expressão melancólica. Pela primeira vez naquele dia, ela não estava analisando a multidão, tentando detectar alguma ameaça que ele sabia ser inexistente. Em vez disso, Elise olhava para os dançarinos como se desejasse muito se juntar a eles.

— York — respondeu Noah, distraído.

— Ah, uma garota do norte — disse Howards para si mesmo, como se aquilo explicasse tudo.

Através dos casais que rodopiavam em uma música animada, os olhos de Elise encontraram os de Noah, como se ela tivesse sentido que ele a observava. Ele inclinou a cabeça para os dançarinos e levantou uma sobrancelha, e ela abriu um sorriso repentino e radiante. Num piscar de olhos, o sangue de Noah esquentou e o pulso acelerou.

Ele estava perdido. Desejava aquela mulher mais que qualquer coisa, acima de qualquer razão. Ele se contentaria com uma dança no momento, mas sabia que não seria o suficiente.

Howards limpou a boca com a manga da camisa.

— Tem muitos visitantes passando pela cidade nesta época do ano — disse ele. — É bom para os negócios, sabe? Mas é melhor ficar de olho. Uns homens que foram na minha loja ontem perguntaram se...

— Com licença, Howards — interrompeu Noah. — Mas vejo uma dama procurando um parceiro para dançar.

E Noah não deixaria que ela dançasse com qualquer outra pessoa. Elise pertencia a ele, e somente a ele. Na verdade, já estava indo até ela antes mesmo de Howards ter a chance de responder. Noah sabia que sua atitude havia sido um tanto grosseira, mas não conseguia se importar. Ele não tinha interesse em falar sobre botões de latão e negócios com Howards. Seu único foco estava na mulher de vestido verde que fazia seu coração palpitar de antecipação e desejo.

Em segundos, puxou-a do canto da pista de dança para o meio dos dançarinos, deleitando-se com a alegria que brilhou nos olhos de Elise quando ela jogou a cabeça para trás e riu.

Capítulo 12

A viagem de volta foi cheia de alegria e conversa animada com os Barr, que deixaram Noah e Elise na frente da casa dele antes de irem embora.

Quadrado os cumprimentou de onde estava dormindo, perto da porta da frente, espreguiçando-se e abanando o rabo alegremente.

— Chegamos antes da sra. Pritchard? — perguntou Elise. — A casa está escura.

— Sugeri à sra. Pritchard que talvez ela quisesse ficar com uma amiga na cidade por algumas noites — contou Noah.

Elise se virou para ele com uma expressão de surpresa, a luz da lua refletindo mechas prateadas em seu cabelo.

— Quando foi isso?

Noah estendeu a mão e colocou uma mecha solta atrás da orelha dela.

— Pouco antes de sairmos para o piquenique. Se meu primo de fato perdeu a cabeça e contratou alguém para assassinar um duque que não existe mais, não quero colocá-la em perigo.

— Obrigada — replicou Elise. — Obrigada por acreditar em mim.

— Só para constar, ainda me sinto um tolo — afirmou Noah, ajustando o rifle de Elise na mão.

— Não importa como se sente, só o fato de ainda poder sentir algo, e eu gostaria de manter as coisas assim. O que disse à sra. Pritchard?

— Nada.

— Nada? Ela não perguntou por que...

— Não, ela não perguntou. Tirou as conclusões dela. E eu deixei.

— É mesmo? — A expressão séria de Elise foi substituída por um sorriso. — Que tipo de conclusões?

— Do tipo que vai deixá-la triste se você não se casar comigo até quinta-feira que vem. Sexta-feira, no mais tardar.

— Vou deixar minha agenda livre.

— Agradeço — falou Noah, rindo.

Um estranho silêncio recaiu sobre eles. O perfume das rosas flutuava no ar quente de verão, e o luar brilhante criava formas e sombras estranhas ao redor dos dois.

— Você se divertiu esta noite? — perguntou Noah, mas não fazia ideia do porquê.

— Sim, me diverti.

— Você parece surpresa.

— Talvez eu esteja. Esta noite me lembrou uma época em que as coisas eram mais simples. Trouxe muitas lembranças felizes. — Elise fez uma pausa. — Obrigada por isso.

— Eu não fiz nada.

— Você dançou comigo.

— Mas não dancei bem.

Ela sorriu.

— Discordo. Você foi muito charmoso, sir Noah.

Noah sentiu como se um punho gigante estivesse espremendo seu coração. Eram situações como aquela que o faziam repensar tudo. Em outra vida, eles poderiam ter sido um casal comum, dois amantes sob a lua cheia em um jardim perfumado de rosas. Houve momentos naquela noite, repleta de dança, música e risadas, em que ele até esquecera o motivo de Elise estar ali. Esquecera que a presença dela representava um mundo que esperava para devorá-lo, um mundo cheio de complexidades e amargura.

Mas aqueles pedacinhos de tempo eram fugazes. E naquela vida, na realidade em que viviam naquele exato instante, eles estavam à beira do desejo, em um estranho caldeirão de circunstâncias que tornava cada passo perigoso e incerto.

Noah segurou a mão de Elise, como se aquele gesto pudesse lhe dar equilíbrio, e sentiu os dedos dela se entrelaçarem aos seus.

— O que estamos fazendo, Noah? — perguntou Elise, de repente, e sua voz era séria.

Ele não queria ter aquela conversa. Queria manter a fantasia por mais alguns minutos para poder levar Elise para dentro de casa e despi-la. Deitá-la em sua cama e fazer amor com ela do jeito pelo qual ansiava desde a primeira vez que ela sorrira para ele. Elise seria dele naquela noite e para sempre. Para que ela pudesse dançar com ele em piqueniques, ordenhar as vacas quando quisesse. Para que ele pudesse se apaixonar completamente por ela.

— Não sei.

— Não podemos continuar assim. — Os olhos dela reluziram com tristeza na luz pálida. — Fingindo. Desejando que as coisas fossem diferentes. Só vai dificultar tudo, e no final não vai resolver nada.

Ela estava certa, e ele odiava isso.

— Preciso que me dê uma resposta, Noah — sussurrou Elise. — Preciso que me diga que vai voltar para Londres.

Noah sentiu o vazio familiar se abrir dentro dele, o vazio escuro cheio de dor e ressentimento. A alegria e a felicidade da noite foram sugadas, deixando-o desolado. Ele gostaria de dizer aquilo que Elise queria ouvir. Que abandonaria tudo que havia construído em Nottingham. Que chegaria a Londres, tomaria um título que nunca desejou e, ao fazê-lo, resgataria uma mãe que nunca o quis.

— Eu quero, mas não posso. Ainda... ainda não.

— Você pode. Você apenas não quer ir. São duas coisas muito diferentes.

Noah desviou o olhar. O vazio tornou-se um peso esmagador que limitava sua capacidade de respirar.

— Prometi ajudar sua mãe, Noah, e essa é uma promessa que pretendo cumprir. Mesmo que o destino esteja sussurrando que ela não merece — falou Elise, um pouco trêmula. — Eu disse que não sairia daqui sem você, mas menti. Porque, na verdade, não posso obrigá-lo a fazer nada. Não posso forçá-lo a montar no cavalo e viajar até Londres. Não posso forçá-lo a assumir um título que é seu por direito.

Noah olhou para o céu, mas não conseguiu focar o olhar, sentindo-se miserável. Elise tinha um jeito de esfolar tudo até os ossos, de despir as pretensões e as desculpas que encobriam as verdades. E, em seu rastro, deixava apenas as carcaças de medos, dúvidas e segredos.

— Não posso lhe dar a resposta que quero, porque não sei se algum dia poderei perdoar — confessou Noah. Era a verdade. E era horrível. E ele se odiava por isso. — Não sei se algum dia poderei perdoar minha mãe pelo que ela fez.

— Então não perdoe.

Ele se virou para Elise, em choque.

— Você culpa sua mãe pelo que suportou, pelo que teve que fazer, e não posso dizer que está errado — disse ela.

A compreensão de Elise era como uma faca sendo cravada profundamente em seu coração. Teria doído menos se ela o criticasse, se tivesse o acusado de ser desonroso, insensível ou cruel. Todas as acusações que ele já havia feito a si mesmo mais de uma vez.

— Eu vivi como um animal selvagem naquela jaula por cinco anos. — As palavras escaparam, como veneno escorrendo de uma ferida infeccionada. — Ainda tenho as cicatrizes das correntes com que me amarraram e me penduraram. Eles jogavam água gelada na minha cabeça por horas até eu desmaiar. Eu dormia em cima de palha podre, vômito e merda, congelando no inverno e derretendo no calor no verão. Para não morrer de fome, precisei lutar com outras crianças por restos de comida. Matei um homem que estava estuprando um menino um pouco mais velho que eu. — Ele estava ofegante. — Eu me tornei…

— Você. — Ela o interrompeu, com os olhos em chamas. — Você se tornou você. O que vivenciou não o destruiu, Noah Ellery. Apenas o deixou mais forte. Mais forte que qualquer homem que já conheci. — Elise estava tão ofegante quanto ele. — Não posso garantir que um dia você terá o seu próprio perdão. Não tenho como prever isso. Mas sei que as ações de sua mãe já definiram a sua vida uma vez. Não deixe que elas a definam de novo. Você tem o controle total da situação agora, Noah. Decida o que quer fazer. — Ela soltou a mão dele e pegou o rifle.

Noah ficou imóvel.

Ela ficou na ponta dos pés e roçou os lábios nos dele, um beijo gentil e comovente, antes de caminhar em direção à casa. Então, virou-se.

— Partirei ao raiar do dia. — Foi tudo o que ela disse.

O sono demorou para chegar e, quando veio, foi atribulado e cheio de angústia. Noah acordou de repente, banhado em suor, sem saber quanto tempo havia dormido, mas ainda estava escuro. Uma estranha inquietação se instalou no quarto. Ele podia ouvir os grilos do lado de fora, e o ar ainda estava denso e úmido. Um raio de luar brilhava através da janela, tremeluzindo com a passagem de nuvens.

Saiu da cama em silêncio e se esgueirou do quarto. Não se preocupou em acender velas, pois o luar iluminava os cômodos que ele conhecia de cor. Então, parou diante da porta de Elise, quase prendendo a respiração, e tentou ouvir qualquer coisa que pudesse lhe indicar que ela estava acordada. Um ronco, talvez.

Mas não ouviu nada.

— Elise? — sussurrou ele.

Não houve resposta. Ele ficou do lado de fora, inseguro e se sentindo mais tolo que nunca. O que, considerando os acontecimentos recentes, era algo notável. O que diabo ele estava fazendo, se esgueirando descalço pela casa e pensando em espionar uma mulher que, sem dúvida, estava dormindo? Havia muitos nomes para homens que faziam esse tipo de coisa, e nenhum deles era elogioso.

Um latido fraco fez Noah levantar a cabeça. Ele franziu a testa e saiu da frente da porta de Elise, caminhando para a sala de jantar sem fazer barulho. Do lado de fora, pelas altas janelas, os jardins continuavam tranquilos e silenciosos, banhados por uma luz pálida. Noah podia ver a linha de árvores na beira do pasto, uma mancha escura contra o rio prateado. Um borrão branco chamou sua atenção, e ele ouviu outro latido enquanto Quadrado desaparecia entre as árvores.

Um calafrio desagradável o percorreu. Quadrado nunca saía de casa à noite. Às vezes, ele dormia no celeiro quando o tempo ficava úmido ou frio, mas, em noites como aquela, dormia na frente da casa. Não havia motivo para ele estar perto do rio. A menos que...

Noah congelou por um momento antes de voltar correndo para o quarto de Elise e abrir a porta.

Os lençóis estavam amarrotados e os travesseiros, tortos, mas a cama estava vazia. E o quarto também.

— Inferno! — praguejou.

O vestido verde estava pendurado em um gancho na parede, ao lado do vestido marrom e do que parecia o casaco azul desbotado que ela usara mais cedo. Mas a camisa e a calça não estavam lá.

Elise tinha que parar de desaparecer daquele jeito. Não era apenas condenável, mas também perigoso. Além da possibilidade de assassinos estarem à espreita, havia a chance de caçadores furtivos e ladrões estarem pelas bandas. A terra estava cheia de buracos nos quais alguém podia tropeçar e quebrar o tornozelo. Ou árvores das quais alguém podia cair e quebrar o pescoço.

Noah se apressou em sair de casa, sem se importar em voltar ao seu quarto para vestir uma camisa, mas se lembrando de pegar a faca de caça do gancho perto da porta. Do lado de fora, assobiou para Quadrado, mas não houve resposta. Ele sentiu um frio na espinha, mas tentou se controlar.

Elise está bem, tentou convencer a si mesmo. Provavelmente estava pulando de uma árvore para outra ou fazendo o que devia fazer nas noites de luar. A mulher era uma espécie de bicho noturno. Noah não ficaria surpreso se, em noites como aquela, ela se transformasse em uma coruja. Ou em um morcego. Ou em uma das fadas de que a sra. Pritchard tanto falava. Elise provara mais de uma vez que podia se transformar em qualquer coisa.

Noah seguiu na direção do rio, sem nem notar que estava correndo. Deu outro assobio, lutando contra a crescente sensação de pânico. Dessa vez, um latido veio do rio, seguido de um silêncio abrupto. O pavor que ele tentara abafar voltou com força, arrepiando os pelos de sua nuca. Algo estava errado. Algo havia acontecido.

Correu rumo à floresta, saltando a cerca e atravessando os campos com velocidade. Outro latido, e ele acelerou ainda mais. A lua fora ocultada pelas nuvens, mergulhando tudo na escuridão. Quando ele alcançou as árvores, a lua reapareceu para, pelo menos, permitir que Noah soubesse para onde estava indo. Atravessou o mato como um animal em pânico, chegando ofegante nas margens do rio. O luar diminuiu de novo, e ele semicerrou os olhos para enxergar na escuridão. Então, sentiu um nariz gelado e úmido contra a palma da mão no mesmo instante em que algo macio pousou em seu pé descalço. Ele recuou, a faca em punho, sentindo-se exposto e cego.

A cortina de nuvens se moveu mais uma vez, e ele logo reconheceu a pelagem branca e desgrenhada de Quadrado, que estava sentado em sua frente e babando, como se esperasse alguma coisa enquanto batia o rabo contra as folhas secas. O calor no pé de Noah era o corpo flácido de um roedor de cor indistinta.

O que diabo estava acontecendo? Se Elise estivesse com problemas, o cachorro certamente ficaria agitado em vez de lhe presentar com um rato morto. Ele abaixou a faca, sentindo-se tolo. De novo. Mas, se Quadrado estava ali, Elise não devia estar longe.

Reconhecimento. Era o que ela diria quando aparecesse da floresta como um elfo. E então ela perguntaria por que ele estava ofegante como um touro e todo suado.

Noah lhe daria uma grande bronca quando ela aparecesse. Isto é, se os caçadores, assassinos, ladrões e fadas não tivessem encontrado Elise primeiro. O medo que sentia se dissipou, e ele se abaixou e pegou o presente de Quadrado, jogando-o de volta para o cachorro como um agradecimento. Pelo menos seu cachorro se importava com ele.

Observou Quadrado deslizar meio sem jeito pela margem do rio e se deitar perto da beira d'água, largando o rato. Então, viu o animal levantar as orelhas para algo no rio, antes de retomar a inspeção cuidadosa de seu último prêmio.

Noah seguiu o olhar do cachorro, e seu coração parou.

Elise estava flutuando com o rosto para cima na água, vestida apenas com sua camisa longa e cercada pelas mechas de seu cabelo, como uma nuvem escura contra a superfície prateada do rio. Ela estava de olhos fechados, e seu rosto estava sereno e pálido.

E ela não estava se mexendo.

Noah grunhiu e entrou em ação.

Capítulo 13

A ÁGUA ESTAVA FRIA contra sua pele quente, e a sensação de leveza ao flutuar era relaxante e tranquilizante.

Sem conseguir dormir, Elise escapara da casa e fora para a floresta, buscando ficar um pouco longe do homem que estava a apenas uma parede de distância dela. Acabou parando na margem do rio e foi incapaz de resistir à água prateada, que parecia refrescante no calor da noite. Ela mergulhou e boiou, observando o manto de estrelas no céu. Os sons do mundo ficaram mudos sob a água, e Elise agradeceu a paz, aproveitando o silêncio para acalmar sua mente acelerada e colocar os pensamentos em ordem.

Ela voltaria para Londres sem ele.

A decepção era profunda, mais do que ela jamais admitiria. Elise realmente acreditava que Noah faria pela mãe o que a duquesa se recusara a fazer pelo filho. Acreditava que, se pudesse fazê-lo perceber que não estava sozinho, Noah poderia ser capaz de superar o sofrimento insondável e a dor do abandono. Ela se enganara.

No entanto, se estivesse no lugar de Noah e considerasse o lado sombrio de sua própria consciência, Elise não poderia afirmar com certeza que faria diferente. Sabia o que ele tinha vivido, mas não tinha passado pelo mesmo. Ela não fora uma criança enviada ao inferno pelas duas pessoas em quem mais confiava. Pensar naquilo a deixava com vontade de chorar.

Mas chorar não resolvia nada. Era hora de superar o fracasso e buscar outras alternativas.

Elise continuaria insistindo para que Noah desaparecesse por um tempo — talvez aquele fosse o momento perfeito para viajar pelo continente. Ouvira dizer que a Baviera era linda naquela época do ano, e certamente poderia indicar algumas pessoas que o ajudariam. Quando ele estivesse em segurança, ela diria a King que havia localizado Noah Ellery e que ele tinha recusado sua oferta de ajuda, mas que estava a salvo e fora da Inglaterra por enquanto. King era um bastardo desconfiado e com certeza exigiria alguma prova da segurança de Noah, então ela teria que pensar no que poderia apresentar para convencê-lo de que estava falando a verdade.

E ainda existia a ponta solta da história: o menino chamado Joshua, que havia sofrido ao lado de Noah e escapado com ele de Bedlam, embora fosse provável que já estivesse morto. Meninos nas ruas de Londres quase nunca sobreviviam até a idade adulta, por mais espertos que fossem. Quando não sucumbiam à fome ou a alguma doença, à violência ou ao vício, acabavam vítimas de quadrilhas ou ladrões. Jovens como ele tendiam a desaparecer.

Bom, Elise certamente não se daria ao trabalho de pensar no inevitável desaparecimento de um certo Francis Ellery. Ela só esperava que King garantisse que o corpo do homem fosse encontrado. A última coisa de que o ducado de Ashland precisava era de outro herdeiro desaparecido. Outros parentes distantes apareceriam como moscas em busca do título, e qualquer um deles seria melhor que Francis.

O sumiço de Francis Ellery também resolveria o problema da duquesa, afinal, era o dinheiro dele que estava mantendo a mulher acorrentada em Bedlam. Sem esse dinheiro ou a promessa de mais, não seria tão difícil tirá-la de lá.

Talvez essa fosse a melhor solução para todos. Talvez Elise devesse ter sugerido isso havia muito tempo. A ideia tinha suas vantagens, a menor delas sendo que funcionaria na ausência do verdadeiro herdeiro do ducado de Ashland. O que era bom, embora não a deixasse satisfeita por completo.

Na verdade, a ausência de Noah a deixava tão insatisfeita que Elise queria gritar de frustração. Apesar de tudo, desejava que ele colocasse a maldita armadura, montasse em um maldito cavalo branco e perfurasse

Francis Ellery com a ponta de sua maldita lança. Elise gostaria que ele reivindicasse o título e a fortuna, que floresceriam sob seu comando, valor e princípios. Porque Noah era capaz. E incrível. E...

De repente, ela sentiu água entrar em seu nariz quando começou a ser puxada com força pelos punhos. Elise abriu os olhos e lutou para se soltar, a mente registrando apenas a sensação de dedos apertando sua pele com uma força dolorosa.

Ela se contorceu e se debateu, mas o aperto do agressor não afrouxou. Elise sentiu uma onda de medo, assim como o instinto imediato de lutar. Então, levantou as pernas e chutou, e seu pé acertou um diafragma exposto com uma força satisfatória. Os dedos ao redor de seu punho afrouxaram o aperto e ela se libertou, nadando para longe da outra pessoa.

Ela emergiu, tossindo, e tentou identificar de onde viria o próximo ataque. Será que havia dois agressores? E se um deles estivesse esperando na margem do rio, enquanto o outro atacava na água? No entanto, tudo o que enxergava era a forma de uma cabeça acima da água, agitando braços e pernas e fragmentando o reflexo da lua na superfície do rio. Ela se manteve parada e examinou a margem. Onde estaria o outro agressor?

Analisando a situação, Elise se deu conta de que tinha sido estúpida ao ficar exposta daquele jeito. Mas se sentira tão segura com a ausência de qualquer sinal de atividade humana e pela companhia de Quadrado... Confiara que o cachorro detectaria outra presença muito antes dela e a avisaria, embora ele tivesse falhado na missão. Nem sequer tinha latido!

Foi então que ela viu o cachorro. Ele estava sentado na margem e observava o espetáculo com a cabeça inclinada para o lado e o rabo abanando.

Elise o encarou, incrédula. Ela fora atacada por pelo menos um intruso, e tudo o que aquele cachorro fazia era observar? E abanar o rabo, ainda por cima? Não que ela esperasse que o animal fosse defendê-la, mas ele podia pelo menos latir. Como o agressor chegara à margem do rio e entrara na água sem que o cachorro ao menos se levantasse para investigar?

A menos que Quadrado conhecesse a pessoa.

Elise voltou a olhar a forma que se debatia na água e ouviu um xingamento.

Deixou escapar uma risada de alívio.

Observou Noah tentar manter a cabeça acima da água enquanto lutava em vão para voltar até a margem. Seu "agressor" era, na verdade, um aspirante a "salvador". Só então ela imaginou o que ele devia ter pensado ao vê-la flutuando na água, de olhos fechados e corpo relaxado.

Noah provavelmente achou que ela tinha se afogado, e então pulou na água para salvá-la, embora estivesse ficando muito claro que ele não sabia nadar. Em que diabo ele estava pensando?

Elise nadou até Noah, tomando cuidado para manter uma distância entre os dois.

— Respire fundo e pare de se debater — ordenou ela. Ele tomou um susto, mas fez o que ela mandou. — E não me toque.

Ela deslizou um braço em volta do pescoço dele, como fizera com Andrew Barr, e o puxou para a parte rasa. Conseguia sentir cada músculo do corpo dele tenso, fosse de medo ou de raiva. Ela duvidava muito que fosse o primeiro.

Elise tocou o chão macio, mas não o soltou nem deu qualquer indicação de que havia alcançado o chão. Noah ainda estava olhando para o centro do rio.

— O que você estava pensando? Nunca deveria ter pulado na água sem saber nadar! — repreendeu Elise.

Ela o sentiu se contorcer.

— O que *eu* estava pensando? — rebateu Noah, em voz alta. — Não estava pensando em nada. Eu estava tentando salvá-la!

— Desculpe.

— "Desculpe"? Eu achei que você tinha *morrido*!

Elise ficou dividida entre sentir remorso e irritação.

— Se tivesse parado para pensar, teria se lembrado de que os mortos afundam, não flutuam. — Ela fez uma pausa. — Pelo menos não por alguns dias.

— Se isso é uma tentativa de ser engraçada, srta. DeVries, pode ter certeza de que não estou rindo.

Elise franziu a testa.

— Você precisa aprender a nadar. A única pessoa que correu o risco de morrer esta noite foi você. Inclusive, já estaria no fundo do rio se não fosse por mim.

— Foi por sua causa que quase fui parar lá! — rosnou ele.

— Já pode ficar de pé agora — disse Elise abruptamente, e o soltou.

Noah gaguejou e se levantou, virando-se para encará-la.

Elise nadou para longe do alcance dele.

— Não quis assustá-lo.

— Não fiquei assustado — disparou Noah.

— Percebi.

Ele a encarou com a testa franzida antes de se aproximar da margem e tirar um pouco de água do rosto.

— Como assim você não sabe nadar? — perguntou Elise, arriscando se aproximar um pouco mais. — Nunca se aventurou por nenhum lago ou rio, não? Nenhum amigo idiota o desafiou a pular em algum momento? Esse tipo de estupidez é como um rito de passagem para todos os garotos do mundo.

Noah fez um barulho rude.

— E como você sabe disso?

— Tive dois irmãos, caso tenha esquecido. Eu tinha 5 anos quando Jonathan me desafiou.

— Nunca cheguei perto da água quando criança.

— Nunca?

— Você tem algum problema de audição, srta. DeVries?

— Não, estou apenas surpresa.

— Conforme fui crescendo, fui mantido fora da vista de qualquer um que pudesse notar que o filho do duque de Ashland não era perfeito. Eu não tinha amigos para me desafiar a fazer nada.

Elise sentiu uma pontada de dor pelo menino que foi abandonado e apenas ficava observando o mundo sem vivenciá-lo. Seu coração se compadeceu pela criança que não merecia uma gota da angústia e da tristeza que sofreu, então ela se aproximou da margem do rio e colocou as mãos na cintura.

— Eu desafio você — disse ela.

— O quê?

— Eu desafio você a entrar na água.

— Não seja ridícula.

Ela cruzou os braços.

— Eu duvido.

Noah jogou as mãos para o ar.

— Vou voltar para casa.

— E depois?

— E depois nada. Vou voltar para a cama como uma pessoa normal.

Ele começou a subir a margem.

— O que vai acontecer da próxima vez que uma criança como Andrew Barr cair no rio? Ou em um lago? Ou em uma lagoa? O que vai acontecer quando alguém precisar de ajuda e você não puder ajudar porque se recusou a se arriscar? Vai ficar parado, só assistindo?

Elise tinha apelado para a natureza protetora dele de propósito, para seu senso de cavalheirismo e bondade, e funcionou.

Noah parou e se virou.

— Vou me afogar.

Elise viu a expressão séria dele sob o luar. Gotas de água ainda deslizavam por seu peitoral, diamantes minúsculos que caíam e desapareciam a cada respiração.

— Não, não vai. Eu estarei com você.

Ele ficou em silêncio, e Elise deixou que o momento se estendesse, incapaz de quebrar a frágil possibilidade que lentamente florescia.

— Você não pode me ensinar a nadar em cinco minutos — falou ele.

— Não, realmente não posso. Isso leva algum tempo. E prática. Você não vai conseguir cruzar o Canal amanhã, mas posso pelo menos ensiná-lo a flutuar.

— Eu consigo flutuar — afirmou ele.

— Aham.

— Você não acredita em mim.

— Nem um pouco.

— Eu sei flutuar!

— Então prove, sir Noah. A menos que...

— A menos o quê?

Elise enfiou as mãos nas axilas e mexeu os cotovelos, cacarejando.

— Por acaso está me chamando de frangote? — perguntou ele, boquiaberto.

Ela baixou as mãos e sorriu.

— Se a carapuça serviu, sir Noah.

Ele parecia incrédulo.

— Você está agindo como se tivesse 12 anos.

— Eu estava mirando em 9 anos, mas tudo bem.

— Você não existe.

— E você está enrolando.

Noah levantou as mãos em um gesto de derrota.

— Está bem. Eu vou flutuar por um minuto e depois vamos sair da água e voltar direto para casa. Entendido?

— Sim. — Ela abriu um sorriso orgulhoso. — Agora vamos ver você flutuar.

Noah franziu a testa, mas voltou para o rio, parando quando a água alcançou seu peito. Então, respirou fundo e esticou as pernas à sua frente. E seu corpo inteiro desapareceu de vista.

Elise estava rindo quando ele voltou à superfície, tossindo e cuspindo.

— Muito bem, sir Noah, muito bem. — Ela foi até ele. — Você flutua como uma pedra.

— Eu não estava pronto — soltou ele, na defensiva.

— Ora, não me deixe atrapalhá-lo — zombou ela, dessa vez ao lado dele.

Noah franziu a testa, mas respirou fundo novamente. Enquanto ele chutava as pernas para fora da água, Elise deu um passo à frente e colocou um braço sob suas costas. Noah então tentou erguer a cabeça, mas ela empurrou a testa dele para trás com a mão livre.

— Olhe para a lua — ordenou. — E, pelo amor de Deus, relaxe.

Ele obedeceu, embora ainda estivesse com o corpo rígido. Elise afastou os braços de Noah para que ficassem abertos na superfície e se moveu devagar até os pés dele, mantendo uma mão sempre em suas costas. Então, levantou as pernas de Noah, para que também ficassem na superfície da água.

— Feche os olhos — instruiu ela. — E respire fundo.

— O que está fazendo... — começou Noah, mas ela o silenciou.

— Confie em mim.

Noah estudou o rosto dela, mas por fim fechou os olhos.

Elise sorriu enquanto o observava sob o luar. Era assim que queria sempre se lembrar dele. Sem linhas de preocupação no rosto, com uma expressão de paz e do que parecia um pouco com admiração. A água os acalantava com ondas suaves, e a tensão e a rigidez desapareceram do corpo de Noah. Ele estava aceitando o apoio de Elise.

Finalmente se permitira confiar nela.

Elise se deixou aproveitar a sensação de que estava exatamente onde deveria estar. Noah era dela, mesmo que apenas por alguns segundos, e ela daria qualquer coisa para mantê-lo consigo para sempre. Mas nada era para sempre. Não importava o que fosse acontecer em um dia, em uma semana ou em anos, não poderia manter este duque para si. Com um sorriso agridoce, gentilmente removeu as mãos das costas dele para deixá-lo flutuar por conta própria.

Elise notou os dedos dele se mexerem, mas Noah permaneceu flutuando. Ela se afastou devagar, indo até a margem. Então, vestiu a calça e se sentou na terra, deixando a água de seu cabelo molhado escorrer pelas costas. Elise perdeu a noção do tempo, mas Noah finalmente saiu da água e foi até ela. A beleza daquele homem era impressionante, intensificada pela calma em seu rosto. Ele se sentou ao lado dela, e ambos observaram o rio em silêncio.

Elise estremeceu um pouco, e Noah a envolveu com os braços e a puxou para mais perto. Ele deslizou os dedos na pele nua das costas dela, facilmente acessíveis graças ao laço frouxo da camisa, mas seu toque parou de repente logo acima do ombro.

— Elise?

Os dedos dele voltaram a se mover, explorando a pele enrugada de uma cicatriz nas costas dela.

Noah não tinha visto a cicatriz antes porque ela sempre estava coberta. Elise até se esquecia dela, menos quando o ombro doía nos dias frios.

Noah se inclinou para trás, puxando a camisa dela, e Elise o ouviu ofegar.

— Você pode culpar meu irmão, Alex. — Ela suspirou, colocando a mão no calor da coxa de Noah. — Ainda bem que ele é bom com dinheiro, números e coisas do tipo, porque é um péssimo médico.

Noah traçou a pior parte da cicatriz com os dedos, e ela o imaginou tentando determinar que tipo de ferimento era aquele.

— Você foi baleada — disse ele, horrorizado.

— Fui.

— Meu Deus, Elise! Quando?

— Quando eu não era tão invisível quanto pensava ser.

— Como?

Elise suspirou.

— Os piquetes americanos têm olhos aguçados e boa pontaria. Ou talvez apenas uma mira medíocre, afinal, eles não me mataram, embora o ferimento quase tenha feito o trabalho.

— E seu irmão estava lá? Ele não conseguiu levá-la a um médico de verdade? — perguntou Noah, como se estivesse culpando Alex por um possível fracasso.

Elise franziu a testa.

— Alex demorou três dias para me encontrar. Quando os homens que atiraram em mim descobriram que eu não estava morta, eles amarraram minhas mãos e meus pés e me carregaram de volta para perto de seu acampamento. Eles me deixaram lá, amarrada a um pinheiro durante a maior parte do dia. — Ela fez uma pausa. — O sentimento de impotência foi pior do que qualquer dor.

Noah apertou o ombro dela. Elise não precisava que ele dissesse nada, porque, de todas as pessoas, sabia que ele entendia aquilo melhor do que ninguém.

— No segundo dia, a ferida infeccionou, embora eu tenha vagas lembranças dos americanos derramando água na minha garganta e exigindo respostas para perguntas que eu não conseguia mais compreender. No terceiro dia, eles desistiram e me deixaram para morrer. Fiquei sabendo depois que Alex me encontrou naquela noite. Ele tirou a bala do meu ombro com a faca à luz de uma única vela, pois tinha medo de fazer uma fogueira e sermos descobertos. Meu irmão me deitou perto de um riacho e ficou comigo nos dois dias seguintes, tentando arrefecer uma febre da qual não consigo me lembrar. — Ela parou de repente, percebendo que falara mais que o necessário, mas não querendo deixar Alex ser julgado da forma errada. — Então não, meu irmão não conseguiu me levar a um médico de verdade. Ele estava três quilômetros além das linhas inimigas e a mais de catorze quilômetros de um médico, com nada além de uma faca, um rifle e uma irmã moribunda.

— Sinto muito.

— Por que sente muito? Eu sobrevivi por causa do Alex. Ele foi atrás de mim mesmo quando meu nome já tinha sido riscado da lista de desaparecidos e eu fora dada como morta. Ele foi atrás de mim quando eu mais precisava dele. E então fez o que tinha que fazer.

Noah ficou em silêncio, com a mão imóvel sobre a pele de Elise. A lua fora ocultada pelas nuvens de novo, mergulhando-os na escuridão.

— Então estou em dívida com ele — disse Noah, finalmente.

Elise se virou, desejando poder ver o rosto dele.

— Como assim? Ele salvou a minha vida, não a sua.

— Não. Acho que ele salvou a minha vida também. Porque ele me presenteou com você.

— Talvez você queira agradecê-lo pessoalmente — sugeriu ela.

— Acredito que sim. — Noah encontrou a mão de Elise na escuridão e entrelaçou os dedos nos dela. — Mas primeiro vou encontrar Abigail, pois já faz muito tempo desde que a vi. Porque, às vezes, as irmãs precisam de seus irmãos.

Elise congelou e apertou os dedos dele. O luar os iluminou de novo, antes de sumir mais uma vez.

— Sim, precisam — concordou ela, quase com medo de respirar.

— Demorei muito para entender isso — afirmou Noah, baixinho, em um tom quase inaudível. — E realmente sinto muito por ter levado tanto tempo.

— Acho que Abigail vai perdoá-lo — sussurrou Elise, com a voz embargada.

— Espero que sim. Você vai me perdoar?

— Não tenho nada a perdoar.

— Mas...

Elise pressionou a mão livre contra os lábios dele.

— Não quero brigar com você, sir Noah.

Noah a olhou por longos segundos antes de finalmente soltar a mão dela e ficar de pé. Então, estendeu a mão.

— Nem eu.

Elise aceitou a ajuda para se levantar e ficou impressionada ao se dar conta de que foi esse mesmo gesto, esse estender de mão nas margens de um rio, que roubara seu coração quando eles se conheceram. Os dois ficaram parados ali, sem falar nada, como se estivessem com medo de quebrar o feitiço misterioso que parecia ter sido lançado sobre eles.

Então, a brisa se intensificou, afastando o calor abafado e chacoalhando as folhas. O luar desapareceu novamente antes de reaparecer, enquanto mais nuvens passavam no céu. Ao longe, clarões de luz cortaram o céu, e um estrondo baixo ressoou pelo ar.

— É melhor nos apressarmos — falou Noah.

Elise assentiu e se permitiu ser guiada por entre as árvores e pelos campos em direção à casa. O calor da palma da mão de Noah estava subindo por seu braço e aquecendo seu corpo inteiro, embora a temperatura caísse rapidamente.

As primeiras gotas de chuva acertaram os dois enquanto corriam pelo quintal. Quadrado fez o caminho mais curto e se abrigou no celeiro, mas Elise e Noah correram até entrarem na casa e fecharem a porta.

O lugar estava mergulhado na escuridão total, e era quase impossível enxergar Noah. Ela só podia senti-lo. Sentir seu calor, seu toque. Elise se concentrou em respirar fundo, tentando controlar o desejo que pulsava por todo o seu corpo. Assim como na última vez que haviam ficado molhados e pingando, de mãos dadas.

No entanto, o desejo que sentia dessa vez era diferente. Algo tinha mudado. Algo mais profundo, mais quente e mais desesperado crescera dentro dela e exigia libertação.

Um relâmpago iluminou tudo por um breve segundo antes do estrondo do trovão chegar. Os deuses do céu pareciam tão inquietos quanto ela.

— Você teria me vencido, sabia? — sussurrou Noah.

— Oi?

Ela tentou ver o rosto dele, mas era impossível no escuro.

— Se eu tivesse tentado enfrentá-la na competição de tiro, você teria me vencido.

— Do que está falando? — Elise estava distraída. — Por que isso é importante?

— Nunca conheci uma mulher com a sua confiança.

Ela sorriu.

— Acho que você chamou de arrogância da última vez.

— Eu estava errado. É confiança. E é de tirar o fôlego.

Noah a puxou para mais perto, e ela tropeçou e se apoiou no peito dele com a mão. Sob a palma, Elise podia sentir os pelos esparsos e o calor daquela pele nua. Lá fora, o vento soprou e sacudiu as vidraças.

— Obrigada — sussurrou ela, sem saber o que mais deveria dizer.

— Eu quero ser capaz de fazer o que você faz.

Ela ergueu a cabeça, surpresa.

— O quê? Atirar bem com um rifle? Porque garanto que é mais rápido ensiná-lo a atirar com o Baker do que ensiná-lo a nadar.

— Não estou falando de nadar e atirar. Estou falando de... — Noah se interrompeu. — Saber quem você é. Não sei se o homem que me tornei pode se reconciliar com o homem que precisa existir em Londres.

— Eles são a mesma pessoa, Noah. Lawson, Ellery, Ashland, o sobrenome não importa. Sua jornada é relevante apenas para as lições que aprendeu ao longo do caminho, não para o seu destino.

No escuro, a outra mão dele tocou seu rosto, afastando o cabelo molhado antes de traçar o contorno de seu queixo.

— Mas você tem tanta confiança. Tanta certeza de quem você é.

— Tenho certeza quando estou com você.

A verdade incômoda escapou de seus lábios antes que Elise pudesse detê-la, antes que pudesse devolvê-la aos recessos profundos de sua mente, onde permaneceria sem ser vista ou reconhecida.

A mão que ainda segurava a dela apertou seus dedos.

— Como assim?

— Esqueça. Não importa.

Elise baixou a cabeça, descansando-a contra o peitoral dele, escutando a batida constante do coração de Noah.

Ele pousou a mão sobre a nuca dela, mantendo-a pressionada contra seu corpo.

— Importa, sim.

Elise não conseguiu conter um sorriso.

— Agora é você quem está usando minhas palavras contra mim.

— Você me deve algumas.

Fez-se silêncio enquanto Elise tentava encontrar palavras que explicassem o que queria dizer, enquanto Noah esperava pacientemente.

— Quando estou com você, assim, sem plateia, eu me esqueço de mim. Esqueço o papel que devo representar, esqueço as falas que preciso dizer. Com você, posso sair das sombras — disse ela, baixinho. — Mas, no resto do tempo, sou uma atriz, Noah. Uma mulher que manipula o que for preciso para atingir seus objetivos, seja no palco de um teatro ou em um salão de Londres. Hoje, eu era apenas uma moça com uma arma. Amanhã, talvez eu precise ser outra pessoa. Daqui a uma semana, você não vai mais me reconhecer. *Eu* não vou mais me reconhecer.

— Você é muito mais que apenas uma moça com uma arma. — Noah falou com tanta ferocidade e paixão que ela sentiu um frio na barriga e o pulso acelerar. — Eu vejo você, Elise DeVries. Não importa que roupa esteja vestindo, ou que máscara esteja usando. Eu vejo seu coração corajoso e sua linda mente. Vejo sua compaixão e sua esperança, sua resiliência e sua força. Se você não sabe quem é, saiba que eu sei.

Um clarão ofuscante piscou em seus olhos, seguido por um estrondo de trovão. A convicção de Noah ao dizer aquilo quase fez Elise chorar. Era irônico, na verdade. Cada um era tão seguro do outro. Ambos enxergando mais o outro do que a si mesmo.

— Estou tão cansada de fingir — sussurrou ela. — Às vezes, nem tenho certeza se consigo me lembrar de quem eu já fui. Ou de quem quero ser amanhã.

— Quem você quer ser amanhã? — perguntou ele, com a voz rouca.

Elise fechou os olhos.

— Não quero falar sobre o amanhã.

Noah ficou imóvel. O toque na nuca de Elise se intensificou, os dedos dele se enroscaram em seu cabelo. Ele então traçou os dedos por seu braço, sua clavícula, seu pescoço, até chegar ao rosto.

— Então vamos falar sobre o agora.

A boca dele estava a um centímetro da dela.

Elise podia sentir o desejo na rouquidão da voz de Noah. Ela acariciou o peitoral dele com as duas mãos, descendo pelo abdômen e pelas costas, pressionando o corpo contra o dele. Seus seios estavam pesados, e o tecido úmido da camisa roçava em seus mamilos sensíveis.

Noah puxou a cabeça dela para trás suavemente.

— Quem você quer ser agora? — perguntou no ouvido dela, a voz rouca e cheia de promessas.

Elise derreteu em um calor líquido e pulsante, e ficou úmida entre as pernas. Ele estava prestes a possuí-la, a menos que ela o impedisse. A menos que ela se afastasse, que recuasse.

Elise engoliu em seco, as palavras presas em sua garganta.

— Agora, neste exato momento, o que você quer ser, Elise?

— Sua — sussurrou ela. — Eu quero ser sua.

Noah encontrou os lábios dela na escuridão, enquanto um relâmpago rasgava o céu e a chuva fustigava o telhado e as janelas. A tempestade era como um reflexo de seu interior agitado, o desejo e a urgência por aquela mulher eclipsando toda a razão e o bom senso. Ele a beijara antes de saber quem ela era e o que estava fazendo ali, tomado por um redemoinho de desejo intenso impossível de refrear. E também beijara Elise depois, ainda incapaz de resistir a ela. Mas isso... era diferente. Uma fusão de corações e almas, um reconhecimento lancinante de que estavam ligados por mais que apenas circunstâncias e destino. Aquilo significava muito mais que um simples beijo. Era inescapável.

Ele afundou ainda mais as mãos no cabelo dela, tomando os lábios de Elise com intensidade. Era uma confissão, uma afirmação do caleidoscópio de emoções que lutavam por domínio dentro de Noah.

E a reciprocidade de Elise seguiu o mesmo ímpeto, exatamente como ele sabia que ela faria.

Noah tentou controlar o ritmo porque sabia que deveria ser gentil, paciente e atencioso. Queria ser tudo isso, Elise merecia, mas a ânsia que o dominava era selvagem e diferente de qualquer sentimento que já experimentara. Estava dolorosamente excitado, e sua ereção pulsava confinada dentro da calça molhada. Sentindo o contorno dos seios de Elise contra seu peito, Noah a puxou para mais perto em um abraço apertado. O desejo de tomá-la, de empurrá-la contra a parede, em cima da mesa, no chão, em qualquer lugar onde pudesse se enterrar dentro dela, em seu calor, e encontrar alívio daquele tormento, estava deixando-o atordoado.

Outro trovão rebentou, sacudindo até as paredes da casa. Ele baixou as mãos e apertou a bunda dela, puxando-a com força contra ele, de repente com receio de não ter controle suficiente para que a experiência fosse perfeita para Elise. Noah então acariciou a lateral dos seios de Elise, sentindo a pele ardente sob o frescor molhado da camisa, mas não foi o suficiente. Nada era suficiente. Ele queria senti-la por completo, então começou a tirar a camisa dela, mas o tecido molhado e torcido não estava ajudando. Elise fez um som de frustração em meio ao beijo.

Sem pensar duas vezes, ele desistiu da bainha da camisa e partiu para os laços no pescoço, enrolando os dedos nas costuras e puxando o linho gasto. O tecido puído rasgaria se puxasse com força suficiente, do pescoço até o torso, e ele intensificou o aperto, sentindo as primeiras bordas desgastadas cederem. Em meio à névoa de luxúria, sua consciência o lembrou de que aquilo não era cuidadoso ou paciente. Noah se sentia fora de si, mal conseguia se reconhecer.

Mas Elise interrompeu o beijo e apenas falou, ofegante:

— Rasgue.

Noah congelou. Será que ela tinha adivinhado seus pensamentos? Elise cobriu as mãos dele com as suas.

— Não quero nada entre nós. Nada.

Noah fechou os olhos por alguns segundos, tentando encontrar o autocontrole, mas as palavras dela o empurravam cada vez mais para longe de qualquer resquício de intenções gentis.

— Rasgue, Noah.

Elise deslizou as mãos para cima e afundou os dedos no cabelo dele, lambendo o ponto sensível entre o pescoço e a orelha de Noah.

— Elise...

— Eu desafio você.

Noah gemeu e puxou a camisa com força, e o tecido em suas mãos cedeu com facilidade. Ela deu um passo para trás quando ele empurrou o linho molhado por seus ombros, baixando as mãos para que pudesse retirar os braços. A camisa caiu no chão atrás dela, esquecida, seguida pela calça. Ele ainda podia ouvir a respiração ofegante de Elise, sentia o cheiro da chuva em sua pele, sentia o calor de seu corpo tão perto do dele. Mais um relâmpago iluminou o céu e, por um momento efêmero, ele conseguiu enxergá-la. A escuridão voltou, mas a visão de Elise nua lhe roubou o fôlego, e um som irreconhecível escapou de sua garganta.

Num piscar de olhos, as mãos de Elise estavam em seu corpo, acariciando seu peito, descendo por suas costelas, chegando ao cós de sua calça. Com movimentos hábeis, ela começou a trabalhar nos botões, e cada roçar de dedo contra sua ereção latejante era uma tortura. A calça ficou frouxa, e Elise enfiou as mãos sob o tecido, empurrando-o para baixo. Quando sentiu as mãos de Elise deslizando por suas pernas, Noah notou que ela tinha se ajoelhado, e observou enquanto ela deslizava o tecido por suas coxas, panturrilhas e tornozelos. Ele não perdeu tempo em ajudá-la a tirar a calça, chutando a roupa para o lado, mas congelou quando as mãos dela roçaram seus joelhos, e então o interior de suas coxas. Noah sentiu o roçar do cabelo de Elise em seu pênis enquanto ela se inclinava, e então ela substituiu os dedos pela boca, deixando uma trilha ardente de beijos no interior de suas pernas, subindo e subindo.

Elise segurou as bolas dele e acariciou toda a sua ereção, e ele gemeu com o prazer indescritível do toque daquela mulher. Noah afundou os dedos no cabelo dela, enquanto ela deslizava as mãos ao redor de suas coxas e sobre suas nádegas. E então Elise o tomou em sua boca, e ele quase gozou ali mesmo, enquanto ela girava a língua ao redor da ponta de seu pênis. Mais um relâmpago iluminou o céu, e Noah teve um súbito vislumbre de Elise ajoelhada diante dele, a cabeça curvada enquanto o explorava com a boca. Nunca, em toda a sua vida, ele tinha visto algo tão erótico e devasso, e o desejo latente que tentava controlar se transformou em uma labareda que rasgou suas veias e fez seu pênis pulsar em antecipação.

Ele cambaleou um pouco e forçou-se para trás, ficando de joelhos diante dela.

— Não vou conseguir me segurar — sussurrou Noah, rouco, as mãos ainda no cabelo dela.

— Eu não esperava que fizesse isso — murmurou Elise, encontrando a boca dele no escuro e beijando-o com intensidade.

Noah estremeceu com a sinceridade daquelas palavras, e um sentimento de posse o dominou e o deixou atordoado. Então assumiu o controle do beijo e mordiscou o lábio inferior de Elise, sua língua se encontrando com a dela em uma dança sensual.

— Quero que sinta o que sinto quando estou com você — sussurrou contra ela, descendo a boca pelo queixo e pescoço de Elise. — Quero que saiba o efeito que tem sobre mim.

Elise segurou os punhos dele com dedos trêmulos.

— Consegue sentir isso? — perguntou ela. — Vê que estou tremendo?

Ele deve ter assentido, pois estava difícil falar, respirar, pensar.

— Você faz isso comigo. — Ela guiou uma das mãos dele para baixo, colocando a palma sobre um mamilo enrijecido. — Você faz isso. — Ela arrastou os dedos dele mais para baixo, sobre a curva suave de sua barriga, e os pressionou entre suas coxas. — E você faz isso comigo.

Foi a vez de Noah estremecer. Elise estava molhada e quente, e ele deslizou um dedo por aquele calor glorioso quando ela soltou sua mão. Ela sibilou e se arqueou contra ele, mexendo os quadris quando Noah a penetrou com um dedo, depois dois. Elise agarrou seus ombros e pendeu a cabeça para trás. Noah começou um movimento de vaivém com os dedos, e ela gemeu, tentando acompanhar o ritmo com os quadris. Ele inclinou a cabeça e beijou um dos mamilos, mordiscando o bico duro antes de sugar suavemente.

Elise ficou tensa e recuou um tanto desesperada, assim como Noah fizera momentos antes.

— Não vou conseguir me segurar — ofegou ela.

— Eu não esperava que fizesse isso — afirmou ele.

— Ai, Deus... — disse Elise, fazendo um som abafado que poderia ter sido uma risada.

O ar gelado preencheu o espaço entre eles quando um relâmpago clareou a sala, seguido de um trovão que pareceu ter atingido a casa. Noah se inclinou para a frente, odiando até aquela mínima distância entre os dois. Passou um dedo sobre o lábio inferior de Elise, agora inchado e macio, e uma nova onda de possessividade rugiu através dele, um desejo tão agudo que parecia uma dor física.

— Diga, Elise. Diga o que você quer.

Ele a ouviu prender a respiração, e a voz de Elise estava trêmula quando ela disse:

— Quero que você me faça sua. Eu quero sentir você dentro de mim. Quero sentir sua pele contra a minha. Quero ouvir você dizer meu nome quando gozar. Quero suas fantasias mais profundas. E quando eu gozar, quero seu nome em meus lábios.

Noah fechou os olhos, ciente de que estava perdido para sempre. Ele nunca superaria aquela mulher. Nunca encontraria outra pessoa capaz de lhe dar algo que Elise já não tivesse dado. Ela era dona de seu coração e de sua alma, assim como de toda escuridão e luz que existiam em ambos. Ele encontrou a mão dela, a ajudou a ficar de pé e, sem hesitar, a pegou no colo.

Noah carregou Elise para o quarto dela, e o pânico que ela sempre sentia em ser contida não lhe dominou. Tudo tinha virado de cabeça para baixo, mudado para sempre. Noah era parte dela agora, uma costura permanente na tapeçaria de sua existência, e Elise confiaria sua própria vida àquele homem. Ela manteve as mãos firmes em volta do pescoço dele, sentindo os braços fortes que a sustentavam enquanto ele a beijava, pequenas provocações de lábios que a deixavam ofegante e querendo mais.

Elise quase atingira o clímax quando ele a penetrou com o dedo. Ela até poderia ter se rendido ao prazer das mãos dele, mas sabia que não seria o suficiente. Não daquela vez. Talvez nunca. Ela o queria por completo, queria sentir toda força e poder de Noah quando ele a tomasse.

Em algum momento, ela assistiria. Quando houvesse luz suficiente para se perder nos olhos esverdeados enquanto ele fazia amor com ela, para observar o esplendor daquele corpo, testemunhar a união de seus corpos. Mas, naquela noite, ela confiaria em seus outros sentidos. Provaria o suor da pele dele, ouviria os gemidos de prazer, sentiria Noah alcançar o ápice.

Noah parou abruptamente e se inclinou, e Elise mal teve tempo de registrar os lençóis frios da cama sob suas costas antes de ele se deitar sobre ela e tomar sua boca em um beijo faminto — que ela retribuiu com a mesma intensidade. Ele ajoelhou-se entre as pernas dela e quebrou o beijo, percorrendo seu pescoço e o colo, explorando as generosas curvas de seus seios. Então, Noah cobriu os seios com as palmas e provocou os bicos sensíveis dos mamilos com os polegares. Elise arqueou da cama e gemeu, envolvendo o quadril dele com as pernas.

— Tão linda — sussurrou Noah na escuridão.

Elise não conseguiu responder. A sensação do corpo dele contra o seu era a única coisa que existia em sua mente naquele momento: dedos hábeis percorrendo sua cintura, passando por seu quadril e deslizando pelo interior de suas pernas, abrindo-as ainda mais. Noah se curvou, beijando a barriga de Elise, a pele macia da parte interna de uma coxa, deixando-a sem fôlego. O desejo que se acumulava em seu âmago começou a latejar pelo corpo, ficando mais forte a cada toque tentador.

E então Noah a beijou *lá*, usando a língua para fazer com que Elise se agarrasse aos lençóis na tentativa de se ancorar em algo. Algo que a impedisse de explodir em pedacinhos.

— Noah! — gritou ela, afoita.

Elise precisava que ele parasse. Precisava que ele nunca parasse.

Noah levantou a cabeça, e a dor da perda do contato foi quase física, mas então ele voltou a deitar-se em cima dela, e seu peso e calor a pressionaram no colchão. O roçar dos pelos do peito dele contra seus seios era uma fricção inebriante, e o coração de Noah pulsava no mesmo ritmo acelerado que o dela. Ele se apoiou nos cotovelos, e Elise envolveu a cintura dele com as pernas. O corpo de Noah estava tenso com expectativa e força, e ela sentiu a ponta do pênis dele em sua entrada.

Elise tensionou as pernas e deslizou as mãos pelas costas dele, puxando-o para mais perto. Ela o ouviu ofegar, sentiu a transpiração em sua pele febril enquanto ele lutava para se controlar.

— É pouco — disse ela. — Quero você inteiro.

Ele gemeu e a penetrou de uma só vez, por completo.

Elise arfou e ergueu os quadris, deleitando-se com a sensação de estar sendo preenchida, esticada, marcada — e como tudo aquilo parecia certo. Noah ficou parado por um segundo delicioso, e o próprio tempo pareceu ficar suspenso antes de ele se mexer, saindo e entrando nela em um movimento lento e gentil.

Estrelas explodiram por baixo das pálpebras fechadas de Elise. Ela estava na beira do precipício, pronta para pular, mas queria levá-lo junto. Moveu as pernas, apoiando os calcanhares na bunda de Noah, e apertou seus músculos internos contra o membro dele enquanto acompanhava o ritmo de vai e vem.

Ele gemeu alto e a penetrou com mais força, mais fundo.

— Não pare — pediu ela, num arquejo.

Noah ofegou, um som rouco e desesperado, e obedeceu com estocadas fortes e determinadas, flechadas perfeitas de prazer. Elise o encontrou a cada impulso, sentindo o redemoinho de tensão em seu interior ficar cada vez mais frenético. A cama chacoalhava, enquanto a tempestade ainda caía do lado de fora, abafando os sons de pele contra pele e os gemidos dos dois.

Elise sentiu as primeiras ondas de êxtase varrerem seu corpo e fincou as unhas nos ombros dele, apertando ainda mais as pernas ao redor de Noah quando o orgasmo a atingiu com força. Seu grito de luxúria a deixou sem fôlego, e seu corpo sensível estremecia a cada ataque impiedoso de prazer.

Ela recuperou um pouco da consciência a tempo de ver Noah dar a última estocada forte antes de se retirar e gozar na barriga dela.

Ofegante, ele apoiou a cabeça em seu ombro, enquanto ainda tremia com espasmos.

Elise acariciou a nuca de Noah, passando os dedos pelo cabelo e pelos ombros suados, sem pensar em nada a não ser em como era bom poder tocá-lo livremente. Ali era seu lugar, com aquele homem, naquela casa. Não importava quem poderia ter sido ou quem ainda poderia ser — ela pertencia a ele. Em sua busca por Noah Ellery, Elise encontrara algo que nem sabia que estava procurando. Ali, na segurança dos braços daquele homem, encontrara um santuário, um lugar livre de segredos e fingimentos. Com ele, experimentava apenas uma sensação de pertencimento e uma dor agridoce que lhe dizia que seu coração não era mais seu. Noah reivindicara o coração dela, assim como fizera com o seu corpo.

Noah se mexeu, apoiando-se nos cotovelos. A chuva que batia nas janelas e no telhado havia diminuído, mas trovões ainda ecoavam ao longe. Ele inclinou a cabeça e a beijou, um roçar de lábios gentil e suave.

— Fique aqui — disse ele.

Elise tinha certeza de que não conseguiria se mover por um bom tempo, seu corpo imobilizado pela sensação de saciedade.

— Aham. — Foi tudo o que conseguiu responder, e esperou que Noah entendesse.

Ele saiu de cima dela e se levantou, desaparecendo em algum lugar da casa antes de retornar num piscar de olhos. Então se abaixou até a beira da cama e colocou algo no chão com um baque abafado.

— O que é isso? — perguntou ela.

— Minha faca. Minhas roupas. O que sobrou da sua camisa. E uma nova.

— Você me trouxe uma camisa?

— Uma das minhas, caso sinta frio.

Então, Elise tomou um susto quando ele pressionou algo frio e úmido em sua barriga.

Ela demorou para perceber que ele estava usando a camisa arruinada e molhada para limpá-la dos vestígios de prazer, antes de seguir o caminho do tecido com os dedos, traçando a curva de sua cintura e o volume de seus seios.

— Obrigada — murmurou.

Noah jogou a camisa molhada no chão e acariciou o rosto dela, inclinando-se para beijar seu ombro, lançando uma doce sequência de beijos contra a pele úmida de Elise. Ela se sentiu adorada, estimada e devastadoramente feliz.

A cama rangeu quando Noah se deitou ao lado dela e a abraçou. Água pingava de um beiral em algum lugar, o sinal remanescente e solitário de um dilúvio. Do lado de fora, sombras se moviam e o luar prateado tentava retomar seu lugar enquanto as últimas nuvens de chuva deslizavam pelo céu.

— Durma — sussurrou Noah no ouvido dela. — Já está quase amanhecendo, e o caminho para Londres é longo.

Elise assentiu, sem perguntar quem Noah seria quando chegasse a Londres. Ela não perguntou sobre o ducado, ou a fortuna, ou os advogados que esperavam tensos, imaginando se o herdeiro de Ashland se materializaria. Ela também não perguntou sobre Francis Ellery, porque bastava, por enquanto, que Noah estivesse lá para cuidar da irmã.

Porque bastava, por enquanto, que ele estivesse com Elise.

Capítulo 14

Algo acordou Noah.

Ele abriu os olhos. O quarto ainda estava escuro, embora através das janelas fosse possível observar que o céu havia assumido um tom mais acinzentado. O amanhecer não estava longe. Ao seu lado, Noah podia sentir o calor de Elise abraçada a ele.

Ele escutou com atenção, e então ouviu um leve rangido. E soube de imediato por que tinha acordado.

Lentamente, fingindo estar se alongando após um sono profundo, Noah se virou e enterrou o rosto no ombro de Elise, colocando a boca perto da orelha dela.

— Elise — sussurrou ele.

Ela logo despertou.

— Tem alguém na casa — continuou, ainda baixinho.

A respiração de Elise estava calma, mas ele sentiu o corpo dela ficar tenso. Ela assentiu e rolou para longe dele, mas voltou um segundo depois. Inclinou-se para a frente, roçando um beijo nos lábios dele, cobrindo os movimentos de sua mão embaixo do lençol enquanto pressionava algo duro na mão dele. Noah fechou a mão e ficou surpreso ao perceber que era sua faca de caça. Elise devia tê-la pegado do chão ao lado da cama.

Outro rangido soou pela porta aberta, e então um arranhão indistinto. Ele teria reconhecido aquele barulho em qualquer lugar: era o som de uma lâmina sendo sacada. Com movimentos lentos, Noah tirou a faca de debaixo do lençol e posicionou seu corpo de modo que ficasse entre Elise e a porta, como se estivesse dormindo. Eles estavam encurralados no quarto, e sua única vantagem seria pegar os atacantes de surpresa.

— Quero que você se deite no chão quando eu mandar, entendeu? — sussurrou Noah, a cabeça ainda encostada no ombro dela.

Elise hesitou.

— Você não está armada — apontou ele.

— Está debaixo da cama.

— O quê?

— Meu rifle. Está debaixo da cama. E carregado.

Noah fechou os olhos. Claro que estava.

Mais um rangido, seguido de silêncio, e então um leve odor de suor e lã molhada chegou ao seu nariz. Pelo canto do olho, Noah viu uma sombra se mover na porta, seguida por uma leve respiração. Havia pelo menos um intruso. O silêncio sufocante foi interrompido por um grunhido, seguido do som de um tecido úmido sendo mexido quando um braço fez algum tipo de gesto.

Noah observou com os olhos semicerrados quando outra figura surgiu na porta, delineada pela luz que vinha da janela. O segundo homem apontou para a forma imóvel de Elise e então fez um gesto grosseiro na altura da virilha.

Uma calma gelada se instalou no corpo de Noah. Uma sensação que ele não experimentava havia muito tempo. Ela se espalhou por suas veias, desacelerou seu coração, concentrou seus pensamentos e aguçou seus sentidos. Num piscar de olhos, ele tinha 15 anos de novo e estava numa rua escura de Londres, lutando por sua vida, enfrentando adversários determinados a roubar qualquer dinheiro ou posse que Noah tivesse, ou morrer tentando.

Noah sobrevivera àquele dia, e muitos outros como aquele nos anos que se seguiram. Assim como sobreviveria agora.

Se aqueles homens fossem espertos, tentariam matá-lo primeiro. O ideal era sempre remover a maior ameaça o mais rápido possível, tanto para aumentar as chances de sobrevivência quanto para abalar a confiança dos outros. Noah sabia disso por experiência, algo que ele não havia solicitado ou desejado, mas tivera mesmo assim. Era irônico estar acessando lembranças que sempre quis esquecer, porque naquele momento Noah estava aproveitando cada grama daquele conhecimento.

Se os agressores tinham a intenção de violentar Elise, precisariam matá-lo primeiro. Que Deus o ajudasse, mas ele faria picadinho dos dois se ousassem encostar nela enquanto ele ainda estivesse vivo.

O fedor dos intrusos ficou mais forte. Eles chegaram mais perto da cama, e Noah quase podia sentir o hálito de um dos homens. Abaixo de Noah, Elise pressionou os dedos contra o seu braço, apenas uma vez.

E então o caos começou.

Noah se impulsionou da cama e atacou quando o homem mais próximo estava prestes a atingi-lo com uma adaga curta. Ele bloqueou o golpe do assassino com o antebraço esquerdo e o atingiu com a faca de caça no pescoço exposto. Sangue jorrou, e o homem largou a adaga, que caiu com um baque no chão. O agressor colocou as mãos no pescoço, e Noah o empurrou para trás, para longe da cama.

Elise havia desaparecido de vista, e Noah esperava que ela estivesse segura onde quer que fosse, ou pelo menos um pouco protegida. Não pôde se certificar, porque teve que se levantar num segundo, virando-se para enfrentar o segundo homem que estava no pé da cama.

O fedor da morte encheu o quarto, o aroma acobreado do sangue se misturando ao almíscar do medo. O choque da morte do parceiro fez o segundo sujeito hesitar, o que foi suficiente para lhe custar qualquer vantagem, e, com um grunhido, Noah o atacou. O agressor empunhava uma longa adaga. Boa para esfaquear, inútil para cortar. Pelo visto, os assassinos planejavam matá-los furtivamente. Um ataque brutal e rápido enquanto Elise e Noah dormiam. O casal teria uma morte lenta, sangrando aos poucos nos lençóis brancos, respingando no chão. Aqueles homens planejavam matar e fugir, não estavam preparados para uma luta.

O assassino restante desferiu um golpe de adaga, e Noah se esquivou facilmente, ouvindo o homem grunhir com o esforço. Noah ajustou a própria faca na mão, circulando devagar, fazendo movimentos deliberados e seguros em sua fúria gelada.

Ele não tinha dúvidas de que eles teriam matado Elise depois de estuprá-la. Ela podia ser forte, obstinada e resiliente, mas não teria sido capaz de dominar dois homens sozinha. Naquela situação, ter um rifle não seria uma vantagem. Aquela era uma arena para o tipo de luta em que Noah aprendera a se destacar. O tipo de luta que não tinha regras ou consciência, na qual o vencedor não ganhava nada além de um indulto da morte.

— Largue sua arma — disse Noah — e talvez eu deixe você viver.

— Não — falou o assassino, ofegante e recuando.

— Uma pena. Mas eu prometo que será uma morte rápida — respondeu Noah. — O que é bem mais do que você merece.

Ele inclinou a cabeça, agachando-se ligeiramente, apenas esperando a melhor oportunidade de atacar.

O assassino arfou e tateou atrás dele em busca do batente da porta, sua adaga oscilando na escuridão cinzenta. Noah conseguia enxergar o branco dos olhos do homem, ver o movimento selvagem de suas pupilas. O sujeito já tinha percebido que não ganharia aquela luta e estava fugindo, embora Noah não tivesse intenção de deixá-lo partir.

Noah atacou, cortando a barriga do assassino. O homem grunhiu e cambaleou para trás, mas Noah agarrou um punhado do casaco dele. O agressor se debateu e se contorceu, puxando os braços para fora do casaco em total desespero. Com um puxão repentino, o assassino se virou mais rápido que Noah teria pensado ser possível, jogou uma cadeira próxima entre eles e voou para fora da porta, fechando-a atrás de si. Noah praguejou alto, chutou a cadeira para o lado e escancarou a porta, mas o assassino já havia sumido pelo corredor. Noah o seguiu com cautela para evitar uma possível emboscada.

No meio do corredor, ele percebeu uma presença ao seu lado.

— Volte para o quarto — sibilou Noah.

— Ele está fugindo — disse Elise, ignorando-o.

Sua voz estava tão fria e distante que nem sequer podia afirmar com certeza que ela estava falando com ele.

Noah tentou se posicionar na frente de Elise, mas ela estava abaixada e movendo-se de forma silenciosa e ágil. Vestia apenas uma camisa e segurava o rifle na mão, parecendo um fantasma flutuando pela casa.

A visão foi o suficiente para deixá-lo mais chocado que bravo. Quando chegaram à cozinha, a porta que dava para o jardim ainda balançava nas dobradiças. Elise não pensou duas vezes e saiu pela porta, e Noah foi atrás.

Do outro lado das rosas, uma camisa branca ondulava na luz cinzenta enquanto o assassino corria pelos pastos. O homem tropeçou, mas logo se endireitou e continuou a fuga. Elise ainda estava à frente de Noah e, quando eles passaram pelo roseiral, ela parou. Ele a ouviu respirar fundo e viu quando ela posicionou o rifle para atirar.

— Não o mate — falou Noah, friamente. — Mortos não falam.

Elise não olhou para ele, mas assentiu antes de mirar a arma e colocar o dedo no gatilho.

E então disparou.

À distância, o homem caiu e deu uma cambalhota na grama. Os pássaros voaram das árvores com o susto, sumindo na direção do rio. O assassino caiu de lado e então ficou de joelhos, rastejando para as árvores.

Elise baixou a arma. O cheiro de pólvora tomava o ar.

Noah soltou a respiração que não tinha percebido que estava segurando e cruzou os degraus restantes em direção a Elise. Ela virou-se para ele, o rosto pálido em contraste com o cabelo escuro.

— Você está machucada? — perguntou ele, examinando-a da cabeça aos pés.

Ele estava com medo de tocá-la, mas ao mesmo tempo com medo de não a tocar.

— Não. — Elise balançou a cabeça. — Não estou machucada.

Noah a envolveu em um abraço apertado, enterrando o rosto na curva de seu pescoço e sentindo o palpitar de seu coração. O cano da Baker estava preso entre os dois e cutucava desconfortavelmente a barriga dele, mas não importava. Ele precisava daquele contato, precisava saber que ela estava inteira. Que ainda era dele.

Depois de um minuto, Elise se mexeu para sair do abraço, e ele a soltou. A camisa dela agora estava manchada de sangue, e ela passou os dedos pelo peito dele, descendo para as costelas e o abdome inferior, procurando ferimentos sob a luz cinzenta.

— Não é meu sangue.

Ela suspendeu a busca, encarou-o e apenas assentiu. Não era nada menos do que Noah esperava. Porque, como ele, Elise já tinha passado por aquilo antes.

— Obrigada — disse ela.

Ele se inclinou para beijá-la, um beijo forte e possessivo nascido da adrenalina e do perigo dos últimos minutos. Não perguntou pelo que ela estava agradecendo, assim como não tentou minimizar suas ações. Noah tinha feito o necessário para protegê-la e faria de novo.

Sua mente clareou, e ele conseguiu raciocinar de novo.

A calma gelada que o dominara antes ainda pulsava em suas veias, embora estivesse diferente agora. Em Bedlam e nas ruas perigosas de Londres, o mesmo sentimento salvara sua vida mais vezes do que ele gostaria de se lembrar, mas sempre fora acompanhado por uma sensação latente de desespero. Era horrível saber que toda situação o colocava de encontro à morte, que a vida era um estado perpétuo de matar ou morrer, que era impossível saber quando ou onde encontraria a próxima ameaça.

Mas agora era diferente. Ele estava diferente. Parado em seu jardim de rosas em Nottingham, Noah não era mais um jovem desesperado. Ele tinha o poder para evitar a próxima ameaça que inevitavelmente apareceria em sua vida, ou na de Elise. Até na de Abigail ou de qualquer outra pessoa que estivesse sob sua proteção.

O poder de controlar o futuro estava à sua disposição. Noah só precisava aceitá-lo.

Noah arrastou o assassino de volta para a frente da casa, amarrou os pés e as mãos do homem e o deixou deitado na terra no meio do jardim de rosas antes de desaparecer dentro de casa e recolher o corpo do outro homem. Sem dizer uma palavra, Noah apoiou o defunto em um ombro e partiu pelo pasto, desaparecendo entre as árvores que margeavam o rio. Quando voltou, estava com as mãos vazias e a expressão séria.

Ele deixou Elise vigiando o agressor capturado, embora o homem não fosse capaz de conseguir fugir nem se estivesse solto. Ela atingira o assassino na parte de trás da coxa — não fora seu melhor tiro, mas era o suficiente. A bala estava enterrada no fundo da carne e a calça do homem estava encharcada de sangue. Ele precisaria de um médico nas próximas horas. A situação poderia ficar feia no que dizia respeito a feridas profundas como aquela e que não eram tratadas rapidamente.

Agora Noah rondava o jardim. Usava uma calça, mas dispensara a camisa, e seu peito e seus braços estavam manchados de sangue e suor. Seus músculos e tendões flexionavam enquanto ele se movia lentamente e com propósito. Seu cabelo caía sobre a testa, grudando na pele, e seus olhos verdes brilhavam com uma fúria feroz e arrepiante. Noah ainda empunhava a faca, e a lâmina brilhava com um toque de carmesim, uma cor macabra nos primeiros raios do amanhecer. Elise observou em silêncio. Aquele era um Noah que ela nunca tinha visto.

A princípio, a transformação a surpreendeu. O homem que estava na sua frente era alguém acostumado a lutar na rua, levado ao limite, mas que revidava de forma letal. Ele enfrentou o perigo com força, com inteligência e por ela, ao lado dela. Sem hesitação. Sem pensar duas vezes. Noah tinha sido poderoso e magnífico, perigoso e implacável. Ver tudo aquilo a deixou sem fôlego e com as pernas bambas. E muito excitada.

Noah parou perto dos pés do assassino. Um homem cujo trabalho era matar sabia reconhecer quando estava prestes a morrer, e o agressor tentou fugir antes de cair de novo na terra.

— Quanto Francis Ellery pagou para você me matar? — perguntou Noah em um tom entediado e distante.

O homem apertou a boca em uma linha dura.

— Não vou dizer nada — resmungou ele.

— Bom, isso não é uma mentira — comentou Noah, agachando-se e apontando para a perna do homem com a ponta da faca. — Você estará morto em duas horas. Talvez três. E não terá mais a chance de dizer algo para se salvar.

O assassino magricelo olhou para Noah com os olhos avermelhados.

— Deixa pra lá. Não importa. Seja lá quanto Ellery pagou a você, não foi o suficiente para cobrir sua vida.

— Cinquenta libras — falou o homem. — Ele nos pagou cinquenta libras.

— Cinquenta libras? — repetiu Noah.

— Vinte e cinco adiantado, vinte e cinco depois.

Noah examinou a ponta da lâmina da faca.

— Minha nossa. Fiquei tanto tempo longe de Londres que os duques estão valendo tão pouco? — indagou ele, em tom deliberado e com uma expressão séria.

Elise sentiu uma explosão de esperança em seu peito.

— Um duque?! — O homem deixou a cabeça bater no chão e gemeu. — Ele não disse que você era duque.

— Ah, bem, tenho certeza de que esse detalhezinho escapou da mente dele em sua pressa para reivindicar o título. Eu sei que não pareço um nobre no momento, mas não achei que seu colega fosse sangrar tanto assim ao tentar me matar. Assassinar um duque é realmente um negócio desagradável, não? Vocês deveriam ter cobrado mais caro. — O homem praguejou. — E ainda tem a questão das suas intenções para com a dama.

O assassino encarou Elise, que estava apoiada no rifle e ainda vestia apenas uma camisa.

— Ela não é dama coisa nenhuma — zombou o homem, mas foi interrompido pela ponta da faca de Noah cutucando sua virilha.

— Cuidado com o que fala — alertou Noah.

— Essa mulher atirou em mim!

— E talvez eu peça para ela atirar de novo. — Noah analisou o homem, girando um centímetro da faca. — Ou não. Acho que você deve desculpas a ela.

— O quê? — O assassino olhou para Noah como se ele tivesse enlouquecido.

— Creio que você planejava estuprá-la e depois matá-la. Ou o contrário, talvez? De qualquer forma, não gosto nada da ideia. Peça desculpas.

— Você é maluco — retrucou o assassino.

— Você não é o primeiro a chegar a essa conclusão — respondeu Noah, dando um sorriso vazio. Então, ele deslizou a lâmina ao longo da calça do homem, cortando os botões e abrindo uma fenda no tecido.

— M-me desculpe! — gaguejou o assassino para Elise.

Noah se levantou.

— Bom mesmo. Fique aqui — ordenou ele em um tom glacial. — Se você se comportar, posso me lembrar de levá-lo para a cidade quando partirmos e deixá-lo perto de um médico. Todo mundo sabe que florestas podem ser perigosas com tantos caçadores por aí. Muito azar você ter sido confundido com um animal e tomado um tiro, mas é uma história muito melhor que falar que foi atingido tentando matar um duque, não acha?

O sujeito praguejou de novo.

Noah virou-se para Elise.

— Venha comigo — falou ele, com um olhar abrasador e sério, e Elise sentiu um arrepio.

Noah pegou a mão dela e a levou para dentro de casa pela porta aberta da cozinha, fechando-a atrás de si com o pé. Então, virou-se e pressionou Elise contra a madeira.

— Você está tremendo — falou Noah.

Ele pegou o rifle da mão dela e o colocou de lado, com a faca.

— Estou.

Elise não tinha notado até ele falar. Ela só havia conseguido reparar até então na onda de excitação que abria caminho em seu interior, deixando-a molhada, ansiosa e trêmula.

— Você está segura, Elise.

— Eu sei disso — disse ela, ofegante, erguendo os olhos para ele e mergulhando no calor e no poder que emanava do corpo dele. — Não é por isso que estou tremendo.

Noah demorou um segundo para tomar a boca de Elise, puxando a camisa dela para cima e apertando a pele macia exposta. Ele já sabia que aquela tempestade estava prestes a chegar. Uma fusão de emoções represadas que exigiam uma liberação física tinha se acumulado em seu íntimo. E a liberação exigida por esse vendaval de sentimentos validaria a percepção de que eles ainda estavam vivos após chegarem tão perto da morte. A experiência deixara os sentidos mais aguçados, incendiara o sangue e estava tornando cada toque um êxtase quase insuportável.

Elise abriu a calça de Noah, libertando seu pênis do confinamento e acariciando-o com a mão. Um prazer ardente rugiu através dele, e Noah gemeu, um som gutural vindo direto de seu âmago.

— Preciso de você — disse ele com a voz rouca, e foi o único aviso que ela teve antes de ele segurá-la pela bunda e levantá-la contra a porta.

Elise o envolveu com as pernas e passou os braços ao redor de seu pescoço, ajustando o corpo até Noah sentir seu membro deslizar pelas dobras molhadas e quentes dela. Ele pressionou ainda mais o corpo contra a porta, prendendo-a contra a madeira e levando uma das mãos entre eles para guiar seu pênis até a entrada de Elise. Com o rosto corado de excitação e os olhos brilhando de desejo, ela pendeu a cabeça para trás. Sem esperar mais um segundo, Noah a penetrou com força.

Elise gemeu e apertou as pernas na cintura dele. Seu corpo inteiro estava tensionado, e ela mexeu os quadris com ímpeto e rapidez, sem controle, enquanto buscava sua liberação. Noah não queria controle. Ele queria Elise em sua mais pura forma, desinibida e sem reservas. Viva.

Ele afundou os dedos nas nádegas dela e também se moveu, entrando e saindo de forma deliberada do calor úmido do corpo de Elise, ouvindo os sons entrecortados de prazer que ela emitia a cada estocada. A fricção de pele na pele era implacável, o prazer, violento e tórrido. Era demais e ainda muito pouco ao mesmo tempo. Elise deu mais uma investida contra ele e, de repente, Noah sentiu os músculos internos dela se contraindo ao redor do seu membro. Elise gritou de prazer e fincou as unhas nos ombros dele, enterrando o rosto em seu pescoço.

A visão de Noah escureceu, enquanto seu corpo era tomado pelas labaredas de seu ápice. Então, as ondas de prazer vieram, uma após a outra, com uma intensidade tão selvagem que o deixou sem ar. Ele a penetrou com força, uma vez, duas vezes, antes de sair completamente e gozar entre as nádegas de Elise. Noah estava tremendo e esgotado, e se Elise não estivesse tão apertada contra ele e a porta, ele teria escorregado para o chão.

Ele os manteve na mesma posição enquanto recuperavam o fôlego, até Elise desdobrar as pernas e encostar os pés no chão, embora ainda abraçasse seu pescoço.

— Fiquei com medo — confessou ele, percebendo o que realmente tinha sentido. — Não por mim. Por você. Fiquei com medo de perder você.

Ele encostou a testa na dela, misturando o suor dos dois.

— Estou bem aqui — sussurrou Elise, ainda ofegante.

— Eu sei.

Ela levantou a cabeça e procurou os olhos dele.

— O que vamos fazer agora, Sua Graça?

Essa não era a primeira vez que Elise o chamava de "Sua Graça", e ele havia rejeitado o vocativo antes, resistindo à verdade. Noah não estava pronto para encarar a realidade nas ocasiões anteriores. Talvez lhe faltasse fé em si mesmo, a confiança de que conseguiria fazer o que precisava ser feito. Agora, a história era outra.

— Devemos queimar os lençóis do quarto. Veja o que consegue fazer quanto à mancha no chão. Deixarei um bilhete para a sra. Pritchard. Não quero que ela pense quando voltar que eu matei você. Ou que você me matou.

Havia um poder inebriante naquelas palavras, um começo de algo que estava faltando havia muito tempo em sua vida.

— Muito bem, Sua Graça — respondeu Elise, abrindo um sorriso lento.

— Vou precisar avisar os vizinhos e pedir para os filhos dos Carter cuidarem da fazenda por um tempo. — Noah estava pensando em voz alta. Ele olhou para seu peito manchado de sangue e depois para o cabelo desgrenhado de Elise e a camisa suja. — De quanto tempo precisa para ficar pronta para partirmos?

— Pouco, Sua Graça — respondeu ela, os olhos brilhando em aprovação. Além de algo mais que o deixou sem ar por um segundo.

— Ótimo. — O duque de Ashland a encarou. — Vamos para Londres.

Capítulo 15

No fim, eles acabaram voltando para Londres com a carruagem do correio, sacrificando qualquer conforto pessoal pela agilidade de um veículo com vários cavalos. Havia poucas paradas no caminho: apenas intervalos para a troca de cavalos, entrega de correspondências em cidades no trajeto ou entrada e saída de passageiros. Os dois mal conversaram, não apenas por causa da presença de outros passageiros, mas também pelo senso de urgência que havia se instalado. Noah ficava mais quieto e contemplativo a cada quilômetro, e Elise não tentou preencher o silêncio com conversas fúteis. Os dois precisavam de tempo para pensar, pois as questões importantes ficavam cada vez mais próximas conforme atravessavam os vilarejos rumo à cidade. O duque de Ashland precisaria de um plano muito inteligente.

Era improvável que estivessem sendo seguidos, ou que alguém tivesse motivos para suspeitar que fossem outra coisa senão uma dupla de viajantes cansados, mas preferiram evitar qualquer tipo de risco.

Ambos usaram chapéus para esconder parcialmente o rosto e optaram por roupas simples e discretas. Tratava-se de um homem do campo e seu irmão mais novo a caminho de Londres, onde buscariam emprego em uma das muitas fábricas, caso alguém perguntassem.

Ninguém perguntou.

Eles desembarcaram em Londres sob um céu cinzento e uma garoa constante, o que deixou Elise aliviada. Não havia carruagens abertas e espalhafatosas na rua, cheias de dândis e damas que queriam ver e ser vistos. Os pedestres andavam rápido e com a cabeça baixa, pois ninguém queria se molhar. Não que Elise esperasse ser reconhecida, mas não estava nem perto de estar pronta para apresentar o duque de Ashland à sociedade. Ela os conduziu a pé para o sul da cidade, passando por marcos familiares enquanto se aproximavam de Covent Square.

Noah estava com uma expressão sombria e ilegível, e observava tudo com olhos cautelosos. Elise admitiu que uma pequena parte de si lamentava por Noah Lawson. Lamentava pela perda de uma vida tão diferente daquela em que ele estava prestes a entrar. Lamentava a perda dos prazeres simples da vida, como jogos de soldados e xadrez com crianças em uma mesa de jantar onde as cadeiras não combinavam. Noah estava fazendo a coisa certa, ela sabia, mas pagaria um preço muito alto por isso.

Eles chegaram a Covent Square contornando o canto noroeste da igreja de Saint Paul e seguindo pela praça até o escritório da D'Aqueus. Enquanto subiam os degraus desgastados, Noah olhou uma vez para a fachada antiga do edifício e encarou Elise com uma leve sombra de incerteza nos olhos; era a primeira vez que ela o via daquele jeito desde que partiram de Nottingham.

— Abigail está aqui? — perguntou ele, apontando para a pesada porta de madeira.

— Sim — respondeu Elise. — Ou pelo menos deveria estar. Sua irmã concordou em ficar conosco até conseguirmos resolver a questão da sua mãe. Ou até encontrarmos você.

Ela notou um músculo do rosto de Noah ficar tenso.

Elise tirou do bolso a rosa de aço que pegara no quarto dele antes de deixarem Nottingham.

— Acho que ela gostaria que você devolvesse isso pessoalmente — falou, colocando o broche na mão de Noah. Ele fechou os dedos sobre os dela, o aço quente preso entre eles.

— Elise...

A porta se abriu de repente.

— Está chovendo tanto que até os patos vão se afogar — comentou Roderick. — Vocês vão entrar ou não?

Elise tomou um susto e soltou a mão de Noah.

— Olá, Roderick.

— Boa tarde para você também, srta. Elise. — Ele examinou Noah. — E uma boa tarde para você, senhor — cumprimentou.

— Er... boa tarde — respondeu Noah, parecendo um pouco surpreso.

Roddy sorriu e escancarou a porta, e Elise e Noah entraram. O menino fechou a porta com agilidade e os seguiu para o corredor.

Elise virou-se para Noah.

— Sua Graça, este é Roderick. Roddy, este é Sua Graça, o duque de Ashland.

— Ah! — Roddy arregalou um pouco os olhos. — Então não o cumprimentei apropriadamente. Uma boa tarde para você, Sua Graça — disse ele, com um ar altivo. — É um prazer conhecê-lo.

Noah estudou o menino com curiosidade.

— Prazer em conhecê-lo, Roderick.

— A duquesa está no escritório — informou Roddy. — Chegou hoje de manhã. Devo chamá-la?

Elise falaria com Ivory em breve.

— Não, vou encontrá-la daqui a pouco. Lady Abigail está disponível, Roderick?

O rosto de Roddy se iluminou.

— Ah, sim. Ela está na cozinha de novo. Ela e a cozinheira passaram a tarde toda assando. — O menino enfiou a mãozinha no bolso do casaco e tirou o que parecia um pedaço de torta embrulhado em um lenço. — Ela me deu *cinco!* — comemorou, antes de franzir a testa, parecendo descontente. — E me falou para comer tudo. Disse que estou pele e osso.

Pelo canto dos olhos, Elise viu Noah sorrir.

— Pode chamá-la, por favor, e acompanhá-la até a sala de estar? Estaremos esperando lá.

Roddy enfiou o pedaço de torta de volta no bolso.

— Claro. Querem chá? Posso pedir para a cozinheira.

— Não, obrigada — respondeu Elise. — Só precisamos de lady Abigail.

O menino deu de ombros.

— Como quiser — falou ele, antes de desaparecer no corredor.

Elise virou-se para Noah.

— O Roderick é…

— Eu sei bem o que ele é — interrompeu Noah, com um leve sorriso. — As mãozinhas dele estavam no meu bolso antes de eu passar pelo batente da porta.

Elise mordeu o lábio.

— Ele está ficando sem prática.

— Não, ele é muito bom. Infelizmente, tenho mais experiência do que gostaria de me lembrar com garotos como ele.

— Você não disse nada para ele.

— Não queria ferir os sentimentos do menino.

Elise sentiu o coração apertar. Claro que ele não queria.

Noah levantou o broche ainda em sua mão.

— Ele teria levado o broche?

— Não. Roddy geralmente procura por pequenas armas escondidas ou outras coisas de interesse que possam ser problemáticas. Ou úteis, dependendo da situação.

Noah apenas a encarou.

— Venha — falou ela, puxando-o pelo corredor.

Os aromas de cera polida e bolo se misturavam agradavelmente pela casa. Painéis de madeira reluziam nas paredes, refletindo o brilho suave dos castiçais que estavam acesos por causa do dia cinzento. Elise entrou na sala de estar.

A lareira estava acesa, afugentando a umidade, e Elise foi diretamente para as longas janelas com vista para a praça e fechou as cortinas pesadas. Duvidava muito que Francis Ellery tivesse ideia de onde Abigail estava, ou que se importasse com o paradeiro da prima, mas não queria correr nenhum risco. Certamente não com Noah ali.

Ela ajustou o candelabro para iluminar mais a sala, enquanto observava Noah vagar pelo cômodo. Ele passou os dedos pelo encosto do sofá, parou perto da estante alta que alcançava o teto e puxou um livro de capa dura, abrindo-o uma vez e fechando-o antes de colocá-lo de volta na prateleira. Então, passou pela lareira e seguiu até a janela, onde olhou por trás da cortina antes de deixá-la cair.

— Noah.

Ele parou e levantou a cabeça.

Elise atravessou a sala e se colocou na frente dele. Pegou a mão do duque, abrindo os dedos para revelar a rosa de aço. As bordas haviam deixado marcas na palma.

— Eu tinha 10 anos quando minha irmã me viu pela última vez — falou ele, olhando para o broche.

— Faz muito tempo — concordou Elise.

— Não sei o que dizer a ela. — Ele ergueu os olhos. — Não sei o que dizer. Achei que saberia, mas não sei. E se eu não for o que…

— Abigail nunca quis a perfeição, Noah. Ela só quer você.

Elise o ouviu respirar fundo.

Ela fechou os dedos dele sobre o broche.

— Não se esqueça de como sua irmã é forte — sussurrou. — Permita que ela conheça você.

Elise ficou na ponta dos pés e beijou a bochecha dele. Noah a puxou para um abraço, segurando-a com força, como se nunca fosse soltá-la. Ela o abraçou de volta e descansou a cabeça em seu peito.

Do corredor, o som de passos apressados e vozes altas invadiu a sala. Elise levantou a cabeça.

— Seja bem-vindo ao lar, Sua Graça — sussurrou ela, antes de se afastar.

No segundo seguinte, a porta da sala de estar foi aberta, e Roddy saiu correndo do caminho de lady Abigail quando ela parou abruptamente do lado de dentro. O cabelo dela estava solto da trança que costumava usar, as bochechas estavam coradas e manchadas de farinha, e usava um avental sujo sobre seu vestido simples. Elise a ouviu ofegar quando avistou Noah.

— O garoto disse que o duque de Ashland estava aqui — disse ela, com a voz embargada. — Achei que ele estava inventando coisas.

— Não. — O duque atravessou a sala para ficar diante da irmã. — Ele falou a verdade.

— Noah — falou Abigail, como se não acreditasse no que estava vendo.

— Sim — respondeu ele, os punhos fechados ao lado do corpo. — Ainda sou eu. Embora um pouco diferente do que você se lembra.

Abigail cobriu a boca com a mão e conteve um soluço. Uma única lágrima escapou de seu olho e fez uma trilha através da farinha em sua bochecha.

— Isso é seu. — Ele estendeu a rosa de aço. — E já passou da hora de devolver.

Abigail estendeu a mão para pegar o broche, mas não encostou em Noah.

— Tenho medo de tocar em você e acordar — sussurrou ela. — De descobrir que tudo não passa de um sonho e que você não é real. De você sumir de novo.

— Eu sou real, Abby, e não vou a lugar algum.

Abigail pousou a mão sobre a rosa, e outra lágrima escorreu por sua bochecha.

— Senti saudade, Noah.

Num piscar de olhos, o duque abraçou a irmã, e Abigail se agarrou a ele enquanto o choro contido finalmente era libertado.

— Eu também senti saudade, Abby — afirmou ele.

Elise os observou com um nó na garganta. Ela chamou a atenção de Roderick e gesticulou na direção da porta, e o menino acenou com a cabeça antes de se esquivar por onde tinha vindo. Elise o seguiu, passando por Noah e Abigail em seu caminho para a saída.

Abigail estava tentando falar em meio às lágrimas, uma rápida sequência de perguntas que não soavam muito coerentes. Elise não conseguiu entender as respostas murmuradas de Noah, mas não precisava.

O duque de Ashland estava finalmente em casa.

Capítulo 16

— Talvez se jogar da ponte tenha sido uma ideia um tanto tola — comentou Ivory Moore, proprietária da D'Aqueus & Associados, enquanto servia mais uísque em um copo de cristal e o colocava sobre a mesa na frente de Elise.

Do lado de fora, o sol havia desistido de brilhar, e a sala estava iluminada pela luz suave da lareira e das lamparinas acesas.

— Foi um salto controlado! — retrucou Elise, irritada, tomando um gole da bebida, que desceu queimando de sua garganta até o estômago.

Ela não deveria estar tão irritada. Afinal, tinha desafiado probabilidades quase impossíveis. Tivera sucesso em sua missão. O duque de Ashland estava são e salvo em Londres, conversando com a irmã na sala ao lado até conseguirem planejar a retomada de seu lugar de direito. Ela deveria estar comemorando.

Entretanto, Elise passara a maior parte da última hora detalhando como havia encontrado Noah Ellery, duque de Ashland, e o convencido a retornar a Londres, e odiara cada minuto. Optara por contar uma versão muito editada, listando apenas alguns fatos e eventos que começaram com o apelo de lady Abigail e terminaram com a reunião dos irmãos Ellery. Ao fim, sentia apenas um vazio gelado em seu interior.

Porque, no fundo, Elise sabia que encontrar o duque de Ashland significava que ela havia perdido Noah, o homem que roubara seu coração.

Ivory se sentou de novo na cadeira da escrivaninha, e Elise sentiu a amiga analisá-la com aqueles astutos olhos castanhos. Tomou outro gole, esperando que Ivory concluísse que suas bochechas estavam coradas por conta da bebida.

— Como foi em Chelmsford? — perguntou Elise, tentando mudar o rumo da conversa.

— Um sucesso. Rendeu bastante dinheiro. Conte-me sobre o Ashland — falou Ivory, claramente não mordendo a isca.

Elise ergueu os olhos com cautela.

— Acabei de contar.

— Não, você me disse apenas onde ele estava, como vivia, os detalhes de seu passado, os nomes de pessoas próximas e quanto tempo levaram para chegar até aqui. Você não me disse nada sobre o homem. Seus pontos fortes. Suas fraquezas.

Elise olhou para o uísque, mas o líquido âmbar não ofereceu nenhuma inspiração inteligente para que pudesse responder à pergunta sem trair a profundidade de seus sentimentos. Ela respirou fundo e tentou adotar uma máscara de neutralidade.

— Ele é gentil, inteligente e leal. — Meu Deus, parecia que ela estava descrevendo um cachorro de três patas chamado Quadrado. — É extremamente protetor com quem gosta. — Maldição, ainda estava ruim. — Tem consciência social.

Ivory se inclinou para a frente e a observou com atenção, arqueando uma sobrancelha.

— Ele suportou Bedlam por cinco anos e as ruas de Londres por mais três — continuou Elise. — E acreditava que tudo aquilo que foi forçado a fazer para sobreviver o tornava… indigno, de alguma forma.

— Acreditava? Não acredita mais? — Ivory não deixava nada passar.

— Ele fez as pazes com sua consciência.

— Como você sabe?

Elise lutou para manter a expressão neutra, mas não teve certeza de que conseguiu.

— Ele falou.

— Para você?

— Sim.

— Ele confia em você, então. — Não era uma pergunta, embora precisasse ser respondida.

Elise teve uma lembrança repentina e vívida dos momentos em que esteve em um rio iluminado pelo luar e da tempestade que se seguiu.

— Sim.

— Hummm.

— Mas não tenho certeza de que ele fez as pazes com as escolhas que a mãe dele fez. — Elise tomou um gole cuidadoso da bebida, apenas para ter algo a fazer e poder evitar olhar para Ivory. — Crianças abandonadas nunca esquecem.

— De fato. Imagino que isso seja mais difícil. Ele é um homem, não um santo.

Elise deu uma risadinha, incapaz de se conter.

— Ele está longe de ser um santo.

— Hummm.

Ela odiava quando Ivory fazia aquilo. Aquele "hummm" era o suficiente para mostrar que a amiga já havia lido as entrelinhas.

— Não venha com esse "hummm" — resmungou. — Pergunte o que quer saber de uma vez.

— Você está apaixonada por ele?

Elise olhou para a amiga. Não havia rota de fuga.

— Estou.

Ivory suspirou e se recostou na cadeira. Com uma expressão de empatia no rosto, ela pegou uma carta aberta da mesa.

— Temos um caso em Bath que deve precisar de atenção em breve — disse ela. — Se quiser, pode ir imediatamente.

— Não — interrompeu Elise, colocando o copo na mesa devagar. Ela sabia que Ivory estava lhe oferecendo uma saída indolor. Bom, já era um pouco tarde para uma saída indolor, então seria uma saída mais fácil, no caso. — Sei que ele não é meu e que não podemos ficar juntos, mas quero terminar este caso. Quero vê-lo assumindo a posição que nasceu para ocupar, porque Noah está destinado a ser um líder. Ele tem um coração maravilhoso e uma mente brilhante.

Ivory a estudou.

— Tem certeza?

— Tenho.

— Hummm.

Com uma expressão preocupada, Ivory virou a carta entre os dedos e derramou um pouco da cera do selo aberto na mesa.

Elise franziu a testa.

— Você não acha uma boa ideia eu ficar, já que ele é um cliente. E um duque.

Ivory colocou a carta na mesa com uma expressão triste.

— Eu não disse isso. Deus sabe que não posso julgar ninguém. Seria mais simples se você se afastasse da situação, para o bem de ambos. Mas não posso descartar o fato de que ele precisará de você e de suas habilidades.

Elise se levantou, incapaz de permanecer sentada por mais tempo.

— Ótimo, porque não vou deixá-lo. — Aquilo não era exatamente verdade. Elise o deixaria, quando ele não precisasse mais dela. Mas ainda não chegara o momento. — Vou ajudá-lo até o fim.

Ivory pegou uma pasta pesada que estava ao lado da carta e a abriu em uma página marcada. As pastas registravam os segredos e escândalos de algumas das famílias inglesas mais proeminentes, uma iniciativa do falecido marido de Ivory, o astuto e idoso duque de Knightley. Agora, elas eram mantidas pela viúva e seus associados.

— Imagino que você já tenha consultado isso — comentou Ivory.

Elise parou perto da lareira, e o calor ajudou a secar o tecido úmido de sua calça.

— Já, assim que lady Abigail chegou. Mas não havia nada digno de nota, exceto o escândalo de lady Abigail ter se casado com um plebeu.

— Concordo. — Ivory examinou as breves entradas. — O falecido duque, assim como o pai dele, eram extremamente comuns. Gerenciaram as propriedades ducais com um grau razoável de competência, ou pelo menos contrataram pessoas capazes para fazer isso. Participaram do Parlamento, fizeram investimentos com resultados acima da média e, se tiveram amantes, o fizeram de maneira discreta e previsível. Da mesma forma, se suas esposas se envolveram em algo além do que era esperado de uma duquesa, não tenho registro disso. Nada de duelos, extorsões, casos escandalosos ou filhos ilegítimos. O falecido duque era um exemplo brilhante de um perfeito aristocrata inglês.

— Até decidir que seu herdeiro de 10 anos era imperfeito e o enviar para Bedlam.

Ivory fechou o livro.

— Não há nenhum registro disso, o que significa que o falecido duque escondeu o filho muito bem. Knightley teria ouvido algum rumor, se ele existisse, e teria confirmado e registrado a história.

— Então é seguro supor que podemos construir um passado como bem entendermos para o novo duque.

Ivory estendeu a mão por cima da mesa e pegou o copo de Elise, bebendo o resto do uísque.

— Talvez.

— Talvez? Ninguém sabe onde Noah Ellery passou os últimos vinte anos.

— Exceto, possivelmente, o homem que pagou para encontrá-lo. Você me disse que King sabia que Ashland havia passado por Londres doze anos atrás.

Elise apoiou as mãos acima da lareira, inclinando-se para mais perto do fogo. A falta de transparência daquela história ainda a incomodava.

— "Tenho uma grande dívida com ele."

— O que disse?

— "Tenho uma grande dívida com ele." Foi o que o King respondeu quando perguntei por que ele se importava com esse caso.

Ivory ficou em silêncio por um momento.

— Noah Ellery viveu nas ruas por um bom tempo. Talvez seu duque tenha salvado a vida de King, ou talvez a vida de uma pessoa importante para ele.

— Então como King sabia a verdadeira identidade de Noah?

Ivory deu de ombros.

— Talvez Ashland tenha contado a ele?

Elise franziu a testa.

— Mesmo que ele não tenha contado, King consegue descobrir qualquer tipo de informação quando se dedica o suficiente — lembrou Ivory. — Ele é um homem de negócios, afinal.

Elise lançou um olhar demorado para Ivory por cima do ombro, pensando na última vez que a amiga fizera negócios com aquele homem.

— Não comece — alertou Ivory, entendendo o olhar de Elise.

— Não começar com o quê, duquesa? — perguntou uma voz da porta.

— Alex! — cumprimentou Ivory calorosamente, pondo-se de pé e dando a volta na mesa. — Você chegou rápido. Obrigada por vir.

— Claro. Roddy não parou de falar quando apareceu na minha porta.

Elise se afastou da lareira e se virou, vendo o irmão cumprimentar Ivory antes de se aproximar dela e estudá-la dos pés à cabeça, como se procurasse algum machucado.

— Irmãzinha — disse ele, dando-lhe um abraço rápido. — Você parece...

— Um menino? — sugeriu Elise.

— Diferente.

Elise deu uma risada meio forçada.

— Eu pareço diferente todo dia, Alex. Esse é o meu trabalho.

Alex a estudou, e Elise teve medo de não ter conseguido enganar ninguém.

— Roddy me disse que você encontrou o duque perdido.

— Encontrei — respondeu ela com cuidado, medindo as palavras para soar profissional.

— Foi bem rápido, até para você.

Elise deu de ombros.

— Tive sorte no caminho até lá. E contei com a carruagem do correio na volta.

Alex estremeceu.

— Que maneira horrível de viajar.

— Mas rápida.

— E os assassinos? — perguntou ele.

— Eles não são mais um problema.

— Ah.... Você deu um jeito neles?

— Ashland cuidou deles. Bem, de um deles, no caso. O outro ele deixou para mim.

Alex parecia impressionado.

— Talvez eu goste desse duque, embora não goste nem um pouco de Francis Ellery ter colocado você em perigo — afirmou em um tom frio. — Queria ter tido conhecimento disso antes.

— Como assim?

— Francis Ellery logo estará a caminho de um delicioso retiro de uma semana no campo, cortesia de um convite um tanto inesperado, mas generoso, do marquês de Heatherton. Fui à casa dele assim que recebi a visita de Roddy e peguei o marquês quando ele se preparava para partir. Sugeri que Heatherton talvez desejasse viajar com um convidado, pois pensei que seria útil se Francis estivesse longe de Londres pelos próximos dias.

— Ótima ideia — elogiou Ivory.

— Não é? — Alex parecia bastante satisfeito consigo mesmo.

— E o marquês concordou? — perguntou Elise.

— Heatherton ganhou três caixas do meu fino conhaque francês como presente de despedida. Foi muito bem recompensado. — Alex estreitou os olhos. — Mas agora me pergunto se não deveria ter deixado Francis por aqui, para a diversão de King.

Ivory franziu a testa, mas Alex levantou as mãos.

— Eu não gosto do King, mas isso não significa que ele não seja útil, duquesa.

— A última coisa de que precisamos é que Francis Ellery apareça morto por aí agora. Seria muito suspeito, principalmente com o aparecimento súbito de Ashland — lembrou Ivory.

— Ela tem razão. A ausência de Francis Ellery nos dá tempo — complementou Elise. — Isso é importante, pois Sua Graça ficou desaparecido por vinte anos. Precisaremos de uma boa história e de muita habilidade para reintroduzi-lo na sociedade londrina.

— De quanta habilidade estamos falando? — indagou Alex.

Elise olhou para Ivory.

— Não tenho certeza.

— Por quê? — questionou ele, com uma expressão um tanto irritada. — Por favor, diga que esse duque não é um idiota.

— Ele não é um idiota — falou o duque de Ashland da porta.

Noah analisou o escritório e todos ali presentes.

Elise estava parada perto da lareira, observando-o com um olhar indecifrável. Ao lado dela estava um homem com o mesmo cabelo escuro e a mesma pele morena. Seus olhos tinham um tom mais dourado do que os de Elise, e ele tinha uma cicatriz no rosto que ia de uma orelha até a boca. Devia ser o irmão dela, supôs Noah, notando a maneira instintiva como se posicionara na frente de Elise. Ele sentiu ainda mais respeito pelo homem.

A outra ocupante do cômodo era uma mulher vestida com simplicidade e com um penteado elegante no cabelo castanho. Ela não era vibrante como Elise, mas era dona de uma beleza que ele não conseguia descrever. Olhos de um tom escuro de castanho o avaliaram enquanto ela se apoiava na frente de uma mesa enorme.

— Seja bem-vindo a Londres, Sua Graça — disse a mulher, sorrindo com simpatia quando olhou para um ponto além dele. — Lady Abigail. Acredito que esteja muito contente por ter reencontrado seu irmão.

Noah ouviu a irmã fungar atrás de si.

— Você não tem ideia — replicou ela.

Ambos experimentaram uma miríade de emoções durante a hora em que estiveram juntos, um tempo muito curto para compartilhar vidas inteiras de arrependimentos e felicidades, mas eles deram o primeiro passo. E, se tudo corresse como o planejado, teriam anos pela frente para compensar o tempo perdido.

— Sua Graça, essa é a srta. Ivory Moore — apresentou Elise, saindo de trás do irmão e se aproximando de Noah. — Ela é a dona da D'Aqueus e ajudará em seu retorno à sociedade londrina.

— Prazer em conhecê-la, srta. Moore — cumprimentou Noah.

— Digo o mesmo — respondeu a mulher com sinceridade, colocando uma mecha solta de cabelo atrás da orelha.

Um anel dourado reluziu em seu dedo anelar, com um formato exótico e incrustado com um rubi polido. Noah acharia que era uma aliança de casamento, se ela não tivesse sido apresentada como "senhorita" Moore.

— E este é meu irmão, Alexander Lavoie — continuou Elise. — Ele também trabalhará conosco.

— Lavoie? — perguntou Noah, confuso.

— DeVries era o nome da nossa mãe. Eu o adotei quando comecei a atuar — explicou ela.

— Ah... — Ele olhou para o homem de aparência séria, cuja tentativa de fazer uma expressão agradável não era o suficiente para mascarar seu ar de desconfiança. — A srta. DeVries falou muito bem de você, sr. Lavoie.

Lavoie olhou de soslaio para a irmã, que corou um pouco.

— É mesmo? — disse ele, em um tom ressabiado. — Que gentil da parte dela. — Ele voltou a olhar para Noah. — Então, Sua Graça, já que minha irmã provou ser muito faladeira, devo presumir que ela o informou sobre as atuais circunstâncias que cercam o ducado de Ashland? E sobre a necessidade de agirmos rápido, dada a sua longa ausência?

Havia um desafio nas palavras de Alex. Era uma espécie de teste.

— A srta. DeVries de fato me alertou sobre a situação atual, sr. Lavoie — afirmou Noah, sem olhar para Elise. — E seja lá o que pensa da minha ausência, garanto que não me importo com a sua opinião. Nem um pouco.

Lavoie ergueu uma sobrancelha, embora houvesse um brilho de aprovação relutante em seus olhos.

— Pelo menos ele fala como um maldito duque — resmungou ele para a irmã. — Consigo entender por que você está...

— Já que estamos todos aqui, acho que podemos voltar ao que interessa — interrompeu Elise, falando um pouco mais alto que o necessário.

— Concordo — afirmou a srta. Moore, tão alto quanto. — Por favor, sentem-se.

Ela ocupou a cadeira atrás da enorme mesa, e Noah esperou até que as damas estivessem sentadas nas cadeiras de frente para o móvel. Ele puxou o pequeno banco de um piano lindamente esculpido que enfeitava a parede oposta do escritório. Uma partitura caiu no chão, e ele se abaixou para pegá-la.

— "S'ei non mi vuol amar" — leu ele.

Fazia muito tempo que Noah não falava italiano, e isso tornou as palavras ainda mais agradáveis de serem ditas.

Quatro cabeças se viraram para ele.

— Sim — falou a srta. Moore. — É uma ária do *Tamerlano* de Handel, um dos meus compositores favoritos. Você conhece?

— Não. — Noah olhou para a partitura. — Nunca ouvi falar. Mas o título é lindo.

Com um susto, ele percebeu que a srta. Moore falara com ele em italiano, e ele respondera no mesmo idioma.

— Quão fluente você é? — perguntou a mulher, estreitando os olhos.

— O suficiente para estar tendo esta conversa — respondeu Noah, ainda em italiano. — Posso perguntar o mesmo.

— Eu canto.

Noah olhou para a partitura em sua mão.

— Você é uma cantora de ópera.

— Eu era uma cantora de ópera. Agora eu faço… outras coisas.

— Como aprendeu a falar italiano? — interrompeu Elise, olhando para Noah com uma expressão confusa.

Abigail estava com os olhos arregalados.

Noah voltou a falar em seu idioma natal.

— Joshua me ensinou.

— E quem é Joshua? — indagou Alex, perto da lareira.

— Um velho conhecido — respondeu Noah, sem tirar os olhos de Elise. — Disse que italiano era a única língua civilizada que valia a pena saber.

Elise estava boquiaberta.

— Mas…

— Naquela época eu já conseguia falar. Joshua ficou muito feliz em me ensinar, e tínhamos muito tempo ocioso para ocupar.

— Você fala francês?

— O suficiente para sobreviver. Ele achava o idioma vulgar.

Elise sorriu de repente.

— Depende de como você usa.

Lavoie pigarreou alto.

— Isso tudo é muito fascinante, mas podemos voltar aos negócios? — indagou, irritado. — Qual é a melhor maneira de ressuscitar um duque que foi dado como morto por duas décadas? Com todo o respeito, Sua Graça, não é como se você pudesse apenas entrar na Câmara dos Lordes e dizer "Desculpem o atraso, senhores, o que eu perdi?".

214

Noah desviou o olhar de Elise.

— Sei disso.

A srta. Moore colocou as mãos na mesa.

— Alex tem razão. Quando seu primo souber de seu retorno, ele fará tudo o que puder para desacreditá-lo, como, por exemplo, afirmar que você é um impostor. A menos que possamos reinventar a verdade e estabelecer sem sombra de dúvida que você é o duque, será a palavra dele contra a sua.

Noah se sentou no banco, sentindo-se de repente exausto após as longas horas de viagem e tudo o que acontecera antes e depois da jornada.

— E como esperam conseguir isso? — perguntou Noah.

— Não somos pagos para *esperar* que as coisas aconteçam do jeito que desejamos, Sua Graça — respondeu Alex. — Somos pagos para fazer acontecer.

— Temos a vantagem de a sessão do Parlamento estar em recesso — explicou Elise, que ficou de pé e começou a andar pela sala. — Boa parte da sociedade deve estar em suas casas de campo, para aproveitar festas e caçadas. Quando elas ouvirem falar de você, sua existência será um fato, e não especulação. Não deixaremos espaço para fofocas, exceto para aquelas que controlamos. — Ela se virou para a srta. Moore. — Isso precisa ser feito com sutileza.

— Concordo. — A srta. Moore passou as mãos pela capa de couro de uma pasta grossa que estava à sua frente. — Existem pessoas suficientes em Londres no momento que, com a sutileza necessária, terão a oportunidade de lembrar que realmente já conheciam o novo duque de Ashland.

— Sutileza? — perguntou Abigail, soando apreensiva. — Como assim?

Noah sabia muito bem o que "sutileza" significava naquele contexto.

— Quer dizer que, com recursos suficientes, algumas pessoas podem ser...

Chantageadas? Coagidas? Subornadas? Ele não sabia até onde ia o alcance da D'Aqueus & Associados.

— Convencidas — sugeriu Elise.

— Encorajadas — acrescentou educadamente a srta. Moore.

— Sim. Exatamente.

Noah esfregou o rosto. A palavra não importava.

— Entendi — disse Abigail, e Noah não teve dúvidas de que a irmã de fato entendera.

— Tomarei as providências necessárias — garantiu a srta. Moore em um tom profissional. Ela se virou para Noah: — Você precisará voltar para a casa em Mayfair amanhã. Vocês dois. Ficar em outro lugar seria estranho e não nos ajudará a convencer ninguém de que você é o duque de Ashland.

Noah negou com a cabeça.

— Não quero Abigail naquele lugar. Se Francis souber que estamos lá...

— Francis está fora da cidade no momento, e continuará fora por grande parte da semana.

— Que coincidência.

A srta. Moore olhou para Lavoie.

— Não é coincidência. Foi um planejamento inteligente. — Ela se voltou para Noah: — De qualquer forma, mandarei homens vigiarem a casa.

— E ninguém vai achar isso estranho? — perguntou Noah.

— Ninguém saberá que eles estão lá.

Noah fez um barulho de descrença.

— Eu garanto. — A srta. Moore se inclinou sobre a mesa. — Os homens que trabalham comigo são invisíveis. Ninguém vai vê-los nem ouvi-los. A única pessoa que descobrirá a presença deles será Francis Ellery, caso volte e tente fazer algo estúpido. — Ela fez uma pausa. — Nesse caso, dificilmente vão encontrar o corpo dele.

Noah a encarou.

— Sua Graça precisa aparecer em público o mais rápido possível, duquesa — afirmou Lavoie, sentando-se na beirada da escrivaninha. — O tempo está passando.

— Também acho. Primeiro para os advogados, sem dúvida. Assim poderemos cuidar da situação da duquesa em Bedlam também. Acho que todos podemos concordar que essas são as duas questões mais urgentes, e elas serão resolvidas antes que Francis Ellery perceba que algo está acontecendo. — Ivory fez uma pausa. — Vamos acionar Alderidge. Ashland precisará de alguém com poder notável e cuja palavra não seja questionada. Quanto a Bedlam, é certo que teremos que conseguir um médico.

— Conheço um bom — falou Elise.

— Ótimo.

— Você pode usar meu clube para organizar uma das apresentações sociais — sugeriu Lavoie, cruzando os braços e olhando para a irmã e depois para a srta. Moore.

A mulher tamborilou na mesa.

— Com toda a certeza. Mas vamos precisar de algo para atrair uma multidão. Um torneio, talvez? Algo novo. Algo diferente do que qualquer outro clube oferece.

Lavoie assentiu.

— Gostei da ideia. Isso deve atrair um bom número de nobres que ainda estão fervendo em Londres e procurando algo para matar o tédio.

— Organize tudo — ordenou a srta. Moore, antes de virar-se para Elise.

— Ainda deseja ajudar neste caso, srta. DeVries?

A pergunta da srta. Moore para Elise não tinha a mesma energia que as outras, e essa percepção fez Noah se aprumar. Tinha um tom mais suave, quase gentil, como se ela de alguma forma lamentasse a necessidade de perguntar.

— Sim — respondeu Elise, evitando o olhar dele.

A srta. Moore assentiu.

— Está bem — disse a mulher, retomando o tom de voz enérgico.

— Com título? — perguntou Elise. — França? Áustria? Outro país?

— França, acho. É seu melhor idioma. Não vamos adicionar riscos desnecessários.

— Certo.

Noah não entendera nada da conversa. Era como se elas estivessem falando em russo.

— Quem é Alderidge? — questionou, começando a tentar elucidar a sua lista de dúvidas.

— O duque de Alderidge é um amigo — respondeu a srta. Moore. Lavoie revirou os olhos.

— Minha nossa, duquesa. Deus me livre de amigos, então.

Noah tinha pensado que "duquesa" era só um apelido estranho para a srta. Moore quando o ouviu pela primeira vez, mas agora... Olhou de novo para a aliança no dedo dela.

— Ele é seu marido.

— Sim.

— E você é uma duquesa.

— Eu sou muitas coisas.

— Mas seu nome...

— É só um nome — interrompeu ela, encarando-o com olhos castanhos misteriosos. — E talvez, sr. Lawson, um dia eu conte a minha história a você.

Noah sustentou o olhar de Ivory.

Lavoie levantou-se da mesa.

— No fim da semana, então? Imagino que queira agitar um pouco as águas antes de soltar os tubarões no meu clube.

Ele caminhou até a porta.

— Sim, certamente. Vou organizar aparições sociais para os próximos dias — respondeu a srta. Moore.

— Também teremos que resolver a questão de Francis Ellery até lá — falou Elise.

— Deixe-o comigo — respondeu Lavoie, e Noah ergueu os olhos, surpreso com o tom cruel e frio. Lavoie percebeu o olhar do duque e deu de ombros, sem remorso algum. — Não gostei nada de saber que os assassinos contratados por ele colocaram minha irmã em perigo.

— Não — afirmou Noah, apoiando as mãos nos joelhos e se levantando. — Podem deixar Francis Ellery comigo.

Lavoie o estudou por um longo momento.

— Está bem, Sua Graça. — Ele olhou de Elise para Noah e abriu a boca para dizer algo, mas pareceu mudar de ideia. — Que bom que você voltou a salvo, irmãzinha. — Foi tudo o que ele disse antes de desaparecer de vista.

— O que posso fazer? — perguntou Abigail. — Eu quero ajudar.

Noah se virou para onde a irmã estava sentada.

— Quero que você volte para Derby, para seu marido e seus filhos, onde estará segura.

Lady Abigail se levantou e se aproximou do irmão.

— Meu marido e meus filhos não dependem de mim para sobreviver, Noah Ellery — retrucou ela. — Está bem, eles podem até estar se alimentando mal sem mim, mas vão ficar bem. Eu não vou abandonar você. Não agora.

— Pode ser perigoso.

Abigail colocou as mãos na cintura.

— Pode mesmo. Principalmente se você sugerir de novo que eu deveria fugir com o rabo entre as pernas. Não fugi de Francis quando tinha 10 anos. Acha mesmo que eu faria isso agora?

Ela parecia tanto com a menininha de tranças de suas lembranças que Noah sentiu o peito apertar.

— Não.

— Ótimo. Essa foi a coisa mais inteligente que você disse em toda esta conversa.

Noah levantou os olhos e viu Elise o observando com um sorriso leve no rosto.

— Farei tudo o que for preciso para consertar as coisas — declarou Abigail.

Ele também.

Capítulo 17

Ela deveria estar dormindo.

Elise sabia que deveria estar exausta, que precisava descansar o corpo e a mente para estar em sua melhor forma para realizar o restante do trabalho. Mas a casa estava silenciosa havia horas e Elise ainda se revirava na cama, incapaz de aquietar os pensamentos.

De repente, seu quarto parecia cavernoso. Enorme e vazio. Um pouco como ela estava se sentindo por dentro. Os últimos dias de viagem tinham sido como um presente, e ela aproveitara cada minuto com o homem que roubara seu coração. Mas aquele tempo havia acabado. Ela sabia que essa primeira noite marcava o começo do fim. Elise faria o que fazia de melhor durante a próxima semana e, com o auxílio de Ivory e Alex, ajudaria Noah a retomar seu lugar de direito.

Ela tocou o broche que os Barr lhe deram, e o aço reluziu à luz da única vela que ela deixara acesa. Traçou os fios dos galhos com o dedo indicador, sentindo o metal quente. O carvalho representava coragem e força, duas qualidades de que ela precisaria para conseguir se afastar de Noah Ellery. Ela só esperava ter o suficiente das duas para sobreviver à separação.

Elise jogou para o lado os lençóis amassados e saiu da cama. Permanecer ali seria inútil. Conciliar o sono parecia tão impossível quanto uma hora antes. Ela acendeu uma pequena lamparina e entrou em seu enorme quarto de vestir, colocando a luz e o broche no longo balcão ao centro. Ao seu redor, havia várias prateleiras com fantasias. A maioria estava dobrada, classificada por função e estilo, mas alguns dos vestidos mais extravagantes vestiam manequins para evitar que as sedas e cetins amassassem.

Foi até as prateleiras, selecionando os itens de que precisaria no dia seguinte. Ela colocou tudo no balcão ao lado da lamparina — as roupas, a peruca e os acessórios. Então focou nos vestidos nos manequins. Havia uma dúzia deles, criações caras e elaboradas que pertenciam ao guarda-roupa de uma dama da realeza. Ela passou a mão sobre um deles, uma obra-prima de seda azul-gelo e renda amarela, com pérolas costuradas nas bordas do corpete. Era deslumbrante e um de seus favoritos, mas tinha um estilo claramente inglês. Elise precisava de algo bem diferente, refletiu, enquanto examinava cada um e os dispensava em ordem. O creme era muito virginal, o laranja, muito certinho...

Ela parou abruptamente no último. Havia muito tempo desde a última vez que o vestira. E era perfeito.

— Você usa mesmo tudo isso?

A voz veio de trás dela, e Elise quase gritou de susto. Ela se virou, com o coração quase saindo pela boca.

— *Merde!*

Apoiou a mão em uma prateleira para se firmar.

Noah estava recostado no balcão, vestindo apenas uma calça e uma camisa aberta no pescoço, olhando para a variedade de roupas que os rodeavam.

— Não consegui dormir.

Ela se forçou a respirar fundo.

— E então achou que poderia dormir melhor no meu quarto?

Ele a encarou, e aquele olhar desceu pelo arco suave de seu pescoço até o decote profundo de sua camisola amarrada frouxamente. Era como se a estivesse despindo.

— Não. Nem pensei em dormir.

Uma onda de fogo a dominou, roubando seu fôlego e fazendo-a sentir como se fosse desmoronar ali mesmo. Elise deveria estar se esforçando para se distanciar dele. Preparando os dois para o momento em que não seriam nada um para o outro além de uma lembrança. Ela não deveria estar em seu quarto, usando apenas uma camisola e se perguntando se havia espaço suficiente no balcão para Noah deitá-la ali. Aquilo só deixaria tudo mais difícil, e Elise se forçou a abafar o desejo que crescia em seu interior.

Ela deu um passo para trás, como se centímetros de espaço fossem facilitar alguma coisa.

— Noah.

— Eu quero você, Elise. — A luz suave esculpia sombras austeras no rosto dele. — Eu preciso de você. E não só agora, mas para sempre.

Ela balançou a cabeça, sentindo o coração apertar.

— Você não precisa de mim, Noah.

Noah pegou o broche que ainda estava no balcão ao lado dele.

— Você está errada. Você me fez melhor.

— Eu só mostrei o que você poderia ser. Você sempre foi melhor.

— Você vai ficar? — perguntou ele, encarando o aço polido.

Elise sabia o que ele estava perguntando. Ela sabia o que ele queria ouvir. Entretanto, não podia prometer mais do que podia oferecer.

— Vou ficar até o fim deste caso — sussurrou, sabendo que deveria encarar a realidade dos fatos. Qualquer tipo de fantasia só os machucaria mais. — Mas você deve saber que meu papel aqui não é o mesmo que era em Nottingham. A srta. Moore tem mais habilidade em lidar com a alta sociedade de Londres. Confie nas orientações dela. Ela sabe o que faz.

Noah assentiu.

— Depois desta noite, quando você me vir, eu não serei mais eu. Quando tudo isso começar, Elise DeVries não existirá mais. Serei qualquer pessoa que o duque de Ashland precisar que eu seja, a qualquer momento. Entende?

Noah se empertigou e foi até ela. Os dois estavam separados apenas por uma respiração, seus corpos quase se tocando.

— Sim. Significa que não poderei fazer isso.

Ele inclinou a cabeça e a beijou com delicadeza.

— Exatamente, você não poderá fazer isso — concordou ela com pesar, sentindo o coração se partir em pedacinhos.

— Ou isto.

Ele acariciou o rosto de Elise, traçando as sobrancelhas, as maçãs do rosto e o contorno dos lábios com toques suaves e ternos.

— Não.

Os olhos dela começaram a arder.

Noah beijou a testa de Elise, e então encostou a própria testa na dela.

— Eu deveria ter acreditado em você logo no começo.

Elise balançou a cabeça.

— Não importa. Você acredita agora.

— Sim. Eu prometo sempre acreditar em você, não importa o que diga.

— Não — interrompeu ela. — Você acredita em si mesmo agora. Não importa o que aconteça. — Ela tocou o braço dele, sentindo o músculo sólido sob a camisa. — Estou orgulhosa de você, Noah Ellery.

Ele ficou imóvel. Elise levantou a cabeça e encarou os olhos esverdeados.

— Ninguém nunca me disse isso — sussurrou Noah, com a voz um pouco embargada.

Ela tocou seu rosto.

— Alguém deveria ter dito.

Ele soltou um suspiro trêmulo.

— Você vai confundir as palavras em algum momento — disse ela, baixinho.

— Vou. — Noah segurou a mão dela. — Meu primo deve ter espalhado e fomentado muitos boatos sobre mim ao longo dos anos. Sei que em algum momento alguém vai sugerir que tenho um problema. E quando isso acontecer...

— Você não vai desafiar ninguém para um duelo — alertou Elise.

— Por que eu faria isso se posso contratá-la para atirar na pessoa?

— Ha-ha, muito engraçado.

— Se eu perceber que estou me preocupando com a opinião de pessoas que não importam, vou pensar em você. Em como você confia em mim. Vou pensar no que realmente importa.

Ele colocou na mão de Elise o broche de aço que ainda segurava.

Ela sentiu a respiração ficar presa em sua garganta.

— Vou pensar no que Francis Ellery poderia ter tirado de mim, e isso não tem relação alguma com o ducado de Ashland. E vou fazê-lo pagar por suas ações.

— Hum, acho que tem uma fila de gente querendo fazer isso também — murmurou Elise, pensando em King e sua ligação misteriosa com o duque.

— Sabe qual é a maior ironia de toda essa história? — perguntou Noah.

— O fato de a ambiciosa srta. Silver ter chamado um duque de "nada"?

— Bom, tem isso também — disse ele com um leve sorriso.

— Qual é a ironia?

Noah olhou para ela.

— Bedlam me curou. Não a instituição, não os médicos loucos e com certeza não os expurgos ou a fome, mas a pessoa a quem me acorrentaram.

— Joshua?

— Sim. Quando criança, não conseguia formar as frases que queria dizer rápido o suficiente. Eu pulava ou errava as palavras e, quanto mais meus tutores ou meu pai tentavam me corrigir, piores meus erros ficavam. E menos eu falava. Até que parei de falar.

Elise apoiou a cabeça no ombro dele.

— Bedlam sempre foi muito barulhenta. Pessoas chorando, falando, gritando. Às vezes, Joshua e eu ficávamos trancados em um quarto sem janelas. Sem luz, apenas escuridão. Mas também não havia som, então era mais um alívio do barulho constante que uma punição. E, lá, Joshua falava sobre pinturas.

— Pinturas? De arte?

— Isso. O conhecimento que ele possuía sobre artistas, especialmente os do Renascimento, era impressionante. Os pintores, os escultores, as pessoas que criaram mundos com nada além de uma tela e tinta, mármore e bronze. Ele viajou pelo continente quando menino e tinha visto muitas das grandes obras com os próprios olhos, ou representações das obras que não pôde ver pessoalmente.

Elise franziu a testa e levantou a cabeça, sentindo um arrepio.

— Acho que foi o jeito que ele encontrou de manter a sanidade — continuou Noah, alheio à inquietação dela. — Depois de um ano, criei coragem para fazer uma pergunta. Depois de dois anos, Joshua ouvia enquanto eu recitava os nomes e as obras para ele. Eu achava mais fácil repetir as coisas que ouvia. Ele nunca criticou meu discurso, só me corrigia quando necessário. Acho que se importava mais com a minha capacidade de lembrar que a Basílica de São Pedro demorou cento e vinte anos para ser concluída e de descrever o mosaico de *Navicella* que existe nela. Ou com o fato de eu conseguir me lembrar que as estátuas de Marte e Netuno feitas por Sansovino e que guardam a Escadaria dos Gigantes no Palácio Ducal foram projetadas para representar o poder de Veneza na terra e no mar.

Jesus amado! As pontas soltas que tanto incomodavam Elise de repente estavam se conectando em uma velocidade alucinante.

— O que aconteceu com ele? — perguntou ela, tentando soar neutra.

— Ficamos juntos por três anos depois que escapamos, sobrevivendo nas ruas. — Noah estava traçando desenhos ao longo do braço dela. — Ele era um líder nato. Eu apenas sobrevivi, mas ele floresceu.

— E depois desse período?

— Abigail fugiu para se casar. Não que eu fizesse parte da vida dela, mas minha irmã era a única razão de eu ter ficado tanto tempo na cidade. Ficava de olho nela, mesmo que de longe. Então, quando ela saiu de Londres, eu também saí. — Noah fez uma pausa. — Joshua escolheu ficar. Foi a última vez que o vi. Gosto de pensar que ele sobreviveu. Que encontrou a própria felicidade.

Elise engoliu em seco. O menino que Noah conhecera como Joshua certamente havia sobrevivido, embora ela não pudesse afirmar se ele era feliz.

"Tenho uma grande dívida com ele."

Joshua era King. King era Joshua. E o que ele devia a Noah era sua vida. O homem que comandava o submundo de Londres uma vez fora acorrentado a um menino que era rápido com uma faca. O implacável negociante, especializado em arte roubada, certa vez ensinou um jovem duque a falar.

— Elise? — Noah estava olhando para ela com uma expressão estranha. — Você está bem?

— Sim.

Sua mente era um turbilhão confuso de pensamentos. Ela havia prometido a King que ninguém saberia do envolvimento dele naquela história. Quebrar sua promessa com um homem tão poderoso não era apenas arriscado, como também ia contra seus princípios. A violência indescritível que Noah e Joshua haviam sofrido e o vínculo que resultou daquela experiência diziam respeito somente a eles. O que quer que existisse entre os dois, e o que quer que um dia ainda pudesse existir, não era algo no qual ela deveria se intrometer.

— Também acho que ele sobreviveu — respondeu Elise.

— Conversei com Abigail esta noite — falou Noah de repente. — Depois que subimos. Ela concordou em ficar na propriedade da viúva, perto de Kilburn.

— Como conseguiu convencê-la? — perguntou ela, com certa surpresa.

— Falei que nossa mãe vai precisar de um lugar para se recuperar, e Abby cuidará disso.

Aquilo fazia sentido em muitos aspectos.

— Acho uma ótima ideia — afirmou Elise.

Noah a abraçou, e eles ficaram em silêncio por um longo minuto.

— E se eu não conseguir perdoar minha mãe? — perguntou Noah, parecendo desolado. — E se eu não for uma pessoa boa o suficiente para perdoar minha própria mãe pelo que ela fez?

Elise se afastou e olhou para ele.

— Então se perdoe, Noah.

Ele fechou os olhos brevemente, antes de abri-los e encará-la. Então, se afastou de Elise, parou perto da porta do quarto de vestir e estendeu a mão.

Ela colocou o broche de aço no balcão com cuidado. A coragem e a força podiam esperar até o dia seguinte. Aquela noite seria deles, e Elise não conseguia se importar que aquilo fosse deixar tudo mais doloroso depois.

Ela caminhou em direção a Noah, pegou sua mão e se deixou guiar para a cama. Ele afrouxou de vez os laços da camisola dela, até a peça escorregar sobre seus ombros e cair no chão, e Elise estremeceu quando sentiu o ar frio.

— Não quero mais falar do passado esta noite — disse ele. — Não quero falar da pessoa que fui ou da pessoa que posso ser amanhã.

Então, tirou a camisa e a calça antes de lhe dar um beijo longo e sensual que a deixou ofegante. Descendo por seu pescoço, ele beijou, lambeu e mordiscou um caminho até seus seios. Elise fechou os olhos quando ele provocou cada mamilo com língua e dentes, fazendo o corpo dela pulsar.

Ele se afastou de repente e deitou-se sobre os travesseiros apoiados na cabeceira.

— Venha aqui.

Ela admirou o homem magnífico esparramado no centro de sua cama por um momento, os olhos esverdeados que ardiam de desejo. A luz iluminava a pelugem loira em seu peitoral, que escurecia ligeiramente enquanto descia pelo abdômen e entre o quadril até emoldurar o pênis, que estava duro e pronto para ela. Tudo no corpo de Noah parecia implorar para ser tocado. E, naquele momento, ainda era possível tocá-lo. Naquele momento, ele era apenas Noah. Ainda era dela.

Aquilo seria um adeus, mesmo que ele não soubesse. Elise guardaria aquele momento na lembrança para sempre, com carinho, junto com todos os outros. Então, quando estivesse forte o suficiente, ela se lembraria de tudo o que viveram. Se lembraria de como havia se apaixonado por aquele homem. Aquele duque.

Elise subiu na cama dele e montou em suas coxas, passando as mãos sobre o peito de Noah e provocando os mamilos eriçados. Ela se curvou e substituiu as mãos pelos lábios, sugando cada um deles, sentindo os próprios mamilos roçarem no abdômen duro e a ereção dele contra a pele macia de sua barriga. Movendo o corpo para a frente e para trás, ela criou uma fricção suave sobre a extensão do pênis de Noah, fazendo-o arquear na cama.

Então, levantou o corpo e moveu os joelhos um pouco para a frente, apoiando as mãos uma em cada lado da cabeça dele, e Noah aproveitou para acariciar os seios dela. Beliscou cada mamilo com força o suficiente para enviar pequenos tremores até o meio das pernas de Elise, e a pressão do desejo foi implacável.

Ela conseguia sentir o membro dele contra suas dobras, e estendeu a mão entre eles para posicioná-lo, roçando os dedos na umidade de seus lábios. Foi um pouco mais para a frente e sentiu a ponta do pênis dele bem em sua entrada. Abaixo dela, Noah arqueou os quadris e a penetrou apenas com a ponta, mas Elise não se moveu. Por um momento, deixou que a antecipação amplificasse o vórtice de desejo que aumentava em seu corpo.

Elise sentiu as mãos de Noah em sua cintura, sua pele suada. Desejando. Esperando.

Ela se apoiou nos cotovelos e lhe deu um beijo quente, que ele retribuiu com ímpeto. Elise lambeu o lábio inferior, descendo a língua por seu queixo e chupando seu pescoço, sentindo o gosto salgado da pele suada.

Noah grunhiu, mas não se mexeu.

De forma provocante, Elise mexeu os quadris para trás, deixando-o penetrá-la um pouco mais e deleitando-se com a sensação de que ele a completava de uma maneira que nenhum outro homem conseguiria fazer.

— Quem você quer ser agora, Noah? — sussurrou ela no ouvido dele, sentindo-se cada vez mais próxima do precipício. Ela estava perto. Tão perto. Moveu-se de novo, sentindo o pênis dele deslizar ainda mais fundo, e ofegou quando os primeiros espasmos de seu clímax começaram.

Noah apertou sua cintura, afundando os dedos em sua pele.

— Seu — murmurou, enquanto a puxava e se enterrava nela. — Seu — repetiu, penetrando-a com força e empurrando Elise para um abismo de êxtase. — Eu quero ser seu.

Capítulo 18

Ned Miller era um excelente advogado.

Ou pelo menos foi isso que Ivory Moore dissera a Noah.

O sr. Miller foi o primeiro em sua família a ter uma posição tão elevada, e ele se orgulhava disso, contara ela. De que outra forma o filho de um lojista poderia frequentar os mesmos ambientes que a alta sociedade? E não apenas conviver com eles, mas também *aconselhá-los*?

Noah atravessou a porta do escritório do advogado, fechando-a atrás de si, o som de suas botas engraxadas ecoando no chão de madeira. Ele se vestira naquela manhã com um cuidado que nunca tivera e com roupas que eram mais finas do que qualquer coisa que pudesse se lembrar de ter usado. Uma boa aparência era essencial, e Noah sabia que nem mesmo o maldito príncipe encontraria falhas em suas vestimentas. Ele de fato parecia um duque, agora só precisava convencer a todos.

Noah notou uma pausa no burburinho do escritório quando cabeças se ergueram para examiná-lo. Havia homens curvados sobre mesas, cercados por pilhas de papel, livros de contabilidade e potes de tinta empilhados. À esquerda, uma escada estreita levava a um segundo andar, com uma série de portas visíveis ao longo do corredor. À direita, uma fileira de cadeiras estava alinhada na parede, ocupadas por uma mulher bem-vestida e outra que parecia ser sua criada, além de dois jovens cavalheiros. Pelo visto, todos esperavam pelos serviços do sr. Ned Miller. E todos encararam Noah com curiosidade.

Perfeito.

Ele parou, olhando em volta com uma impaciência proposital, certificando-se de que todos dessem uma boa olhada nele. Tinha certeza de que a maioria dos funcionários e assistentes estavam cientes dos assuntos jurídicos de sua família. Pelo menos os assuntos que diziam respeito a um herdeiro desaparecido. E aqueles que não estavam logo estariam.

Como se fosse uma deixa, um jovem funcionário se aproximou dele.

— Posso ajudá-lo?

— Sim. Leve-me até o sr. Miller — respondeu Noah.

— Ah, sim. Hum, o sr. Miller está indisponível no momento — falou o jovem, olhando para o topo da escada.

Noah arqueou um pouco as sobrancelhas.

— Ele vai me receber.

O funcionário olhou de volta para Noah, inseguro do que fazer.

— Pode me dizer seu nome?

— Posso — respondeu, ainda fingindo impaciência. — Diga a ele que o duque de Ashland deseja uma audiência. Ele deve estar me esperando. Minha irmã escreveu antes em meu nome para avisá-lo da minha chegada.

Um silêncio sepulcral caiu sobre o escritório quando todos ouviram o nome dele, e o funcionário piscou, confuso.

— O duque de Ashland? Mas...

— Quer que eu soletre para você?

— N-não — replicou o jovem, recuando em direção à escada. — Vou dizer a ele, é claro, Sua Graça. Aguarde só um momento, por favor.

— Obrigado.

Noah observou o rapaz subir correndo a escada de madeira e bater na primeira porta.

— Sr. Miller? — soou a voz do funcionário do andar de cima, quando ele abriu a porta.

Noah ficou satisfeito em conseguir ouvir a conversa.

— Agora não, Donnelly — respondeu a voz de dentro da sala, em tom de desaprovação. — Estou ocupado.

— Peço desculpas, mas tem um homem lá embaixo...

— Estou ocupado, Donnelly — retrucou o homem, irritado.

Noah começou a subir a escada, ciente de que seu público nem se preocupava mais em tentar fingir que trabalhava.

O funcionário estava se movendo para a frente e para trás na planta dos pés.

— Ele diz ser o duque de Ashland, senhor.

— *O quê?!*

Noah havia chegado ao topo da escada, e ouviu uma cadeira sendo empurrada.

— Ele disse que o senhor deve ter sido avisado da chegada dele pela irmã.

Noah ignorou o funcionário e se pôs diante da porta do escritório.

— Sr. Miller? — perguntou, dirigindo-se a um homem de meia-idade com os óculos empoleirados na ponta do nariz.

O sujeito estava parado atrás de uma escrivaninha, com as mãos na cintura. Em sua visão periférica, Noah viu outra pessoa sentada na sala, mas manteve sua atenção no advogado.

— Posso ajudá-lo?

O sr. Miller estava examinando a aparência de Noah e franzindo ligeiramente a testa.

— Seu funcionário não tinha certeza de que você estava disponível — afirmou Noah em um tom acusatório.

Atrás dele, o funcionário se esgueirou para longe.

— Tenho compromissos com outros clientes, senhor. Clientes importantes. Então, se quiser esperar lá embaixo, devo atendê-lo em breve. — Ele se virou para o outro ocupante da sala. — Sinto muito, Sua Graça. Isso não costuma acontecer... — Ele se interrompeu, alarmado, quando o outro homem se levantou.

Noah olhou para ele. O homem que Miller havia chamado de "Sua Graça" vestia preto dos pés à cabeça, tinha a barba por fazer e o cabelo descolorido pelo sol amarrado para trás em um coque desleixado. Era alto e imponente, e encarou Noah com olhos cinzentos, dando um aceno de cabeça quase imperceptível.

— Alderidge? — Noah se forçou a abrir um largo sorriso. — Minha nossa, Alderidge! Você está parecendo um maldito pirata! Não existem criados na Índia? Ou tesouras e navalhas?

O duque de Alderidge também abriu um sorriso.

— Ora, ora! Se não é o Ashland rastejando para fora dos vinhedos da Toscana, ou seja lá onde você estava se escondendo.

Pelo canto do olho, Noah viu o advogado ficar boquiaberto.

— Eu estava me escondendo no interior da Inglaterra dessa vez, se quer saber. O clima não é tão agradável quanto o da Itália, mas é o melhor jeito de se aprender sobre o país se quero me tornar um duque, certo? — Ele acenou com a mão na direção do sr. Miller. — Ninguém se torna um advogado de sucesso sem antes estudar Direito, não é?

— De fato. Embora eu não possa imaginar que seu pai tenha ficado muito feliz com a ideia...

— Meu pai nunca ficou feliz com nenhuma das minhas explorações sociais. Ele ficava apenas mortificado — admitiu Noah, com um aceno irônico de cabeça.

Alderidge ficou sério de repente.

— Ah, sim. Meus pêsames por sua perda.

— Obrigado. — Noah fez uma cara séria. — Tivemos nossas diferenças, mas vou sentir falta do meu pai. Vim assim que recebi a carta de Abigail me informando da morte dele.

Alderidge assentiu.

— Por favor, não hesite em me comunicar se estiver precisando de alguma ajuda.

— Obrigado. Vim direto para cá assim que cheguei a Londres. Ainda nem fui à casa em Mayfair. Se não for muito incômodo, você poderia passar lá e avisar minha mãe que voltei para a cidade? Eu escrevi para ela e para Abigail sobre minha intenção de voltar, mas não era possível informar uma data definitiva. Viagens longas são sempre imprevisíveis.

— Mas é claro. Eu mesmo acabei de chegar em Londres. Ficarei feliz em ajudá-lo.

— Vamos beber depois? Jogar um pouco?

— Com certeza! Você ainda me deve uma boa garrafa de conhaque da última vez que jogamos em Bombaim.

— Ainda acho que você trapaceou.

— Todos os bons piratas trapaceiam, Ashland.

— Sua Graça? — disse finalmente o sr. Miller, embora Noah não tivesse certeza de a quem ele se dirigira.

A julgar pela expressão de horror no rosto do advogado enquanto olhava de um para o outro, Noah também não tinha certeza de que o próprio sujeito sabia.

— Já acabamos, sr. Miller? — perguntou Alderidge. — Se vou passar em Mayfair para ver a duquesa, é melhor ir logo. Tenho certeza de que tem uma pilha de papéis esperando por você aqui, Ashland, mas está em boas mãos com o sr. Miller.

— Er... sobre isso — começou o advogado, com uma expressão de desespero.

O duque de Alderidge olhou para o advogado e depois para Noah.

— Não é mais a empresa do sr. Miller que cuida da sua propriedade, Ashland?

Noah deu de ombros.

— O sr. Miller estava listado nos papéis do ducado, e meu pai sempre falou muito bem desta firma. Mas admito que estive ausente por muito tempo, então não tenho certeza. Uma falha da minha parte, eu sei.

— Você é o duque de Ashland? — perguntou o sr. Miller.

— Sim, sou.

Noah franziu a testa.

— Que pergunta descabida — comentou Alderidge, parecendo descontente.

— Em defesa do sr. Miller, nunca nos conhecemos — observou Noah.

— Ah, sim, claro. — Alderidge deu de ombros. — Bem, pode acreditar em mim, sr. Miller. O homem que está diante de você é de fato o duque de Ashland. Se fizer um bom trabalho na papelada, talvez ele possa encontrar uma boa garrafa de conhaque para você também.

O advogado desabou na cadeira.

— Mas você foi dado como morto.

— O quê? — Noah soltou uma risada áspera. — Isso é um absurdo!

— Seu pai nunca falou de você.

— Meu pai teve uma convulsão há dois anos e não conseguia falar — rebateu Noah.

— M-mas antes disso. Você não existia. Você não estava em lugar nenhum na Inglaterra!

— Sei que pode ser uma surpresa para você, sr. Miller, mas há outros lugares no mundo onde alguém pode receber uma educação digna de um duque. Não é porque não estudei em Eton que não existo.

— Eu também nunca estudei em Eton — adicionou Alderidge.

O advogado pigarreou.

— Mas não havia nada que...

— Sei que fiquei longe de Londres por muito tempo, mas estava em contato com minha família. Pergunte à minha irmã ou à minha mãe. Qualquer uma delas atestará minha existência, se não minha localização exata durante esses anos.

Noah notou que estava falando devagar, concentrando-se em cada palavra.

O advogado estava suando atrás de sua escrivaninha.

— Algum problema, sr. Miller? — perguntou Alderidge.

O sujeito puxou o colarinho, como se de repente estivesse com muito calor.

— Sua irmã... é...

— Lady Abigail? — completou Noah.

— Isso. Era difícil falar com ela.

Noah riu novamente, mas não foi um som agradável.

— *Pfft*. Como assim "difícil"? Ela mora em Derby, não nas colônias.

— Err, sim, claro, mas...

— E a minha mãe? — questionou Noah com cuidado. Aquela parte era crítica. — Ela mora a menos de um quilômetro daqui, em Mayfair.

— Er.... — O advogado olhava para todas as paredes da sala, como se procurasse uma rota de fuga. — Parece que sua mãe teve algumas dificuldades nos últimos tempos.

— Dificuldades? — Noah colocou as mãos na beirada da mesa do homem. — Que tipo de dificuldades?

— O que diabos está acontecendo, sr. Miller? — demandou Alderidge.

O advogado olhou para Noah.

— Talvez fosse melhor conversamos em particular, Sua Graça.

— Alderidge fica.

— Certo. Está bem, então. — O sr. Miller respirou fundo. — Sua mãe foi internada em Bedlam.

Um silêncio ensurdecedor tomou o escritório, e Noah permitiu que aquele clima se estendesse. Os dedos do sr. Miller estavam brancos nos braços da cadeira.

— Por quem? — perguntou Noah, em um tom neutro.

— Er... pelo seu primo, o sr. Ellery. Disseram-me que ele faz um pagamento mensal ao hospital em nome dela. Com os próprios fundos, é claro, não com os do ducado — acrescentou logo, como se aquele detalhe pudesse aliviar a situação.

— Por que minha mãe foi internada em Bedlam?

— Bom, hum... Parece que ela estava sofrendo de alguns, err... delírios.

— Que tipo de delírios, sr. Miller?

— Ela, err... insistiu que você estava... vivo.

Noah encarou o advogado.

— Ela foi internada em Bedlam por insistir que eu estava vivo?

— S-sim.

— Por acaso você está delirando, sr. Miller? — indagou Noah.

— N-não.

— Então pode atestar que estou diante de você, muito vivo?

— E demonstrando um grande autocontrole, devo acrescentar — rosnou Alderidge.

— Claro, claro — concordou Ned Miller.

— Minha irmã sabe da atual situação de nossa mãe, sr. Miller?

— Sabe. — O advogado estava se esforçando para não guinchar.

— E ela não pediu ajuda a você?

— Pediu.

— E há algum motivo para você ter escolhido... *não*... prestar essa assistência?

Ele foi tomado pela raiva quando imaginou o que Abigail passara, dificultando que as palavras saíssem de forma correta.

O sr. Miller se encolheu.

— O seu primo, o sr. Ellery, estava cuidando disso, Sua Graça. E, como era um assunto de família, achei melhor respeitar a privacidade de vocês.

— Ah, sim. Francis. — Noah tirou as mãos da borda da mesa e se endireitou. Ele abriu um sorriso feroz. — Eu deveria saber.

O sr. Miller franziu a testa e observou com cautela enquanto Noah fechava e abria os punhos.

— Você gostaria que eu...

— Gostaria que ouvisse com muita atenção, sr. Miller. Você cuidará da papelada necessária para que eu assuma o controle do ducado. Estarei de volta amanhã neste mesmo horário, e espero que tudo esteja em ordem. Pode fazer isso, sr. Miller?

— S-sim.

— Ótimo. Porque agora preciso ir tirar minha mãe de Bedlam, onde, pelo que entendi, ela está definhando pelo crime de dizer a verdade.

— Vou com você — declarou o duque de Alderidge.

— Mas o sr. Ellery disse que você estava morto! — guinchou o sr. Miller. — Ele insistiu nisso!

— Meu primo está cheio de dívidas, sr. Miller, algo que você mesmo poderia ter descoberto caso tivesse se dado ao trabalho de tirar um tempo para investigar. Onde mais ele conseguiria os fundos de que precisa senão dos cofres da minha família?

O advogado corou e começou a gaguejar.

— E-ele não recebeu nem sequer um centavo de mim!

— E sou grato por isso. Francis Ellery tentou nos passar a perna, sr. Miller — explicou Noah. — E por isso você não deve mencionar esta conversa a ele, caso tenha a infeliz oportunidade de vê-lo.

O advogado assentiu fervorosamente.

— Eu cuidarei do sr. Ellery.

Noah desceu para o andar principal, ouvindo o barulho de passos enquanto a legião de funcionários que estava escutando ao pé da escada voltou correndo para suas mesas e fingiu trabalhar. As pessoas vestidas com elegância e que aguardavam atendimento estavam boquiabertas. Noah manteve os olhos fixos à frente, a postura rígida e a expressão séria. Não havia muito o que fazer além disso naquele momento.

Ele saiu para o sol brilhante da rua e respirou fundo, liberando um pouco da tensão da manhã.

Fora necessária uma concentração extraordinária para não errar as palavras. Mas ele tinha conseguido, e qualquer deslize provavelmente seria atribuído à sua fúria. Uma fúria que não exigia muito fingimento, dada a situação. Ele teria feito qualquer coisa para que Elise estivesse ao seu lado, com sua determinação calma, mas sabia que não seria possível. Em vez disso, tinha uma grande dívida com o homem que saíra do escritório logo atrás dele.

Noah virou-se para o duque que acabara de conhecer.

— Obrigado pela ajuda — agradeceu, certificando-se de que ninguém estava ouvindo a conversa. — É um verdadeiro prazer conhecê-lo.

— O prazer é todo meu — respondeu Alderidge. — Sinto muito pelas circunstâncias.

Noah inclinou a cabeça.

— Eu também.

— Você foi esplêndido, por sinal — acrescentou Alderidge. — Acho que o sr. Miller ficou convencido.

— Achei que ele ia vomitar.

— Um bom começo, então. — Alderidge o observou. — Você se acostuma com o tempo, sabe? — disse, de repente.

— Com o quê?

— A ser um duque.

Noah o encarou.

— Estou descobrindo que tem muito mais vantagens do que desvantagens. — Alderidge fez uma pausa. — Com certeza mais vantagens do que ser um pirata.

Noah não sabia se ele estava brincando ou não.

— Sua Graça? — chamou uma voz rouca atrás de Alderidge. — Espero não ter me atrasado.

Os dois se viraram para ver um homem meio corcunda de óculos que vestia roupas simples e segurava uma maleta de médico. Ele tinha cabelo castanho desgrenhado e uma barba fora de moda que cobria grande parte do rosto, dando-lhe uma aparência acadêmica e um tanto antiquada.

— De jeito nenhum. Você chegou bem na hora, dr. Rowley.

— Que bom. Espero que a reunião tenha ido bem — disse o homem, e encontrou o olhar de Noah pela primeira vez.

Os óculos que ele usava não conseguiam esconder a preocupação dos olhos castanhos.

Noah congelou ao reconhecer a pessoa.

A transformação era assustadora. A forma como ela se portava, os maneirismos, o modo de fala e os trejeitos... Não havia mais nada de Elise DeVries naquele médico encurvado. Exceto, é claro, os olhos que Noah conhecia tão bem.

— Foi, sim — confirmou Alderidge, já que Noah ainda não conseguia falar.

Elise se virou para ele.

— Ah. Fico feliz em saber.

Alderidge olhou para Noah.

— Desculpe, Ashland. Esqueci de apresentá-lo ao meu médico pessoal, dr. Rowley. O dr. Rowley concordou em nos acompanhar hoje para nos dar sua opinião profissional sobre a saúde da duquesa de Ashland, caso seja necessário.

— Sim, claro. — Noah finalmente encontrou a voz.

Ele queria tocá-la. Queria estender a mão para puxá-la para seu lado e mantê-la ali o dia todo. A noite toda. Para sempre.

Mas não o fez, porque os duques não beijavam médicos no meio de uma rua de Londres. Fora àquilo que ela se referira quando falou que não seria mais ela mesma. Que estaria presente, mas inacessível para ele. Era mais difícil do que Noah tinha imaginado.

— Vamos? — Elise tirou um relógio do bolso e consultou as horas antes de olhar para o escritório do advogado.

Meia dúzia de rostos que estavam observando pela janela sumiram de vista.

— Vamos — concordou Alderidge. — O primeiro dominó caiu e colocou o resto em movimento. E minha carruagem já está chegando.

Elise guardou o relógio e tocou com suavidade o braço de Noah, um gesto familiar e fugaz que significava tudo.

— Vamos buscar sua mãe, Sua Graça.

Capítulo 19

Bedlam continuava tão terrível quanto da última vez que ela estivera ali.

A única vantagem era que agora Elise pôde assistir à duquesa de Ashland ser solta e carregada pelos corredores do hospital sob a direção não de um, mas de dois duques. Nem precisaram de sua opinião especializada para libertar Miriam, mas a presença dela foi necessária para outra coisa: ajudar Noah.

Ele ficou branco como papel quando entrou no edifício. Embora o prédio estivesse reformado, os corredores menos lotados e as paredes sem rachaduras e alvenaria apodrecida, os sons e cheiros deviam ser os mesmos. O barulho constante que ele havia descrito, o odor pungente de urina e corpos aglomerados. Mesmo assim, Noah caminhou pelo local sem hesitar, de lábios cerrados e rosto impassível, dando ordens com precisão e controle. Ele só procurou apoio nela quando estavam desacorrentando a duquesa inconsciente. O ruído opressivo das correntes enquanto os guardiões as retiravam dos tornozelos da mulher levou Noah a apertar as costas do casaco dela, como se precisasse se ancorar em algo.

E então eles libertaram a duquesa e Noah libertou Elise, e em meia hora o grupo estava de volta à carruagem do duque de Alderidge. Elise desceu perto de Covent Square antes de saírem de Londres, a caminho da propriedade mais próxima de Ashland em Kilburn. Lady Abigail já havia partido naquela manhã, descontente em deixar o irmão, mas incapaz de argumentar contra o fato de que a duquesa precisaria de muitos cuidados para se recuperar. Enquanto isso, Noah voltaria para a casa em Mayfair no início da noite. Mas, como Alderidge dissera, a primeira peça do dominó tinha caído e, agora, as outras a seguiam cada vez mais rápido.

O duque de Ashland receberia alguns convidados naquela noite, em um pequeno evento organizado por Ivory. Aquela era a especialidade da duquesa: ela manipulava a sociedade de forma sutil e hábil, com mais astúcia que ninguém. O papel de Elise em ajudar Noah Ellery a retomar o título de Ashland estava terminando.

Naquela noite, dois condes e um visconde, acompanhados por suas esposas, apresentariam suas condolências, mas confessariam sua alegria e satisfação por Noah estar de volta e em segurança a Londres para assumir o título do pai. Na tarde do dia seguinte, Noah passearia por Rotten Row, onde um marquês e a rica viúva de um barão dariam as boas-vindas ao novo duque de Ashland em uma cena bem pública e chamativa. E havia mais eventos como aqueles planejados para a semana, cada hora e local escolhidos com propósito, cada pessoa selecionada meticulosamente e sabendo com exatidão o que estava em jogo. E todas encorajadas a espalhar a notícia de seu feliz encontro com o novo duque.

Enquanto Elise observava a carruagem de Alderidge desaparecer de vista na rua, ela percebeu o quão longe Noah Ellery já estava de seu alcance. No final da semana, Elise testemunharia o ato final. Então, o duque de Ashland afirmaria seu pleno domínio e poder e assumiria o controle da vida que sempre fora dele.

Uma vida na qual ela não se encaixaria. Elise sempre estivera ciente disso, mas a constatação não a impedia de se sentir como uma concha vazia.

Com lágrimas nos olhos, ela começou a andar. Chegou a Covent Square e estava quase alcançando os degraus do escritório da D'Aqueus quando um homem entrou em seu caminho.

— Boa tarde, doutor.

Elise parou, apertando a alça de sua maleta de médico enquanto olhos pálidos inspecionavam seu disfarce com interesse.

— King...

O homem limpou uma poeira inexistente da frente de seu casaco.

— Às vezes me pergunto se você acabou aprendendo algo de medicina, de tanto que se veste de médico.

Elise pigarreou e escolheu as palavras com cuidado.

— Aprendi que, quando se corta a garganta de uma pessoa, o sangue jorra vermelho-vivo e em grande quantidade. Sei também que, quando uma bala de fuzil se aloja no músculo da perna de alguém, o sangue fica mais escuro e a hemorragia é mais lenta, e que o sujeito vai demorar mais para morrer.

King inclinou a cabeça, e seu cabelo loiro-avermelhado brilhou à luz do sol.

— É mesmo?

— Noah Ellery também sabe disso.

— Hum, entendi.

— Achei que você entenderia, mesmo.

— O duque de Ashland está de volta a Londres.

Não era uma pergunta. Elise não ficou surpresa.

— Está.

— Estou impressionado, srta. DeVries. Parece que seus serviços valem cada centavo e mais um pouco.

— O que quer com ele, King? — perguntou Elise, cansada daquele joguinho.

O homem fez uma expressão pensativa.

— Você se importa com ele.

Elise ignorou a maneira como seu coração palpitou.

— Ele é um cliente, King, e eu me preocupo com todos os meus clientes — retrucou ela, fingindo um tom de impaciência entediada.

— É claro que se importa. — King esfregou a ponta da bengala na terra aos pés deles. — Diga-me, srta. DeVries, você revelou meu envolvimento neste caso ao seu duque?

— É claro que não — respondeu ela, com cautela.

Falar demais poderia demonstrar que ela havia descoberto o passado compartilhado dos dois homens.

King a perfurou com seus olhos pálidos.

— Estranhamente, eu acredito em você.

— Ótimo. O que quer agora, King?

— Quero apenas quitar minha dívida.

— Como assim?

O homem tirou uma bolsinha de veludo do casaco e puxou uma cordinha. Diamantes reluziram à luz do sol, assim como mil arco-íris em diversas pedras brilhantes.

— Lamento não ter moedas no momento, mas elas são muito grandes e difíceis de transportar com discrição. Espero que isso cubra o saldo pendente que devo à duquesa e a você.

Ele fechou a bolsinha e estendeu para ela.

Elise aceitou, fechando a mão em torno do veludo.

— Sua dívida está paga, então.

King endireitou os ombros.

— Ainda não.

— O que quer dizer com "ainda não"?

— Que ainda não, ora.

Ele se virou, desaparecendo na praça lotada, e Elise ficou parada na escada da D'Aqueus segurando uma bolsinha de diamantes, sem entender nada.

Capítulo 20

Francis Ellery ficou surpreso com o repentino convite do marquês de Heatherton para visitar uma de suas vastas propriedades rurais.

No dia, ele adorou a ideia. Comeria, beberia e seria tratado como um rei à custa de Heatherton por uma semana, teria a chance de conversar com as lindas damas que estariam lá e de acertar alguns pássaros nas caçadas. E com certeza as noites seriam cheias de jogatinas e outros tipos de entretenimento mais atraentes. Se Francis jogasse bem com as cartas que tinha nas mãos, talvez o influente marquês fizesse uma boa propaganda dele para advogados e membros do Parlamento.

Só que não houve festa alguma. Não havia mulheres, jogatinas ou caçadas. Em vez disso, só ovelhas. Centenas de ovelhas que o marquês arrastava Francis para ver todos os dias.

Ao que parecia, Heatherton acreditava que Francis estava interessado em agricultura, principalmente nas técnicas que podiam ser aplicadas em propriedades não muito diferentes das que o ducado de Ashland ostentava. Incapaz de contrariar o homem poderoso, Francis suportou horas de explicações sobre cercados, preços de lã e animais reprodutores. Aguentou conversas do marquês com camponeses e assuntos como colheitas de forragem e decomposição de cascos. Meu Deus! Após cinco dias, Francis estava pronto para atirar em cada uma daquelas malditas ovelhas, ou até mesmo no próprio Heatherton, apenas para acabar com a agonia do tédio.

Então, quando o marquês foi chamado para uma de suas outras propriedades, Francis comemorou internamente. Ele tranquilizou

Heatherton, dispensando seu pedido de desculpas, e, torcendo para que estivesse usando o tom certo, mostrou que a interrupção da visita não era um problema. Fez as malas, e nunca ficara tão aliviado ao ver a cidade de Londres aparecer no horizonte.

Na verdade, também estava ansioso para voltar por outro motivo. Ele recebera apenas uma breve mensagem dos homens que contratara para encontrar Noah, uma carta quase ilegível comunicando que eles descobriram informações que os colocaram no rastro de seu primo. Estavam confiantes de que não demoraria muito para localizarem aquele idiota e sumirem com ele, caso ainda estivesse vivo. Francis estava extasiado. Afinal, quão difícil devia ser encontrar um palerma? Entretanto, aquela fora a última mensagem que recebeu.

Os lacaios não entraram em contato desde então, e não havia carta alguma quando ele finalmente chegou em casa. Nenhuma confirmação de que o primo fora encontrado ou de que estava morto. Nada além de silêncio.

O que era irritante.

Francis reconheceu que não tinha muito o que fazer no momento. Precisava ser paciente e se convenceu de que, por mais enfadonha que sua visita ao interior tivesse sido, era um passo na direção do sucesso. Homens importantes como o marquês de Heatherton já estavam fazendo a coisa certa e se aliando ao próximo duque de Ashland, e reconhecer isso o deixava animado. Unindo essa animação com o tédio excruciante da semana anterior, talvez ele devesse procurar alguma diversão.

E se ele começasse com um bife de carneiro?

Noah tinha visto um leopardo uma vez.

O felino exótico era parte de uma feira itinerante, e estava preso em uma gaiola grande e ornamentada. Noah manteve distância e observou a criatura andando de um lado para o outro, de um lado para o outro, cercada por barras lindamente pintadas e sujeita a uma fila longa de espectadores boquiabertos. O leopardo rosnou quando alguém se aproximou demais da jaula, antes de retomar seu ritmo incessante.

Ele se sentia como aquele felino agora.

Embora estivesse conseguindo segurar o rosnado.

A semana fora interminável, e ele tinha suportado uma longa fila dos mesmos curiosos boquiabertos que apareceram para examinar a nova criatura da alta sociedade. Noah sabia que muitos deles faziam parte dos planos da srta. Moore, e mesmo assim ela conseguiu encorajá-los a aceitar o novo duque de Ashland com um baixíssimo nível de desconfiança. Cada novo rosto que aparecia ajudava a espalhar ainda mais a notícia, e logo em seguida mais outros surgiam — afinal, ninguém queria ficar malvisto por não cumprimentar o novo duque, ávidos por recebê-lo na sociedade.

E é evidente que também queriam satisfazer a própria curiosidade.

Sob a tutela da srta. Moore, Noah tomou o devido cuidado para controlar as conversas que tinha. Qualquer erro durante uma fala era seguido de um xingamento baixinho em italiano e uma explicação desolada de como ele ainda acabava se enrolando ao falar uma língua diferente daquela com a qual se acostumara por tantos anos. Ainda assim, ele errava muito menos do que temia.

Noah também teve o cuidado de fornecer informações críveis durante as conversas. Sim, ele passara a maior parte da infância no exterior. E, sim, ele vivera algum tempo na Inglaterra. Para ser um bom duque, era importante conhecer como a nação realmente funcionava, não é mesmo? Ninguém discordou.

E Noah estava descobrindo que de fato havia benefícios em ser um duque. Um deles era poder ignorar qualquer pergunta que não quisesse responder — um olhar frio ou uma expressão irritada bastavam para calar até o mais impertinente. No entanto, era bem estranho estar cercado por tanta gente o tempo todo. Em Nottingham, ele tinha se acostumado ao silêncio, à presença discreta da sra. Pritchard e com o isolamento de sua fazenda. Mas em Londres havia um fluxo constante de pessoas entrando e saindo de sua residência, entre visitantes e os criados que faziam a casa de um duque funcionar.

E, mesmo estando sempre rodeado de gente, Noah nunca estivera tão sozinho. Ele sentia falta de Elise. Muita falta. Ela se afastara para deixar seus colegas fazerem o que faziam de melhor para que o plano funcionasse. Ela disse que isso aconteceria, que não estaria ao lado dele. E Noah disse que entendia.

Mas não estava preparado para a realidade.

Ele enviou uma mensagem para a D'Aqueus & Associados perguntando por Elise, mas foi Roddy quem apareceu em sua porta algumas horas depois para informá-lo de que a srta. Elise não estava disponível. Ela estava ajudando outro cliente cujo filho se perdera. "No fundo de uma garrafa de bebida", afirmou Roddy com um aceno de cabeça desgostoso, mas, ainda assim, ela não escolhia quem ia ajudar.

Noah sentiu como se estivesse perdendo Elise. Ela tinha sido sua uma vez, por um glorioso período, mas, em Londres, ele sentia como se ela estivesse escapando por entre seus dedos como água. A última vez que a vira foi em Bedlam, e a presença dela fora a única coisa que impedira que as lembranças horríveis o esmagassem. Ele precisou de todo o seu autocontrole para se lembrar do que deveria fazer, de que deveria levar a mãe em segurança até Abigail, e não apenas descer da carruagem com Elise perto de Covent Square.

Observando as ruas de Londres pela janela enquanto o céu escurecia, Noah se perguntou onde Elise estaria. Será que estava segura? Será que pensava nele?

Alguém bateu na porta e a abriu.

— Está pronto para se vestir, Sua Graça? — perguntou o ex-valete de seu pai, agora seu valete.

Noah olhou para onde o homem colocara os trajes da noite. A cor preta das roupas combinava com seu humor.

Depois de uma semana de apresentações, aquela noite no clube de Lavoie seria a última. A srta. Moore lhe assegurara que, devido à escassez de eventos sociais na cidade naquela época do ano, o torneio organizado por Lavoie era aguardado com grande expectativa e seria bem frequentado. Seria um final decisivo para aquela semana de trabalho. Tudo o que ele tinha que fazer era seguir o roteiro que lhe fora dado.

E, depois disso, iria atrás de Elise.

Francis Ellery se acomodou em seu clube. Bem, ele chamava o lugar de "clube", mas não era exatamente um White, Brooks ou Boodle. Não tinha certeza de qual frequentaria quando se tornasse o duque de Ashland. Talvez o White. Ou talvez os três, só por diversão.

O estabelecimento em que estava agora não ficava nem próximo a St. James, mas pelo menos a bebida não era muito aguada e as mesas de jogos nem sempre eram manipuladas. E havia mulheres. Mulheres dispostas que não se importavam muito com o fato de um homem não possuir um título, embora ele fosse parente de um maldito duque.

— Mais? — indagou uma garçonete curvada sobre a mesa, segurando uma garrafa de algo alcoólico.

Gim, talvez? Francis não se importava muito com o que era, apenas que estava gostando da exibição espetacular do decote da moça.

— Sim.

Ele estendeu o copo para que ela enchesse. Deus sabia como ele havia sofrido com a escassez de gim e mulheres na última semana.

A moça terminou de encher o copo, e Francis deu um tapinha no próprio colo. Ela obedeceu, guardando no busto a moeda que ele lhe dera.

— Onde está todo mundo? — perguntou Francis.

A mesa de jogos em que ele estava sentado ainda estava vazia, embora a noite já estivesse avançada. Estranho.

— No Lavoie. Ele está organizando um torneio de carteado. Todo mundo sabe disso.

Ellery ficou irritado. Lavoie era o epítome da arrogância, um sujeito insuportável. Ele tivera a ousadia de expulsá-lo de seu clube por um simples mal-entendido e de proibi-lo de entrar no estabelecimento. Quando fosse um duque, Francis arruinaria a vida daquele homem até ele sair da cidade.

Só por diversão.

— Imagino que tenha sido por isso que não trouxe seu primo com você esta noite, sr. Ellery — comentou a moça, mexendo-se em seu colo.

Francis quase derramou a bebida nela.

— O quê? — perguntou, rudemente.

Ele devia estar mais bêbado do que achava, se estava ouvindo coisas.

— Seu primo, o duque. — A garota piscou para ele, passando os dedos em seu peito. — Bem que eu gostaria de servir um duque.

— Meu primo morreu.

A garota em seu colo colocou a garrafa de lado para mover as mãos mais para baixo. Ela já estava com os dedos nos botões da calça dele, mas Francis ficou perturbado demais com o comentário dela.

— Bem, certamente existe uma coisa que está morta, mas esta coisa não é o duque de Ashland — afirmou ela, e seus dedos ficaram mais ousados.

Ellery ficou de pé, fazendo a moça cair no chão e bater a cabeça na mesa.

— Quem... como... por que está falando sobre meu primo?

A garota se endireitou, esfregando um galo que crescia rapidamente na testa, e lançou a ele um olhar fulminante.

— Algum problema por aqui? — indagou um homem que mais parecia um touro, materializando-se ao lado da garota.

Ele encarou Francis dos pés à cabeça e abriu um sorriso.

Francis percebeu tarde demais que derramara sua bebida na frente da calça e cerrou os dentes.

— Não.

— Só perguntei sobre o primo dele. O duque. E então ele ficou todo grosso — reclamou a garota, fazendo beicinho. — Acho que está com ciúme.

— E eu acho que está na hora de você ir embora, sr. Ellery.

— Meu primo...

— Tem dinheiro e mais modos que você — zombou o homem. — Agora saia.

— Meu primo está morto — gritou Francis.

O homem-touro segurou Francis pelo colarinho e o arrastou em direção à porta.

— Seu primo está no Lavoie junto com todos os outros engomadinhos que ficaram em Londres. — O sujeito chutou a porta e jogou Francis na calçada. — Vou lhe dar um conselho, Ellery, embora você não mereça: pare com o gim. A bebida está fazendo você parecer um lunático.

Então, limpou as mãos na frente do casaco e entrou.

Capítulo 21

A multidão no clube de Lavoie era impressionante.

Havia mais pessoas do que Elise previra que ainda não tinham trocado o calor fedorento do verão londrino pelo ar puro e pela brisa fresca do interior. Os homens, resplandecentes em trajes de noite formais, criavam um contraste escuro perfeito com as mulheres que circulavam pela sala em vestidos de cores vivas.

Como ela, cada mulher usava uma máscara elaborada, criações artísticas de filigrana e penas e todo tipo de ornamento. Na verdade, o artefato não impedia que fossem reconhecidas, mas a farsa do anonimato permitia certas indulgências normalmente impossíveis para as mulheres da nobreza. Era um dos motivos que fazia o clube de seu irmão ser tão popular.

Ela observou as mesas, onde os jogos de azar estavam em andamento e os muitos jogadores estavam cercados de um número maior de pessoas rindo, bebendo, flertando e competindo para serem ouvidas. De repente, Elise congelou e o mundo ao seu redor desapareceu quando pousou os olhos no homem no centro da sala.

Noah estava perto de uma mesa de faro, rodeado por um bando de mulheres mascaradas, algumas abanando leques em movimentos rápidos e ensaiados, e outras apenas olhando para ele. Havia vários homens no círculo também, e Elise podia ouvir muitas risadas de diversão e risadinhas educadas.

O duque estava perfeito — seu valete era mesmo muito competente —, e o efeito era impressionante. Mas o que fez o coração de Elise acelerar foi a maneira como ele se portava. Ele parecia muito à vontade em meio à riqueza, ao poder e aos privilégios. Noah realmente parecia um duque. Ele pertencia àquele meio.

— Acabou o tecido da sua costureira, maninha? Ou ela foi paga para fazer só meio vestido?

Elise afastou-se da cortina que os escondia do salão de jogos. Seu irmão estava ao lado dela, fingindo estudar o conteúdo do copo que segurava.

— Minha nossa, Alex! Você sabe mesmo elogiar uma mulher, hein? É um milagre não ser disputado todas as noites.

— Eu faria mais elogios se você tivesse conseguido vestir uma roupa inteira — retrucou ele, irritado.

Elise passou a mão sobre a seda gelada de seu vestido.

— Não tem nada de errado com o meu vestido.

— Isso não é um vestido, é um crime prestes a acontecer.

— Não é nada diferente do que as outras mulheres estão usando.

— As outras mulheres não são minhas irmãs.

Ela encontrou os olhos do irmão.

— É apenas mais um papel que preciso desempenhar esta noite, Alex.

— Um papel — repetiu ele, antes de dar um gole na bebida. — Esta noite é só a cereja do bolo proverbial, por assim dizer. Pelo que ouvi, seu duque conquistou toda a alta sociedade em apenas uma semana. Fez todo mundo ficar doidinho para conhecer e recepcionar o herdeiro de Ashland. Virou uma competição, mas o único vencedor é Noah Ellery.

Elise sentiu o peito apertar, uma reação que só piorava a cada dia que passava longe de Noah. Embora estivesse muito feliz com o sucesso dele, o vazio que sua ausência deixara na vida dela a sufocava.

— Ivory foi brilhante — comentou Elise, usando um tom de profissionalismo para esconder a própria dor.

— A duquesa só escreveu a peça. É o seu duque que está sendo brilhante nas apresentações.

— Ele não é meu duque.

Alex ergueu uma sobrancelha.

— Talvez ele discorde. Ele andou perguntando por você, sabia?

— Eu sei. Roddy me contou. — Mas aquilo não mudava nada. Ela não fazia mais parte do mundo de Noah. — Vou para Bath hoje à noite — disse Elise de repente.

Ela não tinha se decidido até aquele momento.

Seu irmão cruzou os braços e a encarou.

— O caso Rumsford.

— Isso.

— A duquesa pediu para você cuidar dele?

— Pediu.

A saída fácil que Ivory lhe oferecera ainda estava disponível, e agora seria um bom momento para tomá-la, mesmo que fosse apenas para preservar sua sanidade.

— Seu duque sabe disso? Que você vai embora?

Elise franziu a testa.

— Por que isso importaria para ele?

— Ele pode se opor à sua ausência.

— Você mesmo acabou de dizer que ele está indo bem sem mim. "Brilhante", não é? Duvido que alguma coisa vá mudar ou que eu possa oferecer algo que vá beneficiá-lo em sua nova função.

Cada palavra que ela pronunciava parecia ser um minúsculo caco de vidro penetrando nos pedacinhos de seu coração.

Alex passou as mãos pelo rosto.

— Eu vejo o jeito como você olha para ele. Ele olha para você da mesma maneira. Como seu irmão, não preciso gostar disso, mas...

— Não há espaço para mim na vida dele — afirmou Elise, e ela sabia que Alex ouviu o som de seu coração se partindo mais uma vez.

— Só porque ele é um duque? — Elise desviou o olhar, mas o irmão continuou: — Alderidge é um maldito duque. E isso não o impediu...

— Alderidge e Ashland são homens muito diferentes. Ninguém nunca duvidou que Alderidge era o herdeiro do ducado. Mas o mesmo não aconteceu com Ashland. Precisamos que as pessoas continuem acreditando nele como duque, que o levem a sério. Ou seja, ele vai precisar de um casamento sério. Uma mulher com o peso de um título em seu nome. Caso contrário, tudo o que eu fiz, tudo o que nós fizemos, terá sido em vão. Você sabe disso tão bem quanto eu, Alex.

— Talvez — disse ele com relutância, embora não parecesse convencido. — Eu só quero que você seja feliz, Elise.

— Eu sou feliz. — Alex a olhou com descrença, e ela ergueu a mão em derrota. — Ou serei. E vou ficar bem, de verdade. Só preciso voltar ao trabalho.

— Talvez você devesse...

— É melhor eu ir, Alex. — Ela não podia mais ficar tentando se justificar. — Farei meu papel esta noite e, depois, vou embora.

— E Francis Ellery? — indagou Alex.

Elise suspirou, sentindo-se cansada de repente.

— O que tem ele, Alex?

— Você odeia pontas soltas.

— Francis Ellery é uma ponta solta que será cortada muito em breve, assim que ele retornar a Londres. Seja pelos funcionários da empresa de advocacia ou pelo próprio duque de Ashland. Se aprendi uma coisa é que Noah Ellery pode cuidar de si mesmo. — Ela deu um sorriso um pouco triste. — Ele não precisa de mim.

Alex cerrou a boca, o que destacava a cicatriz acima de seu lábio superior em contraste com sua pele, mas não falou nada.

— Vamos acabar com isso de uma vez? — perguntou ela.

Alex olhou para ela e balançou a cabeça.

— Se isso fizer com que coloque roupas mais decentes logo, então é claro.

Noah sentia que seu rosto ia desmanchar de tanto esforço para manter um sorriso no rosto durante toda a noite.

"Seja simpático", dissera a srta. Moore. "Acessível e educado. Porque as pessoas são muito mais propensas a apoiar aqueles cuja companhia apreciam do que aqueles que consideram bastardos insuportáveis." E ela dissera isso mais de uma vez. Mas Noah estava cansado de ser simpático. E acessível.

E educado.

Ele se forçou a relaxar os dedos em volta do copo de conhaque que estivera bebendo durante o evento, com medo de quebrá-lo se continuasse apertando-o. Ainda faltava mais um ato, ele sabia. Um encontro aleatório com um membro da aristocracia francesa que o identificaria publicamente e o lembraria de um encontro casual em Veneza antes de sumir na multidão. Mas tudo o que ele queria fazer era pedir licença, sair daquela aglomeração e ir direto para Covent Square. Para Elise. Ele não sobreviveria se tivesse que ficar mais um dia sem vê-la. Sem tocá-la. Aquela mulher era como o ar para Noah.

E não importava se ela não estivesse lá quando ele chegasse. Roddy saberia onde encontrá-la. E ele presentearia o garoto com toda a fortuna de Ashland em troca da informação do paradeiro dela. Era provável que Elise estivesse...

Caminhando em direção a ele.

Noah sentiu como se o chão tivesse sumido, como se o mundo ao seu redor tivesse desfocado, como se cada som da sala estivesse estranhamente abafado. Ele estendeu a mão e se apoiou em uma cadeira.

O cabelo de Elise estava penteado para trás e caía em cascata por suas costas, uma cortina de cachos escuros e brilhantes. Havia fios finos de minúsculos cristais em suas mechas, que reluziam e dançavam a cada passo que ela dava. Por trás de sua máscara dourada, seus belos olhos foram habilmente contornados com kohl. E seu vestido, ou o pedaço de pano que tinha sobrado dele, era uma visão do pecado. A seda esmeralda que se agarrava a sua cintura e seus quadris estava coberta por mais cristais minúsculos, que desciam pelo tecido, roçando a curva de seus seios em um decote ousado.

Ele tinha fantasiado sobre um vestido como aquele uma vez. E fantasiara ainda mais sobre a mulher que o usava. Ela parecia exótica e inacessível, e Noah sabia muito bem que não havia um homem naquele recinto que não estivesse imaginando como seria tocar aquelas curvas. Ou experimentá-las.

E o fato de que Noah já sabia como era tocar e experimentar aquelas curvas o deixou sem ar e em chamas.

Elise estava de braço dado com Lavoie, que ostentava uma expressão calculada de tédio e casualidade, e Noah lhe deu crédito por não estar mostrando os dentes para todos os homens que lançavam à sua irmã olhares obscenos e perversos. Lavoie estava com a cabeça inclinada, como se estivesse ouvindo algo que Elise dizia enquanto eles passavam, e de repente ela levantou a cabeça, encontrando o olhar de Noah.

Foi como se ele tivesse sido atingido por um raio. Tentou pensar, tentou se lembrar de como respirar, tentou se lembrar por que não deveria pegá-la no colo e sair correndo dali o mais rápido que conseguisse.

Porque, meu Deus, ele tinha uma carruagem agora. Com uma porta! E uma fechadura!

— Ah! — exclamou Elise, parando diante de Noah como se o tivesse reconhecido e colocando a mão em seu magnífico decote. — *C'est formidable!*

Lavoie ergueu uma sobrancelha.

— Conhece Sua Graça, *comtesse*?

O volumoso grupo de pessoas com quem ele estava abriu espaço para Elise e Lavoie. Ela tirou a mão do braço do irmão e a estendeu para Noah.

— Mas é claro que nos conhecemos.

Noah pegou a mão de Elise, sentindo o calor de sua pele, e deu um beijo acima de seus dedos. Ele notou como o olhar dela brilhou de desejo e como ela ofegou.

— De fato. Temos a sorte de já nos conhecermos.

Ele parou de falar, sua mente em branco, sua concentração e seu raciocínio interrompidos pela necessidade quase incontrolável de possuí-la.

— Em Veneza — completou ela. — Sua Graça me mostrou os deuses.

— Netuno e Marte.

— No Palácio Ducal.

— Isso. — Noah soltou a mão dela a contragosto. Era mais fácil pensar quando ele não a estava tocando. — Lamento muito pela morte do seu marido.

— E eu, pela do seu pai.

Noah assentiu em reconhecimento.

— Veio visitar o país? — perguntou ele.

— *Oui*. Gosto muito daqui, Sua Graça.

— Talvez eu possa lhe mostrar mais dele algum dia.

— *Oui*, eu adoraria. O sr. Lavoie pode informá-lo onde estou hospedada. Mas, por favor, não me deixe atrapalhar sua diversão. — Ela sorriu de novo, mas dessa vez com um ar um pouco agridoce. — *Bonne chance*, Sua Graça — sussurrou.

Ela colocou a mão de volta no braço de Lavoie. Noah sabia que aquilo era tudo o que deveria acontecer. Uma afirmação pública rápida, mas necessária, de uma viúva rica e francesa de que Noah realmente existira além das fronteiras da Inglaterra.

Mas a sensação de inquietação só aumentava enquanto ele observava Elise ir embora, sua alegria inicial ao vê-la dando lugar a um sentimento de pavor.

Bonne chance, Sua Graça.

Elise desejara boa sorte a ele, mas agora, enquanto desaparecia de vista com o irmão, parecia mais como um adeus.

Elise não perdeu tempo ao se cobrir com um xale e sair pela porta privada do escritório de Alex, que dava para um beco sem saída entre prédios. Ela começou a andar na direção da rua principal, pensando no que deveria fazer a seguir: alugar um cabriolé para voltar a Covent Square, fazer as malas e partir para Bath. O arquivo Rumsford estava na primeira gaveta da escrivaninha de Ivory, e ela o revisaria assim que estivesse pronta para partir.

Aquela noite tinha sido um erro. Nunca deveria ter insistido em representar aquele papel. Estar tão perto de Noah, mas ao mesmo tempo tão longe, tinha sido mais do que ela podia suportar. Elise precisou se controlar para não chorar, tinha feito de tudo para não se jogar nos braços dele na frente de todos e…

A porta atrás dela se abriu, e Elise se virou e viu Noah parado no final do beco. Eles ficaram imóveis por um longo minuto, apenas olhando um para o outro.

— Aonde está indo? — perguntou ele.

— Volte para dentro. Por favor.

Ela se virou e continuou andando em direção à rua.

— Aonde você vai, Elise? — repetiu Noah, e ela ouviu o som dos passos dele a seguindo.

Elise parou no início do beco, de costas para a rua.

— Vou para casa, Sua Graça.

Ela desejou ter pedido a carruagem de Alex emprestada. Desejou que já estivesse longe do clube. Desejou estar em qualquer lugar, menos ali. Porque não sabia se seria forte o suficiente para se despedir de Noah uma segunda vez.

Ele diminuiu a distância entre os dois e parou na frente dela.

— Fique comigo.

Elise sentiu os olhos arderem.

— Não posso, Noah. Não vou arriscar tudo o que você conquistou e o seu futuro. Você será um ótimo duque. Não posso fazer parte deste mundo.

— Não quero um mundo onde não posso ter você.

Ele estendeu a mão, mas ela recuou.

— Não vou deixar você sacrificar tudo. — Elise olhou para a rua, à procura de um cabriolé, mas viu apenas um punhado de bêbados rindo enquanto tropeçavam na calçada. — Sua Graça...

— Pare de me chamar de Sua Graça — rosnou ele. — Quero que diga meu nome. Como fez quando nos conhecemos, como fez quando se recusou a deixar que eu me escondesse. — Ele se aproximou mais. — E como fez quando eu estava dentro de você e você estava roubando minha alma.

Elise fechou os olhos com força, e o coração que ela pensava já estar partido se despedaçou ainda mais. Ela apertou o xale que usava, e as bordas do broche de aço que estava nele cortou sua mão. Coragem e força. Ela nunca precisara tanto dessas duas qualidades quanto agora.

— Eu... — Elise começou a dizer, mas não teve chance de terminar, porque um braço pesado prendeu seu pescoço e a puxou para trás, e ela sentiu uma lâmina fria na pele.

— É, pare de chamá-lo de Sua Graça — falou a voz atrás dela, apertando a lâmina em seu pescoço a cada sílaba.

Elise congelou, tentando manter a calma. Ela não podia agir sem pensar. Seu agressor era muito mais forte que ela, cheirava a gim e não tinha o sotaque das ruas. Na verdade, seu jeito de falar era culto e sua voz, familiar.

Francis Ellery.

— Não se mexa, mocinha — alertou Ellery em seu ouvido.

Elise sentiu algo frio e duro ser arrastado por cima de seus seios, e com horror percebeu que o homem segurava uma pistola de duelo na outra mão.

Noah também congelou, as mãos cerradas ao lado do corpo, mas parecia estar relaxando aos poucos. Ela já tinha visto aquele olhar antes. Só que, dessa vez, ele não tinha uma faca. Não tinha nenhuma arma escondida em seus elegantes trajes formais. Nenhuma faca, nenhuma espada, nem mesmo um pano com um pedaço de vidro quebrado.

— Solte-a — ordenou Noah, em um tom neutro. — Devo avisá-lo que esta dama tem muito mais recursos do que as pobres criaturas que você torturava quando criança.

— Meu Deus! É você mesmo — exclamou Ellery. — Uma versão falante do garotinho idiota que se escondia atrás da saia da irmã. Eu me recusei a acreditar quando me disseram.

— Posso imaginar sua decepção, sr. Ellery.

— "Senhor." Eu deveria ser chamado de "Sua Graça", não de "senhor".

— Sim, os homens que você contratou para me matar disseram algo do tipo.

Elise sentiu Francis apertar ainda mais a faca em seu pescoço.

— Eles não virão cobrar o restante do pagamento, caso esteja se perguntando. — Noah parecia estar tentando avaliar qual seria seu melhor ângulo. — Solte-a. Sua briga é comigo.

— Isso é verdade, mas é melhor eu matar logo os dois. — Francis apontou a pistola para Noah. — Talvez pensem que foi uma briga entre dois amantes. — Ele riu da própria ideia. — Parecia uma.

Elise sentiu um suor gelado arrepiar sua pele. Noah estava circulando, procurando uma abertura. Ela sabia que Noah teria uma chance, mas uma vozinha em sua cabeça dizia que ele não seria rápido o suficiente. Seria difícil Francis errar um tiro de tão perto.

— Meu pai era um imbecil — comentou Francis. — Mas ele sempre dizia que, se alguém quer um trabalho bem-feito, é melhor fazer com as próprias mãos. Pelo menos nisso ele estava certo.

Elise roçou os dedos no broche em seu xale. Então, contorceu-se ligeiramente, apenas o bastante para esconder seus movimentos enquanto deslizava o aço do tecido e segurava a ponta afiada entre os dedos. Noah percebeu o que ela estava fazendo, mas logo voltou a olhar para o primo.

— Não posso deixar um idiota se tornar um duque — zombou Francis. — Você não vai gerar nada além de mais idiotas. — Ele chacoalhou a pistola na frente dela. — Mas pelo menos você não vai procriar com esta aqui.

Elise baixou a mão e cravou a ponta do broche na coxa de Ellery, o mais perto possível da virilha.

Ele grunhiu de dor, afrouxando o aperto em Elise o suficiente para que ela conseguisse escapar. Ao mesmo tempo, Noah avançou contra o primo, acertando-o na cintura.

O tiro da pistola foi ensurdecedor.

Noah cambaleou de volta para Elise, e a saia emaranhada em torno de suas pernas junto ao peso de Noah levou os dois ao chão. Francis fora derrubado de costas, mas estava se mexendo e se levantando. Elise tentou sair de debaixo de Noah, desesperada.

O duque ainda respirava, mas a lateral de sua cabeça estava coberta de um sangue que parecia quase preto na penumbra. Ele gemeu e tentou ficar de pé, mas seus movimentos eram lentos e instáveis, e ele caiu de volta em cima dela quase instantaneamente.

Francis já havia se levantado e se aproximava dos dois, jogando a pistola para o lado e erguendo a faca.

Elise tentou puxar a saia e as pernas de debaixo do corpo de Noah, mas tudo estava embolado. Ela estava presa. Uma raiva como jamais havia sentido a dominou, obliterando o medo.

— Você nunca vai sobreviver a isso — disse ela a Francis. — Se matar qualquer um de nós, será caçado como um animal e destruído. E nem saberá de onde veio o fim.

— Não, eu serei um duque — afirmou ele. — Assim que este aqui morrer...

O homem parou no meio da frase, e a faca escorregou de suas mãos. Ele tinha uma expressão de surpresa no rosto quando caiu de joelhos, antes de se desmanchar em uma pilha imóvel.

Outra figura apareceu no lugar de Ellery, mas era difícil distinguir seu rosto no beco mal iluminado. O homem se curvou, puxando a longa lâmina de um florete do corpo de Francis e limpando o sangue no casaco do cadáver antes de embainhá-la no que parecia uma bengala. Ele se virou um pouco para a luz, e Elise viu o cabelo loiro--avermelhado e as feições aquilinas.

Com movimentos suaves, o sujeito passou por cima do corpo de Ellery e se agachou ao lado de Noah, empurrando-o com delicadeza para o lado. Ela se viu livre e logo se ajoelhou ao lado de Noah, procurando uma ferida na cabeça dele. Um terror entorpecente substituiu a raiva que sentira segundos antes.

— Respire fundo, srta. DeVries — disse King ao lado dela. — Ele passou por coisa muito pior e sobreviveu para contar a história.

Elise respirou fundo, tentando se acalmar.

King olhou o ferimento de Noah mais de perto.

— A bala passou de raspão. Ele precisa de pontos e terá uma dor de cabeça horrível, mas não vai morrer.

Noah se mexeu e abriu os olhos. Quando viu Elise, sorriu.

— Você disse... duelo... pistolas... não confiáveis.

Dessa vez, Elise não lutou contra o ardor dos olhos ou o aperto na garganta. A onda de alívio a deixou trêmula.

— Sim, eu disse — respondeu ela, enquanto uma lágrima escorria por sua bochecha.

Os olhos de Noah foram para o homem agachado ao lado dela, e ele franziu a testa, como se tentasse conciliar o rosto que via com o presente.

260

— Acredito que minha dívida esteja quitada — falou King.

O som de vozes exaltadas ressoou pelo beco. King se levantou e espiou pela esquina do beco e pela rua, na direção da entrada do Lavoie.

— Em alguns minutos teremos companhia — afirmou ele. — Tem uma pequena multidão se reunindo, sem dúvida para investigar o som do disparo, embora seja um tanto difícil determinar exatamente de onde veio o barulho neste labirinto de edifícios.

Ele saiu para a calçada e ergueu a bengala, e em segundos uma carruagem parou em frente ao beco. Um homem gigante saiu do interior e esperou, presumivelmente por ordens.

— Pegue o corpo — instruiu King. — Embrulhe e coloque no carro. Ele está sangrando, então tome cuidado com o estofamento.

Ao lado de Elise, Noah se esforçava para ficar de pé. Elise se levantou, e o xale escorregou de seus ombros. Ela passou os braços em volta da cintura de Noah e o segurou, embora ele oscilasse como galhos em uma ventania e seus olhos não estivessem bem focados.

— Joshua? — perguntou Noah, parecendo atordoado.

King foi para o outro lado de Noah e passou o braço do duque por cima de seu ombro.

— Vou precisar de um minuto para levar Sua Graça para longe daqui — explicou para Elise. — Acho que nenhum de nós quer que alguém se pergunte sobre a coincidência do duque de Ashland ter sido ferido por uma pistola na mesma noite em que Francis Ellery desapareceu. — Ele avaliou os ombros nus e o decote de Elise quase como um médico. — Distraia e atrase esses aspirantes a heróis, srta. DeVries. Leve-os em outra direção. O ideal é evitar que eles venham a este beco. Estou colocando minha confiança em sua língua inteligente e no fato de que neste momento você parece uma cortesã que apenas um rei poderia pagar.

— O corpo não pode ser encontrado — disse Elise, recuperando a voz.

King lhe lançou um olhar de desaprovação.

— Ora, por favor, pare de insultar minha inteligência, srta. DeVries! Ou posso começar a questionar a sua.

Elise saiu do lado de Noah, abaixou-se e pegou um objeto do chão. Então, se empertigou e, com dedos que não tremiam mais, prendeu o broche de aço no interior do casaco de Noah.

— Coragem e força, Noah — disse ela. — Você tem ambos.

Um grito veio de algum lugar na rua.

— Você precisa ir, srta. DeVries, ou isso vai virar uma situação que nem mesmo a D'Aqueus será capaz de explicar.

Noah franziu a testa.

— Não me deixe, Elise — pediu ele, em palavras lentas e ligeiramente arrastadas.

O som de vozes estava se aproximando.

— Rápido, srta. DeVries!

— Não estou deixando você, Noah — sussurrou ela, roçando os lábios nos dele uma última vez. — Estou libertando você.

Capítulo 22

A viscondessa Rumsford era a mulher mais fria que Elise já tivera a infelicidade de conhecer.

Ela estava sentada no canto da sala, empoleirada em uma cadeira estofada, olhando feio para a filha. De vez em quando, fungava para demonstrar todo o seu descontentamento.

— Quanto tempo desde seu último sangramento? — perguntou Elise com gentileza à garota de 16 anos e olhos vermelhos que estava sentada na beirada de uma cama envolta em um lindo tecido floral.

— Catorze semanas — disparou a mãe.

Elise reprimiu a irritação que sentiu. Até então, lady Rumsford não deixara a filha responder qualquer uma das perguntas de Elise.

— Foi só uma vez — choramingou a garota. — Foi um erro!

— Catorze semanas! — repetiu lady Rumsford. — E ela esperou até quinze dias atrás para me contar. E só porque eu perguntei a ela, depois que ouvi a criada dizer à copeira que a patroa deveria parar de comer bolinhos se pretendesse ser banqueteada pelo lorde Durlop após o casamento.

A filha de lady Rumsford olhou para baixo, torcendo as saias com as mãos.

— Mandei as duas embora sem referência — continuou lady Rumsford. — Embora isso não mude o fato de que Edith já deixou alguém se banquetear antes do tempo devido.

— Não precisa ser cruel — disse Elise, com calma.

— Não é sua filha que vai se casar com um conde quando fizer 18 anos, não é mesmo? Você sabe como foi difícil garantir um casamento tão vantajoso? Você sabe quanto dinheiro o pai dela gastou? Um título de condessa não sai barato. E é assim que ela nos agradece! — gritou lady Rumsford, evidentemente ressentida.

— É isso que você quer? — perguntou Elise à garota.

Edith olhou para ela.

— Quero ser uma condessa! — exclamou ela, arrasada, chorando ainda mais.

— Você consegue resolver esta situação? — perguntou lady Rumsford.

Elise de repente se sentiu cansada.

— Temos um lugar onde sua filha pode passar o tempo de confinamento — explicou ela, pensando na propriedade isolada que a D'Aqueus possuía ao norte de York para esse fim. — Sua filha não só receberá um excelente atendimento de nossa equipe, que inclui duas parteiras, como também terá a oportunidade de fazer várias aulas.

— Aulas? — questionou a mulher, fazendo uma cara feia.

— Mas é claro, milady. Sua filha partirá em breve para uma escola feminina exclusiva para continuar seus estudos sobre tudo o que é necessário para ser uma condessa perfeita.

— Ah, sim.

— Exato. No entanto, devo avisá-la que tal... escola... é cara...

Lady Rumsford gesticulou com a mão, indicando que isso não era um problema.

— Seu marido sabe?

— Meu Deus, não! — A mulher estremeceu. — E nunca saberá. Entendido?

— Claro.

— Em quanto tempo ela pode partir?

— Levarei dois dias para arranjar tudo.

— Pode começar os preparativos, então.

— Quando a criança nascer, encontraremos uma boa família para ela.

— Não me importo com a criança — interrompeu lady Rumsford. — Desde que me garanta que ninguém saberá dessa infeliz circunstância e que minha filha não sofrerá consequências duradouras.

Elise olhou para a viscondessa, sentindo uma necessidade repentina de fugir dali. Fugir para longe das mentiras, da crueldade e da insensibilidade.

— Entrarei em contato — disse ela.

E fugiu.

O rio Avon fluía preguiçosamente abaixo dela, refletindo as nuvens do céu e emoldurando-as entre as bordas das margens. Uma família de patos maculou o retrato, borrando as imagens com ondinhas enquanto nadavam pela superfície. Elise se apoiou na beirada da ponte, sentindo a parede de pedra quente no sol do final da tarde. Ela olhou para a água abaixo, observando o fluxo do rio.

A infelicidade que a atormentava desde que deixara Londres havia voltado com vigor renovado. Olhou ao redor, para a bela cidade e sua linda arquitetura, para as árvores que balançavam ao longo da margem do rio, para a paisagem iluminada pelos raios do sol. Era tudo o que ela havia desejado um dia. As aventuras, as possibilidades, as novidades de cada lugar.

Mas, agora, Elise se sentia uma impostora. Ela se sentia perdida, e cada lugar e papel novos pareciam estranhos e hostis.

Poderia tentar culpar lady Rumsford e gentalha como ela. A exposição constante à podridão por baixo dos panos da alta sociedade certamente estava começando a cansá-la. Mas não era bem isso. Se fosse honesta consigo mesma, estava se sentindo assim porque, por um curto período, ela sentira que pertencia a algo. A alguém.

Ao aceitar a mão de Noah Ellery na margem lamacenta de um rio, ela se tornara dele. E, no processo, acabara se reencontrando. Havia se lembrado das coisas que importavam, das coisas simples que a faziam feliz. E tinha encontrado o amor verdadeiro.

Seus pensamentos foram para Noah. Ela já desistira de contar quantas vezes isso acontecia durante o dia e a noite. E parecia longe de diminuir. Elise achou que a distância aliviaria a dor do vazio que quase a consumia na maioria dos dias, mas isso não aconteceu. Mesmo que voltasse para o Canadá, não seria longe o suficiente para mudar as coisas. Não é possível se afastar do único homem que já amou sem cicatrizes.

Era difícil dormir na maioria das noites, difícil comer na maioria dos dias e impossível pensar.

— Por favor, me diga que você não está pensando em pular.

Elise ergueu a cabeça, e seus cotovelos escorregaram na pedra, arranhando sua pele. Ela se virou e encontrou o duque de Ashland parado a poucos passos dela, observando-a com seus olhos verdes. Ele estava vestido casualmente, com um casaco, calça simples e botas empoeiradas, e seu cabelo loiro estava despenteado pelo vento. Em sua mão, ele segurava uma rosa.

A boca de Elise ficou seca e seu coração bateu forte.

— Como me encontrou?

— Seu irmão sugeriu que eu começasse por aqui.

— Ah...

Ela não sabia se queria abraçar Alex ou atirar nele pela intromissão.

— Isto é para você, milady — disse Noah, aproximando-se e estendendo a mão.

Sem dizer nada, Elise aceitou a rosa. Ela fechou os dedos em volta do caule, e percebeu que estava tremendo.

— Sua cabeça está bem? — perguntou ela.

Noah a encarou.

— Você está perguntando sobre meu ferimento ou questionando minhas motivações em dar uma rosa a uma linda mulher?

Ambos.

— Sobre seu ferimento.

— Ah... O corte que sofri na queda bastante embaraçosa que levei de meu cavalo?

— Claro.

— Estou recuperado. Nada que alguns pontos e dois dias de sono não resolvessem. — Ele a encarou com um olhar sério. — Ele está diferente. O garoto que eu conhecia como Joshua.

— Imagino que ele possa dizer o mesmo de você.

— Você sabe quem ele é. Quem ele já foi.

— Sim, sei.

— Você nunca disse nada.

— Não — respondeu ela. — Não podia compartilhar um segredo que não era meu.

Noah encostou-se no murinho ao lado dela, olhando para o rio, e ficou em silêncio por um longo tempo.

— Não posso salvá-la se você pular, está bem? — falou ele de repente. — Minha instrutora de natação foi embora antes de terminarmos minhas aulas. O que me deixou muito triste, na verdade.

Elise também se voltou para o rio, evitando olhar para Noah, e engoliu em seco.

— Há muitas pessoas que podem ensiná-lo a nadar, Sua Graça, caso seja essa a sua vontade.

— Não quero "muitas pessoas", Elise. Quero você.

Ela permaneceu em silêncio, incapaz de responder.

Noah deslizou um xelim no murinho entre eles.

— Batatas — disse ele.

— Oi?

— Uma vez, você apostou um xelim se a srta. Silver escorregaria do cavalo como um saco de batatas ou se ela cairia de costas. Eu aposto em batatas.

Elise o encarou.

— Preciso voltar à minha fazenda para acertar alguns detalhes, como o pedaço de terra que um ferreiro está tentando comprar de um barão chato. Pensei em me apresentar adequadamente e acelerar as coisas. Pensei que talvez você pudesse me acompanhar, nem que fosse só para aproveitar o entretenimento.

Elise não conseguiu conter um sorriso.

— Seja gentil, Sua Graça.

— Vou tentar. — Ele também estava tentando disfarçar um sorriso. — Alguém me disse uma vez que eu poderia fazer coisas boas como duque. Eu gostaria de começar com isso. — Ela assentiu, com medo de falar. — Meu primo não contestou o meu retorno, o que acabou com qualquer tipo de dúvida sobre mim. Parece que ele teve a ideia de viajar pelo continente, já que não precisava mais assumir o ducado.

— É mesmo?

Noah olhou para o céu, observando as nuvens passarem pelo manto azul.

— E Abigail me disse que minha mãe está se recuperando bem.

O sorriso dele desapareceu.

— Fico feliz em ouvir isso. — Elise fez uma pausa. — Você a viu?

— Não — confessou Noah, olhando agora para a família de patos que nadava na margem próxima. — Ainda não estou pronto para vê-la.

— Entendo.

— Eu sei que entende. — Ele se virou para ela. — Você é a única pessoa que realmente entende. Que sempre vai me entender.

Ela pôs a mão no braço dele, incapaz de se conter.

— Dê um tempo a si mesmo — disse ela.

— Darei.

Ela tentou tirar a mão do braço dele, mas Noah a segurou com força.

— Sua Graça…

— Noah — corrigiu ele. — Não importa meu título ou sobrenome, sempre fui apenas Noah com você.

Elise tentou lembrar por que aquilo não podia acontecer.

— Por que está aqui?

— Vim buscá-la.

— Por quê?

— Porque quando você partiu, levou meu coração junto. — Sem esperar por uma resposta, ele segurou o rosto dela e a beijou. — Você levou minha alma, minha vida foi embora com você. Eu não posso viver sem você.

Ela apertou o caule da rosa e sentiu um espinho espetando sua carne.

— Não posso… Nós não podemos…

— Não podemos o quê?

— Você é um duque — sussurrou ela. — Você precisa de uma mulher com um título. Alguém...

— Você está errada. Eu não preciso de mais ninguém. Mas tem razão num ponto: eu sou um duque. E descobri há pouco tempo que isso me dá o poder de fazer qualquer coisa que eu quiser.

Ele a beijou de novo e então se afastou, observando seu rosto.

Elise ficou imóvel, com medo de ter esperança. Com medo de se permitir acreditar.

Noah suspirou e tirou o casaco, colocando-o sobre o muro baixo de pedra. Então, ele sentou-se ao lado dela, na beirada de frente para o rio, deixando os pés balançarem para fora.

— Eu te amo, Elise — declarou ele, começando a tirar a bota esquerda.

Elise ficou boquiaberta, ao mesmo tempo em que era tomada por uma onda de alegria e euforia tão intensa que achou que poderia sufocá-la.

Ele jogou a bota para o lado e começou a tirar a direita.

— O que está fazendo?

Noah jogou a bota junto da outra e espiou por cima da borda do murinho.

— Você acha que a água daqui é tão gelada quanto a do Leen? — perguntou ele.

— Noah, o que raios você está fazendo? Você não sabe nadar!

— Bem, eu disse que te amava.

Ela deixou uma risada escapar, quase histérica.

— E você vai provar isso pulando de uma ponte?

— Estou contando que você vai pular para me salvar, porque eu não vou sair daqui sem você. — Ele se aproximou mais da beirada. — Você vai me acompanhar de volta a Londres, ou Nottingham, ou onde quer que a vida me leve, e não importa se o fizer como Elise DeVries ou como a duquesa de Ashland. Claro que eu prefiro a segunda opção, mas estou disposto a esperar.

Ela estava rindo para valer agora, e as lágrimas escorriam por seu rosto.

— Talvez você queira tirar as botas também — disse ele. — Vai precisar da força de uma boiada para tirá-las se elas ficarem molhadas.

Elise esfregou os olhos, sua visão embaçada por conta das lágrimas.

— Não vai tirar? — provocou ele, gesticulando para os pés dela. — Eu espero.

— Não vou tirar as botas — sussurrou ela, enquanto todo o amor que sentia por aquele homem se expandia em seu coração. — E você não precisa esperar.

— Não preciso esperar o quê?

Elise se perdeu naqueles olhos verdes.

— Eu também te amo, Noah Ellery.

Ele mudou de posição, e Elise diminuiu a distância entre os dois, apoiando as mãos no peito de Noah e sentindo o palpitar do seu coração. Ele levou a mão até a gola da camisa e tirou algo que estava preso na parte de dentro.

— Isto aqui é seu — falou ele, abrindo a mão. Em sua palma, um broche de aço reluziu ao sol da tarde. — Coragem e força. Foi o que você me deu. E agora quero retribuir o favor. Para sempre.

Noah prendeu o broche no topo do corpete com movimentos delicados.

— Diga que sim, Elise — murmurou ele. — Diga que vai se casar comigo.

— Sim!

Elise pensou que poderia simplesmente explodir tamanha a felicidade e o amor que sentia.

Noah a segurou pela nuca e a puxou para um beijo apaixonado.

— Graças a Deus! — sussurrou ele contra os lábios dela. — Achei que teria que desafiar você a se tornar minha duquesa.

Agradecimentos

Eu me considero uma autora muito sortuda. Ter uma equipe tão incrível e talentosa por trás de cada livro é uma maravilhosa experiência de humildade. Agradeço à minha agente, Stefanie Lieberman, que sempre me orientou da maneira certa, e à minha editora, Alex Logan, que sabe como deixar cada história muito melhor.

Agradeço também a Elizabeth Turner, por presentear minhas histórias com capas tão incríveis, e a toda a equipe da Forever — meus livros não seriam o que são sem vocês.

E, como sempre, deixo um agradecimento sincero à minha família por todo o apoio e incentivo incansáveis.

Este livro foi impresso pela Vozes, em 2024, para a Harlequin.
O papel do miolo é ivory 65 g/m², e o da capa é cartão 250 g/m².